独立思考，个性书写，充分表达，
拥有独属于自己的风格和调性。

科 幻
硬阅读
DEEP READ
不求完美 追逐极致

科幻
硬阅读
DEEP READ
献给那些聪明的头脑
和有趣的灵魂

第3季

七重外壳
SEVEN SHELLS

王晋康 谢云宁 等 著

北京理工大学出版社
BEIJING INSTITUTE OF TECHNOLOGY PRESS

科幻硬阅读

——献给那些聪明的头脑和有趣的灵魂

独立思考，个性书写，充分表达，拥有独属于自己的风格和调性——郑重向喜欢阅读和思考的读者，推出一套虽然烧脑，但能让神经更粗壮大条的作品："科幻硬阅读"系列图书。

科幻不是目的，思考才是根本。有趣的灵魂诗意栖居大地。理性使其无惑，感性助其丰盈，个性使其独特，青春致其张扬，而奔向星辰大海、诗与远方的冲动，则为灵魂刻下一抹深沉隽永……

所以这套书里除了"烧脑"科幻，兼或还会有其他一些提神醒脑类作品，希望它们能给读者朋友带来一丝极致的阅读体验——极致的思考或震撼、极致的美丽与忧愁、极致的愉悦和放松……不求完美，但求在某方面达到极致——极致，便是"硬阅读"的注脚。

但这种"硬"绝不应该是艰深晦涩，故作深沉！

好看的作品通常都是柔软而流动的，如水、亦似爱人或者时光，默默陪伴，于悄无声息间渗透血脉、融入心魂，让我们在一条注定是一去不返的人生路上，逐渐、逐渐，获得一分坚强和硬度！

愿所有可爱而有趣的灵魂，脚踩大地，仰望星辰，追逐梦想。

—— 小威

科　幻
硬阅读
DEEP READ
不求完美 追逐极致

目录

科幻
硬阅读
DEEP READ
不求完美 追逐极致

宇宙涟漪中的魔法师

谢云宁／作品

「整个太阳系，就是我们的星际飞船。」

「你是说——」「被暗能量覆裹的太阳系恰好形成了

一艘天然的宇宙飞船，我计划搭乘她去远航。」

科幻
硬阅读
DEEP READ
不求完美 追逐极致

魔法丛生的大陆

那一年，借助由北向南的季风暖流，即望这个从未离开过家乡的年轻魔法师，搭乘由蔓藤编织而成、蛹茧模样的飞篷从歌德尔大陆出发，悠悠缓缓地漂行在茫茫的布尔海之上。这是一次奇妙非凡的旅程，整个海洋的世界充满了令即望着迷的黏稠的梦幻气息。他总是习惯于仰卧在上下晃荡的飞篷上，清冽咸湿的海风吹得他身旁的幡帜劈啪作响，头顶上的天空呈现出色彩纷呈的七彩色，作为消遣他会不时施展出几段小魔法，在眼前空气中随意变化出各种超现实几何形状，如散落水银般熠熠生姿，引得无数漂亮的飞鱼扑棱着鳍鳞，从黝黑的海面跃出，竞相追逐着光亮。

可让他有些始料未及的是，海面上次第减弱的气流让飞行变得有些磕磕绊绊，花了整整一个月时间他才穿越了布尔海。当久违的刺眼光线蜂拥而至让他感到目眩时，一片无比广阔、色泽明丽的原野赫然呈现在他面前，圣洁的金色光辉笼罩着整个大陆，他情不自禁伸出双臂，去拥抱那道闪耀在远方的地平线，呵，康托尔大陆，他的心脏骤然狂跳起来，自己终于抵达了这块被众神佑庇的传奇大陆。

只消再穿过眼前这片生气蓬勃的荒原，就可以抵达此行的终点——仙农城。

他来不及停歇，马不停蹄地继续着旅途，没有了海风的助推，身为初级魔法师的他只能使用最简单的御风术，借助煦风让飞蓬略微离开地面，缓缓御风而行。一路上瞬息变换的风景令他目不暇接，康托尔大陆上那些千奇百怪的生物，似乎都在向他不知疲倦地呈现其生命的整个过程：皑皑冰雪积聚又消融，绚美的鸢尾花随风绽放转眼又枯萎凋谢，鲜艳斑斓的蝴蝶翩翩起舞却又在转瞬即逝间蜕变成片片枯叶，摇落大地……富有诗意的景色飞一般地流转。当暮色降临康托尔大陆时，即望来到了一个开满白花的山谷。

一片暮霭中，他见到一位身着炫彩的银色紧身衣裳的女羽人，如一片五彩的羽毛轻盈盘旋在白色花瓣飞舞的幽谷中，那微微拍动的透明双翼在朦胧的薄雾中闪烁着微光。

"风尘仆仆的魔法师，你要去哪？"正在他入神之际，一阵清脆的声音蓦地在他耳畔炸响，原来女羽人已滑翔到了他的近处，只见她缓缓收叠起双翼，身姿优雅地降落在飞蓬上。

"我是来自歌德尔魔法学院的实习魔法师，即望，"他含糊地自我介绍道，有些含羞地向着东方挥了挥手，"我要去仙农城，参加十年一次的魔法大会。"

"你呢？"他好奇地打听道。他端详着眼前这位女羽人，身姿纤细的她，有着一张小巧而红润的脸，一头绯红色的微卷长发，耳际的鬈发被编成了小辫子。尽管这是一个尽可随意塑造自己面容的世界，但女羽人所散发出的清新气息还是让他的心悠然一动。

"叫我苇儿吧，我是自由的行吟歌者，在各块大陆间漫无目的地游历，追逐世间一切新奇的事物。"女羽人粲然一笑，她身上散发着阵阵醉人的芬芳，"但现在，我也正赶往仙农城，去领略那里即将上演的一轮魔法的盛宴。"

就在他俩交谈间，周遭黏湿的雾气悄然变得浓稠起来，不知不觉间充盈了整个狭长山谷。"雾在变大。"即望抬头焦虑地环顾四野，惊愕地叹道，看起来雾还会在夜里变得更凛冽，他的法力还不足以在如此浓重的雾气中长时间驾驭飞蓬前行，或许他应该留在这个山谷，待明早大雾散去再启程。

"魔法师，我熟悉这一带的地形，我可以为你引航。"女羽人看出了他的担忧，友善地提议道。

"这……"即望犹豫着，可面对这突如其来的蹊跷大雾，他只能点头同意——毕竟离魔法大会开幕只剩下一天时间了。

"太好了，我们正好搭伴一同上路。"女羽人热情地回应道，说着她伸手一指，一堆腾腾燃烧的巨大篝火出现在飞蓬甲板上，接着她又指尖一转，身旁阔大的飞帆倏地收缩成了一只半密闭的球形布袋，篝火迸发出的强大热气流顷刻充盈了球形内部——如此一来，飞蓬被改造成了一个硕大的热气球，马力十足地向着前方疾速飘飞。

　　飞蓬如利箭般穿行在沉沉黑夜中，即望沉默地注视着被暗云遮掩的前方，漫天大雾将飞蓬之下的康托尔大陆沉浸在了一片黑影幢幢的昏茫之中，自离开家乡以来，他心头第一次滋生出些许对于未来的忧虑，但很快地，飞蓬上突突闪跳的橘黄色火焰以及身旁充满青春活力的女羽人又让他感到了一丝温暖，渐渐地，他沉入了梦乡。

地精大军

　　第二天清晨，即望睁眼醒来，茫茫雾气仍没有消退，飞蓬兀自飞翔在能见度极低的朦胧世界中。

　　不过，即望能观察到身下大地上曲折变化的复杂地形，它们急速掠过了平原，山丘，森林，湖泊……

　　随着越来越接近大陆腹地，雾气变得愈来愈浓烈，那些颤颤浮动的白色雾气逐渐凝聚为细小的颗粒，最后竟变成了鹅毛般的雪片。

　　"前面是焉支尔大峡谷，通往仙农城的必经之路。"在弥天的风雪中，苇儿转身对他大喊道，此时，飞蓬进入一片银装素裹的雪野。

　　即望凝视着飘飘洒洒的飞雪，白茫茫的前方变得愈加模糊，远方隐隐约约传来阵阵轰隆声，他不由开启一个远视魔法，凝目远眺，他见到一幕令人震惊万分的场景：几千米之外，大雪肆虐下的焉支尔大峡谷此刻已变成一片血腥的战场，谷底平原火光飞溅，硝烟弥散，喊杀声、哀号声混成一片，一路浩浩荡荡分不清名目的大军正潮水般涌向峡谷中央的狭窄隘口，而横亘于隘口的一面由七彩光柱形成的魔法屏障，将他们生生阻挡在峡口之外。

"地精联军正在进攻焉支尔大峡谷。"苇儿语气平静地说，"每到人类召开魔法大会之时，各大陆的地精都会倾巢而出，会聚于此，企图武力攻入仙农城。"

"地精？他们也来凑魔法大会的热闹？"即望茫然问道，他印象中的地精是一群充满了神秘色彩的种族，他们蒙昧凶蛮，嗜血忤逆，魔法落后但擅长使用各种机械作战。在与人类魔法师数次作战失败后，他们被驱赶到了各块大陆的极寒贫瘠之地，忍辱负重地繁衍生息。

"他们想要得到与人类魔法师一起角逐魔法大会的权力。"苇儿轻叹了一声，"可每一次他们的大军都无法逾越人类安置于焉支尔大峡谷的魔法防线，无数鲜活生命折戟沉沙于此。"话毕，她指尖轻抖出一段魔法，一顶绛紫色光罩顷刻间覆裹在飞蓬上，接着，她又举手勒住飞蓬布袋的绳缆，对着篝火轻呼出一股气流，飞艇迅疾蹿升起来，看来她准备从高空快速掠过战场。

飞蓬摇晃着，直直地奔向了峡谷。

直到飞临战场上空，即望才看清整个战斗的局势：放眼望去，广袤的战场上竟找不到一位人类魔法师的身影，唯有一方半径十多米的魔法光阵在峡口兀立，诸多人类远古神话中的怪兽盘踞于魔阵中央：三头蛇尾的地狱守护犬"刻耳柏洛斯"，狮头羊身蛇尾的喷火神兽"喀迈拉"，面貌狰狞可怖、满头纠葛毒蛇的人形女妖"美杜沙"……"诸神之阵……"即望意识到。

此时魔阵外已是血流成河，尸横遍野，排陈了好几圈的强弩车与投石车不间断地向魔阵发射着箭矢与巨石，奇形怪状的地精们在其掩护下疯狂地冲袭。然而，这些骁勇的地精精锐面对的魔阵就如同一道阻断所有希望的"叹息之墙"：张着血盆大口的刻耳柏洛斯不紧不慢地挥舞利爪，撕裂来势汹汹的地精，左摇右晃的喀迈拉看似随意地喷吐着灼灼火束，无数地精战士随之在凄厉惨叫声中葬身火海，而美杜沙则镇定自若地抛撒着毒蜥一般的目光，目光波及之处，成片的地精纷纷石化，碎成齑粉……

辽阔的平原上，地精的旗帜猎猎迎雪招展，无畏的战士还在前仆后继地冲锋，与虚幻的魔兽光影搏杀，又毫无悬念地倒下，归于尘土。

他们永无希望。

这如同千万年来地精与人类争斗的一个缩影，食不果腹的他们使用最笨重的机械、最简单的纯物理攻击，却执拗地挑战高不可及的人类法力，无休止地重蹈着飞蛾扑火的宿命。

漫天飞扬的雪愈来愈大，即望俯视着大地上发生的一切，一股悲悯之情不禁漫生在他心间。

他第一次感受到了这个世界的冷酷与荒诞。

这个魔法世界的生灵水火不容地分属两大族类：人类魔法师和地精。按人类的说法，魔法师是创世之初就存在于世的古老种族，拥有不朽的生命力。而地精则是魔法世界在运转进程中因各种机缘孳生出的产物，他们滋生于山林湖泊荒漠之间，依靠汲取天地灵气最终聚为精灵。与魔法师一样，地精也是一个极其笼统宽泛的称谓，他们隶属不同阵营，为了有别于人类魔法师，大都选择将自己塑造成拥有骇人面容的异形，比如狼人、牛头人、骷髅人、僵尸、树妖……但据说也有一些地精会贪羡人世繁华，故意化为人形，混入人类聚居的城市中。

"抓紧桅杆——"苇儿的急声高呼令即望猛然一惊，此时，他们已来到了魔阵上空，狂乱的气流与盘旋而上的魔法冲击波剧烈颠簸着飞蓬。

飞蓬就如狂风中摇摇欲坠的落叶，几经回旋，最后还是有惊无险地飘过魔阵，驶向前方不足十米宽的峡口。

即望忍不住转过头，想最后回望几眼激战中的地精们。只见此时地精们仍在奋力地扑涌向魔阵，但在远处，一大群地精密密匝匝地聚拢在了一起，一名长着尖利獠牙、萨满法师模样的地精正尖声念叨着古怪的经文，其他地精则跟和着吟唱起来，充满原始灵性的歌声在空中飞速飘散，像是在集聚某种奇异的力量。

在他们围聚的中央空地上，矗立着一架如猛犸骨架般庞大的投石车，这架与众不同的机械宛如一根巍峨的图腾柱，接受着地精们的膜拜。

一名身材娇小的女地精身手敏捷地顺着支架爬上投石车，很快，她挺直身子站立在了投石勺上。她要做什么？

在参差起伏的歌声中，一团绿色光球荧荧浮生在了空中，这团耀眼的光球愈聚愈大，流星般来回飞蹿，最后重重砸向了投石车支杆后侧的着力点。

"砰"的一声巨响，在投石车另一侧，女地精腾空跃起，在空中高高抛出一道优美的弧线，而弧线的终点正好直指……

"她想要攀上我们的飞蓬！"苇儿恍然大喊道，然而她的醒悟为时已晚，女地精的手指已触到了飞蓬的后甲板。

这一刻，魔阵中的魔兽也洞察到女地精的动作，纷纷骚动了起来，突然间，雷霆大怒的美杜沙一跃而起，高擎的右手中凭空幻生出一把炫光夺目的巨蛇形弓箭，她凌空搭箭，拉满弓弦，一支赤红的利箭闪电般蹿出，笔直射向了飞蓬方向。

呼啸之间，飞蓬重重地震了一下，利箭猝不及防地穿透了女地精的右胸，血光飞溅，力透千钧的冲击力带着她脱离了飞蓬，直直向外撞去，最终将她钉在了不远处寸草不生的悬壁上。

即望的心随之一颤，相隔咫尺，他终于看清了女地精的脸，她有着一对尖而长的耳朵，沾满血污与冰屑的脸庞只剩一双眼睛尚可分辨，那双淡蓝色的瞳孔中盈满了无助与绝望。她付出生命的代价只是想攀附上飞蓬渡过险恶的峡谷。

这一刻，即望感到命垂一线的女地精向他投来的颤颤目光，就在他俩目光交错的一刹那，他慌忙别过头去，避开她的目光。

紧接着，飞蓬疾速掠过了她，继续前行。

可就在将要拐进峡口的那一瞬，即望突然转过身，向女地精伸出了双手，骤然变长的手迅疾延伸到了悬崖边，一手拔出了女地精胸前的箭矢，一手抓起了她，将她拎回了飞蓬。

"你没有必要卷入地精的战争。"苇儿责怪地大吼道，她瞪大了眼睛，对他的举动十分不解。

即望没有回应，他全神贯注地默念起了心诀，将自己所有精神力灌注到飞蓬上，飞蓬噌地提起了速度，曲折穿梭在了逼仄的峡壁间，不时躲闪开追袭而来的魔法光束。

"你叫什么名字？"当飞蓬终于驶出险象环生的峡口后，即望开口问道。

"风息。"她虚弱地抬起头，无比感激地望着他，目光之中混杂着警惕与戒备。尽管他出手救了她，可地精与人类千万年来形成的仇恨不可能就此冰释。

很快，女地精又沉默地低下头，过了一会儿，她主动开口道："你们了解地精是怎样来到这个世界的吗？"

即望摇了摇头，他对地精的生活一直知之甚少。

"很久很久以前，在某块大陆的一片没有名字的冰原之下，昼夜不息地奔涌着寒冷的潜流，在那里毫无生命迹象可言。有一天，一束微微的柔光毫无征兆地透过冰壁投射进了水中，这转瞬即逝的光明与冰冷的水流激起了一连串微妙的反应，结晶成了一只具有微弱自我意识的水母，磷光般闪烁在黑黢黢的水中——这就是我生命最初的模样。"风息轻声回忆道。

"后来呢？"即望小心翼翼地问道。

"在吸蓄到足够的能量后，我冲破厚厚的冰壁，高高地漂浮在了茫茫无际的冰原上，那一刻，我第一次见识到了世界的广阔与无限，在稀薄冷冽的空气中，我幡然蜕变成精。"

"那束拥有魔力的光究竟从何而来？"

"谁又知道呢？也许是偶然刺破云层散落的阳光，也许是从天而降的闪电，还是哪一位人类魔法师途经冰原无意生起的篝火……"风息的声音越来越小，像是陷入了回想的涟漪中。

"所有地精都是这样来到世界？"

"不，每一个地精生命的诞生途径各不相同，但无一例外的是，追溯我们生命卑微的源头，无不是不明缘起的一束微微的光影或是一丝淡淡的热量，冥冥中投射到了某一俗尘凡物上，这就如造物主不经意间埋下的一颗微小种子，悄然落地生根，慢慢发芽长大。"

"听起来如此的神奇。"即望由衷感叹道。

"因此，所有地精都认为自己是这个世界的孩子，与生俱来有着对于光明与温暖的向往，无不渴望参与到世界的进程中。"

"这就是你们如此热切想要参加魔法大会的原因？"

风息用力地点了点头。

即望感动地望着风息，真是难以想象，这些倔强而又自尊的精灵们不顾一切攻打仙农城竟有着如此单纯而简单的动机，他们仅仅是想向有失公允的世界发出几声微弱的低吼，以证明他们曾来到过这个世界。再回头想想人类魔法师们，终日肆意挥霍着不朽的生命，为了高高在上的优越感，竟然无情地驱赶放逐这些精灵。

半晌，即望歉疚地讷讷道："也许有一天我们两个种族能够和睦共处，"

风息望着他，忧伤地摇了摇头："我不知道能不能等到那一天。"

"风息，你放心，一定会有那一天，"即望急切地说着，"至少，现在我们会帮你完成心愿，带你去仙农城，让你与人类一样平等参与到魔法大会中去。"

"我相信你。"风息小声地说，她默默地望着即望，目光中慢慢充盈起了一丝信任与憧憬，这让即望不由得心中一暖。

"像你这样富有同情心的魔法师真不多，"一旁的苇儿用揶揄的语气对即望说道，"但你很难带她穿过前面的苹果灵墙。"

苹果树聚成的灵墙

没过多久，飞蓬就抵达了苇儿说到的"苹果灵墙"的边缘。

这是一片蔚为壮观的森林，一棵棵参天的巨型苹果树矗立在起伏的山丘上，像是一片望不到边际的绿色海洋。

"只有人类魔法师和风才能够穿过这片苹果树林。"苇儿注视着前方，沉沉暗云翻滚在她头顶上的灰色天空中。

"为什么？"他惶惑地问道，话一脱口，他突然又有了一个主意，"我们完全可以让风息乔扮成人类模样。"

"不行，"苇儿蹙着眉头摇了摇头，"这些苹果树间弥散着上古天神留下来的隐秘魔法，能轻易辨识出人类与地精，"苇儿的神情也忧伤起来，"被辨识出的地精将被魔法直接夺去生命。"

即望不由转头紧张地望着风息，她不安地瑟缩起身子，颤颤竖直了耳朵，好像倾听到了什么可怕的声音。这一刻，他不由伸手揽住了她冰凉的肩头。

飞蓬进入森林内部，缓缓滑翔在鳞次栉比的苹果树间，在这里，连绵交织的树叶遮天蔽日，繁茂葳蕤的枝杈间挂满了一只只硕大的金色苹果，树冠间空阔的幽冥天地中还流萤般悬浮着不计其数五光十色的光点，婆娑飞舞，它们此刻像是感知到了什么，纷纷向他们围聚过来，簇拥着三人前行。

即望注视着这些回旋环绕在身旁的光点，慢慢地，他感到自己的灵魂似乎也随着这明灭的流光开始浮动起来，蓦然间，身旁的苇儿和风息都消失了，他的身体化成了一束浑白细长的光束，流动在一片浑茫无尽的虚空中。

这是自己的意识之光。

就这样，连绵的光束搭载他的意识急骤向前。忽然，他的前方出现了两扇拱门——这如是虚空中被硬生生抠出的两块半圆形二维平面，炫目的幽蓝光晕环绕在半圆形边缘。这两扇镜子一般的拱门内涌动着粼粼的波光，像是通向了不同的新世界。

还没等他瞧仔细，他就惊恐地感到自己的意识被拱门散发出的强大力场牢牢吸住了，身不由己地奔涌而去。

当他意识接近大门的一刹那，震颤的空间中陡生出一股奇特的力量，如同一把无形的巨斧，将他细密连贯的意识光流一一斩断，碎落成一滴滴断续的光粒，而这些微小至极的光粒则像是具有自我选择意识似的，分别涌进了不同的大门。

就这样，他的意识变得不再完整，分叉的光流各自选择了自己的路径。

一时间，拱门内波光汹涌闪耀。

两束光流穿越两扇时空之门后又同时进入到了同一片空间，紧接着，两团混沌的光粒又各自有序地汇合到一起，聚成两道形状相异的意识光流，平行地向前流动。

于是，新的空间中诞生出两个"即望"，这两个全然不同的个体不知所措地相互对望着，都伸出意识的触角打探着对方。很快，经过一番毫无保留的窥探后，他们恍然发现彼此都是过去那个"即望"的一部分，这就如一枚铜币不同的两面，不由自主地，两束灵光亲密地靠拢在一起，形成了一种相互通感的交叠状态，他们相互簇拥辉映着，迤逦前行。

他们四周是一条光怪陆离的长廊，这里很像是一座荒废城堡的一部分：一个个惨白的骷髅头颅漂浮在阴森的空间中，地面上散布着一簇簇刺眼的骨骸，每隔数米就能见到一些奇形怪状的怪兽，它们或是慢吞吞地来回踱着步子，或是悚然蹲伏在墙角，像是这里的守卫者一样，用充满敌意的目光盯着"两个"闯入者，仿佛闯入者稍不留神，就会被他们张口吞掉。

不知过了多久，两束灵光总算穿过了危机四伏的长廊，进入了一个明亮的巨石广场。

这里像是一个恢弘的祭坛，散落的巨石与古老的残垣断壁围成了一个巨大的半环形，一盏盏火光灼灼的火炬分立其间，一位身挎弓箭的高大男子凛然站在巨石阵的中心，他有着一张如雕塑般棱角分明的脸庞，一双碧蓝的眼睛如苍鹰一般炯炯有神。

在这里，两个"即望"交汇在了一起，融合成一团闪亮的光球，缓缓地，沸腾的光球黏土般凝聚成了一个人形。

即望又恢复到了原来的物质形态。

"你是谁？"他茫然问道，刚才好像是男子锐利的目光让自己分叉的意识流重新合二为一，然后坍塌成了实体。

"我是这片苹果树林的守护神。"男子开口道，他不带一丝感情的声音如周围的巨石一般沉稳坚硬。

"刚才发生了什么？"

"你通过了苹果灵墙的试炼，"守护神平静地说，"灵墙将你意识的光束拉伸成最细微的光点，再牵引这些光点流水般涌向两扇拱门，在抵达两扇拱门的一瞬，你的意识自动一分为二，同时穿越了过去。"

"这有什么用呢？"

"灵墙试炼能检测出你是不是真正的人类魔法师，以防有地精装扮成人类混进仙农城。"

"这如何办得到？"他大惑不解。

"对于地精，即使徒具了人类的外表，他的意识也不可能同时穿越那两扇拱门，只能选择其一通过。"

即望猛地一惊，"我的两位朋友呢？"他急切地问道，"风息现在怎么样了？"

"你自己看吧。"守护神伸手在空中轻轻一点，一幅画面蜃景般出现在他俩面前。

在不断变化的画面中，他首先看到的是苇儿，她与他一样，身躯羽化为一束细长的光流，在穿过拱门的一刹那一分为二，而后安然穿过幽冥的长廊，最后同样在一位守护神的炯炯目光中猝然恢复原形。接下来，画面跳转，他看到了风息，他的心不由一紧。只见瘦小的风息在万分恐惧中进入了光流状态，随后，她被席卷向了黑洞一般的拱门，不同的是，她的灵光只是径直从一扇拱门穿了过去。

这一变化旋即激起了走廊上怪兽的反应，十几只愤怒的怪兽同时咆哮起来，猛扑向了从拱门鱼贯而出的灵光，挥舞尖利的爪牙很快将灵光撕得七零八落。

"不！"即望心如刀割，他惊恐地转头哀求起守护神，"守护神，求求你放过风息。"

"你的这位朋友不是人类。"守护神耸了耸肩。

"地精生命和人类有什么不同，他们为什么就不能拥有人类一样的权力呢？"即望痛苦地质问道。

"年轻的魔法师，这是这个世界千古不变的规则。人类和地精是两个迥然不同的种族，两者最本源的差异来源于各自大脑的思维构造。你也看到了，在灵墙的试炼中人类意识的灵光可以同时分裂成两条支流，并相互形成奇妙的耦合态，激起和谐至极的共鸣——这也象征着人类复杂而多变的性格，事实上，每个人类的意识深处都是充满矛盾的天使与魔鬼的混合体。"

"天使与魔鬼的混合体……"即望心灵深处一阵震颤。

"是的，这也是人类魔法师能够不断创新的源泉。反观地精，他们简单的大脑缺乏对魔法的创造力，呆板的意识就如他们所使用的一成不变的机械，因此，当他们的灵光面对两扇拱门时，只能直愣愣地通过其一——这是地精智力永远无法逾越的鸿沟。所以说，这些低贱的地精不配拥有与高贵的人类魔法师同台竞技的资格。"

"可她们一直在努力，她们也有热血和信仰……"即望哽咽着争辩道，他的心被狠狠撕裂了。

"他们永远达不到与人类并驾齐驱的地步，"即望的争辩让守护神的脸一沉，露出不悦的神情，他不耐烦地挥了挥手，"好了，回到你的飞蓬上去吧，你们很快就要到达仙农城了。"

在守护神的话音中，即望眼前一晃，四周的景象消失了，他重新置身到了上下晃动的飞蓬上。此时的他们已经驶出了苹果树林，四周视野开阔的原野上阳光普照，身旁的苇儿正一脸关切地望着他，而他怀里的风息则一动不动，身体早已冰冷。

"风息——"即望失声大喊道，他无助地摇晃着她的身子，他多么渴望看到她突然睁开双眼，然而他等来的却是紧贴自己胸膛的瘦小身躯渐渐变得轻若羽毛，最后，她消失了，这一瞬间，即望感觉自己身体的一部分也随之永远失去。

之后很久的时间里，他呆坐在原地，任由明晃晃的阳光直射在他的脸上。

"这是地精注定的宿命，你也不用太过悲伤，"仿佛过了无数个世纪，他终于听到苇儿轻声劝慰着自己，"前面就是仙农城了，你还是振作起精神迎接魔法大会吧。"

即望怔怔地抬眼望去，果然，视线的正前方，一大片规模宏大的建筑群映照在灿烂的阳光下，充满了确如史诗所描绘的那种古典的梦幻气息，那就是辉煌的仙农城，整个魔法世界的中心，而视线的更远处是半环抱城市的起伏群山，隐约可见高踞于险峻山岭之上的恢宏宫殿，那应该就是庇特尔神庙，支撑着整个魔法世界运转的中枢。

然而，此刻在即望噙满泪水的眼中，仙农城闪耀出的至高无上的永恒之光中不免夹杂着几丝悲凉的色泽。

魔法大会

即望与女羽人走下热气球，在城中转悠起来。在行人如织的大街上，即望与形形色色的人物擦身而过，身披华丽铠甲的圣骑士，半人半马的精灵，招摇过市的炼金方士，装扮时髦的吸血鬼……林林总总的飞行器悬挈在半空，街边的商贩热情地兜售着来自各个大陆的绮丽商品，这些令人眼花缭乱的玩意大多即望见所未见，还有一些和即望一样云集至此的魔法师们正在即兴表演魔法，引得路人驻足围观。这一切看起来是如此的新鲜，如此的充满活力，即望感觉自己如同置身在了一个花样繁多的庞大集市中，不由顿生时空错乱之感，这让他淡忘了些许此前的哀伤。

他们沿着笔直宽阔的大道，来到了城市中心的星形广场上，魔法大会比赛正在如火如荼地举行。

偌大的广场上已是一片人声鼎沸，数座倒立的金字塔型擂台分踞于广场四侧，擂台上已各有选手在激烈比拼。

"魔法大会都开始好几天了，怎样才能参赛？"即望着急地问道。

"跟我来——"苇儿拉起即望的手，钻进了二号擂台的人群里。

好不容易他俩挤到了擂台的跟前，可出乎即望意料的是，擂台之上并没有上演剑光火影的魔法较量，只有一位一袭白衣的年轻魔术师正叉手傲立在擂台中央，他拥有超凡绝伦的容貌，气质纤美而冷艳，一头金发流光般飘逸在空中。

此时，一位戴着墨镜的矮人族男子跃上了擂台，他喜感十足地来回蹦跳在长发魔术师身边，声嘶力竭地喊道："上一轮，我们的天神易瞬用他快若流星的铁拳将与他车轮大战的十五名对手一一击倒，现在还有人肯上来挑战吗？"原来矮人是这个擂台的主持人。

在矮人极富煽动性的嘶喊声中，场下仍是一片寂静，即望也不为所动地站在人群中，他身旁的看客都在小声议论着，一位上了年纪的魔法师的议论声飘进了即望的耳朵：

"……真不愧为上届大会的冠军，拥有宇宙终极速度的魔法师，看起来他进入最终决赛已没什么悬念了。"老魔法师的一席话犹如魔法胶水将即望牢牢粘在了地面。"还是换个擂台看看吧，"他心里盘算道。

"没人迎战，我就宣布结果了——"矮人族主持人很是失望地望着无人应战的台下，故意拖长了尾音。

就在这一刻，不知谁从背后轻轻推了即望一把，他突然双脚腾空，直直飞向了擂台。

还没等他回过神，他已经姿势难看地跌落在擂台上，他惶然回头望去，台下的苇儿正一脸坏笑地望着自己。

"啧啧，还有人要挑战天武士。"矮人主持人兴奋地跳到了即望身前，"年轻人，你出自哪门哪派？"

"在下实习速度系魔法师即望，"即望喏喏开口道，他狼狈地拍了拍一身的灰土，站起身来，"来自歌德尔魔法学院。"

他的开场白一出口，立即引得台下一片哄笑，偏远的歌德尔岛历史上还从未诞生过进入复赛的魔法师呢。

"来吧，初来乍到的即望将挑战同为速度系魔法师的天神易瞬！"主持人的话音在空中化成几缕彩带和两只白鸽，随后他跳下了擂台。

即望呆立在台上，毫无准备的他该如何迎战？

抬眼望去，天神易瞬仍是紧阖双目，凌空而立，神情沉凝。两人遥遥地对峙了起来。过了良久，还是即望沉不住气，率先发起了攻击。他使出了最拿手的魔法绝学——"移身幻影"，顷刻间，他的身影幻化成了几十个分影——其中只有一个才是他的真身。真身与众多幻影同时挥出金光熠熠的拳影，流星雨般袭向易瞬。

这一刻，面对汹汹来袭的拳影，易瞬竟露出一丝诡异的微笑，他开始从容移动脚步，灵巧地躲闪起漫天交织的拳影，却不做任何的出招。几十个回合下来，即望已有些气喘吁吁、力不从心，而易瞬瞬动的身影还是如一开始的闲庭信步一般，但就在一闪念间，易瞬竟浑然不觉地移动到了他的面前，右手出其不意地一摆，空中倏地幻化出了一只白虎向即望猛扑而来，他连忙抬手挡去，可转瞬之间，白虎悠然一晃，轻绕过他的手掌，凝为一记力道十足的重拳打向他的胸口，他来不及躲避，整个身体连同众多幻影一同横飞了出去。

即望在空中一连翻了几圈，所幸他很快重新控制住了身体，落地时双手一撑，又踉跄着站了起来。

"呵呵，年轻人，你是这么多年来我见过出拳速度最快的人。"易瞬哂然一笑，此刻的他已卸下先前的冷傲面容，转而面带些许赞赏的神色望着即望。

"与你交锋，让我见识到自己速度可以达到的可能性。"即望沮丧地实话道，真是天外有天，同为速度系魔法师的他与易瞬的功力显然不在一个层次上。

"天下魔法，唯快不破 ——"易瞬继续微笑着说道，可突然间，他话锋一沉，"可你想过魔法师的出拳最快可以快到什么样子没有？"

"没有……"

"你认为我们的速度会存在一个极限吗？"

"不知道……"即望再次困惑地回答道，速度的极限，这与他又有何干？他从来没有考虑过这般终极的问题。

"过去的我也如今天的你这般懵懂，终日执念于研习提升攻击速度的魔法，以为会在这条光明大道上一路走下去，永无止境。但直到有一天，就如无论多么浑阔的大河逆流而上终将抵达枯竭的尽头，我迎面遇到了一面无形却又不可逾越的高墙 —— 我发现自己无论再怎么努力也无法让速度变得更快，提升之路由此戛然而止。最初的我全然无法接受这样残酷的事实，但后来也渐渐释然了：在我们的世界，魔法的招数尽可以千变万化，而构成魔法的最基本元素却是有极限的，比如最快的速度，最微小的空间，最短瞬的时间……"

"可……你已快到了什么程度？"即望听得似懂非懂。

"你想象一下，当一个魔法师的出拳速度超越了世间一切，甚至是自己大脑思维的速度时，'一念之及，拳随意动'会是怎样一番景象？当我全力出拳，在你见到我出拳动作时，实际上你已经被击中了。"易瞬淡淡地说，"世上不会再有比我更快的出招。单就速度而言，我即世界，世界即我。"

"这样说来，我毫无机会。"即望嗫嚅道。过去的自己就像是一只可怜的井底之蛙。

"是的，就让你见识见识这个世界最快的出拳，你也好不虚此行。"

话音未落，易瞬就提拳飞身而来。

面对这避无可避的攻击，他也只得挥拳迎战。

在攥紧拳头的一刹那，即望闭上了双眼，全力提升起体内腾跃的精神力，整个身体恍若燃耗起来。

这是他注定了败局的最后一搏。

电光火石间，他感到如是有一股陌生的力量驱使着他，让他出拳的速度抵达前所未有过的顶点。

终于，他的拳锋迎碰到了对方强大的力场，排山倒海的反冲力如惊天海啸一般向他压来，接下来天崩地裂的雷霆一击，他再次被震飞，重重摔落在地上。

他狼狈地起身，自己的魔法大会之行就这样黯然收场了。

他抬眼望去，易瞬仍岿然不动立在原处，飘散的衣袂随风扬起，只是他僵住的表情有着几分古怪，圆睁的眼珠里满是错愕，挂着一抹血迹的嘴角抽搐了几下："你击中我时，我竟还来不及出拳——"在如定格了的两秒钟后，他的身子晃了晃，如一棵被伐倒的树木，直挺挺地侧倒在地上。

即望目瞪口呆地望着倒地不起的易瞬，惊讶得快石化掉了，眼前如此戏剧化的一幕是怎么回事？难道自己出拳超过了易瞬的"终极速度"？还是天神之前的说法只是用来唬人的玩意？

可不管怎么说，他总算惊险挺过了第一轮比赛。

这天入夜时分，苇儿带着即望走进了一家位于庇特尔山半山腰的酒吧，这是仙农城最出名的"雷鬼城堡"。此时的酒吧内已是热闹非凡，很多有头有脸的魔法师都云集至此，用通宵达旦的狂欢度过漫长的夜晚。

从内部看，"雷鬼城堡"像是一座中间镂空的通天塔，一束束靛蓝色的光从高不可见顶的上部散射下来，交织在一起，鼓噪的、活力四射的奇幻音乐飘散其间，如梦似幻，酒吧内错落的座位有的螺旋形嵌于四壁之上，有的则高高低低地悬浮在空中。

他俩搭乘上一面飞毯，穿梭在恢宏的酒吧里。即望好奇地张望向散坐在四处的魔法师 —— 前来消遣的他们或是聊天、调情、豪饮，或是使出各种瑰丽法术争奇斗法，幻生出的一只只色彩斑斓的气球、蝴蝶、蝙蝠、闪电，在酒吧中上下翻飞。说实话，这还是他有生以来第一次身临这样喧嚣的夜场，这与他十多年来魔法学院里青灯枯坐的修炼之夜迥然不同。此刻清醒的他与周围杯觥交错的氛围多少有些格格不入。

最后，他们找到了一处还算安静的角落坐了下来。待他们坐定，空气中立刻变幻出一串串蓝色字符，这是酒吧的酒水单。

"来点酒吧？"苇儿提议道，"反正明天比赛休战。"

"不了，我不太会饮酒。"即望不好意思地推辞道，接着，他在名目繁多的链接中随手点了杯叫作"蜥蜴之吻"的饮料，而苇儿则要了一种烈酒。

没到一分钟，一个托盘飘然而至，上面立着一壶酒和一杯冒着熊熊火焰的墨绿色饮料。

"为你的晋级干一杯。"苇儿高举起了酒杯。

"谢谢，"他也端起那杯古怪的饮料，尝了一口，味道并不太难喝。"能挺过这一轮我已经很满足了。"即望老实说道。

"你的心态很好，"苇儿盯着他说，"或许你还能走得更远。"

他略微沉默了一下，接着认真地说："我总有一种奇怪的感觉，觉得我在过去什么时候见过你。"

"是吗？"她笑了，"或许是在哪一个前世吧。"

"或许是吧，可谁又能完整记得前世的事呢。"即望喃喃道，低头呷了口热腾腾的"蜥蜴之吻"。

就在这时，两个偏偏倒倒的身影来到了他们桌前。即望定眼一看，差点被嘴里的"蜥蜴之吻"呛到，来者一男一女，男子竟是今天刚被他淘汰的天神易瞬，此时的他像是换了个人似的，一身嬉皮打扮、醉醺醺的他一只手端着一大杯还在向外泛着泡沫的啤酒，另一只手则挽着一位化着烟熏妆、哥特式打扮的女魔法师。

"哈哈，没想到你也在这。"醉眼蒙眬的易瞬兴奋地向他打招呼，"正好过来和你道个别，我就要离世了。"

"你要提前进入下一世？"即望很是惊讶。

"是的，就是今夜，我要赶在黎明之前攀登上庇特尔山的最高点丘奇峰，当明早第一缕曙光投射大地时，我将从万丈悬崖上纵身跳下，让今生在坠崖的粉身碎骨中消逝……哈哈，我会在下一世成为怎样的魔法师呢？风系？火系？精神系？还是别的什么法系？只要千万别再是什么速度系了 ——"易瞬颠三倒四地说着，时而开怀地哈哈大笑，猛地，他举起自己的酒杯，狠狠地一饮而尽。

即望怔怔地望着易瞬，看上去他快哭了。魔法师选择提前结束此生从而堕入下一世倒也不是什么出格的事情 —— 他今世的很多记忆将消逝，但他今世以及前世所修炼的魔法功力将自动遗传至后世，这将使易瞬在下世成为一名法力更为高强的魔法师。但一想到已贵为天神的易瞬作出这样的决定多半是缘于今天的比赛，这还是让即望心里多少有些不是滋味。

"我很嫉妒你，"易瞬突然俯身在他的耳边，有气无力地耳语道，"你不可思议的速度让我整个人生崩溃了。"

说完，他扬起头，吻了吻女友，女友也热情地回吻了他，但看上去她对男友的即将离世并没有流露出多少不舍。

即望仍呆坐在位子上，不知该说些什么。

"年轻的魔法师，我要离开了，祝你好运——"易瞬动作僵直地向他挥了挥手，搂着女友的柳腰转身离开了。

即望和苇儿目送他们离去的背影，远远望去，步履摇晃的易瞬把头侧倚在了女友肩头，女友似乎正在安慰着他。"小家伙也留不了多久了，这一次辛洛夫也参加了魔法大会。"此刻，哥特女魔法师的小声咕哝飘进了他俩的耳朵。

"辛洛夫也出山了？！"即望转头不知所措地望着苇儿。

"啊，那位拥有炉火纯青的唤龙技艺的死灵法师？不是传说他一直依附于黑暗的亡灵世界，从不稀罕参加魔法大会吗？"苇儿也按捺不住内心的震骇。

"是的，应该就是他。"即望的语气怯弱了几分，如果他们相遇，他还能依靠简单之极的"移身幻影"取胜吗？

没有翅膀的龙

数日后，清晨，星形广场中心，魔法大会总决赛。

即望忐忑不安地站上了魔法世界最中心的舞台——海螺形擂台。在之前几天里，他接连迎战了上百个对手，各式各样的对手施展出五花八门、眼花缭乱的绝技，然而他总以不变应万变，仅是依靠他独门的"移身幻影"就干脆利落地击倒对手 —— 他所需要做的只是幻化出虚影，不疾不徐地躲闪，再鬼魅般游动至对方面前，加速给对手致命一击。

就这样，即望一路过关斩将，晋级到了总决赛。

此时台下已是人山人海，与之前不一样的是，人群的最前排出现了十几位神情肃穆、峨冠博带的老者，他们都是庇特尔神庙长老会的成员，前来见证大会的最后一战，最终裁定出新一届天神。折冠的魔法师将带着他创造的独门法术步入庇特尔神庙，成为整个世界的守护神。

他决赛的对手正是死灵魔法师辛洛夫，只见他佝偻着身子，身披一袭黑氅，以一柄魔杖驻地，一只漆黑如碳的渡鸦停栖在他的右肩上。一张毫无血色的脸庞半隐在一顶巨大的黑色斗篷下，却仍难掩一股逼人的暴戾之气。

在一声悠长的海螺号角声后，比赛开始了。

只见辛洛夫面无表情地向即望鞠了一躬，接着低头拨弄起手中的小骷髅头连珠，口中念念有词。

过了几秒，天际轰然响起几声闷雷，渡鸦随之惊飞，在他身后，一个浑身漆黑的庞然大物不知从何处蹿了出来，这是一条面目可憎的独角巨龙，舞动着飞翼与利爪，吞吐着火红的舌信子，在空中咆哮了几声后，闪电般向即望俯冲过来。

他慌忙顺势向旁边一闪，双脚一蹬，纵身跃至了高空。

黑龙扑了个空，被激怒的它再次疯狂扑向即望，即望旋即施出"移身幻影"，多个分身在天空中来回躲闪，轻盈地与黑龙周旋。几十个回合下来，他惊喜地发现，自己总能游刃有余地快黑龙一步作出反应。

黑龙不得已放弃了利爪的攻击，它恼怒地呜咽了两声，左右抖擞了几下丑陋的头颅，睁目怒视着即望，突然狠狠地吐出一团涎液。黏糊的涎液随即在空中分散开来，雨点般飞向即望。

在这千钧一发之际，即望下意识地启动了一道防御魔法——"风之护墙"。

即望的真身前方旋即幻生出一堵无形的防御力场，纷飞而至的涎液在触及护墙的一瞬就如遇火的寒冰般咝咝蒸发掉。

一波未平，黑龙又大口喷吐出滚滚烈焰，遮天蔽日的耀眼火束点燃了整个天空。

即望见势迅捷地集中精神力，为"风之护墙"增添上了一道加固魔法，荧荧的七彩光芒萦绕在了力场四周，如透镜一般将炽烈火龙反射了回去。

黑龙只得停止了喷吐，在天空中低低地盘旋，急速拍打着飞翼，像是在积蓄能量。

而地上的辛洛夫仍一动不动地叨念着咒语。

就这样，双方陷入了僵持。

蓦然间，即望惊恐地发现脚下的擂台消失了，他，辛洛夫以及黑龙置身在了一片空旷阴森的荒野。一大片黑压压的黑色人形轮廓从辛洛夫阴云密布的身后隐隐升起，浩浩荡荡地涌向了即望。

即望逐渐看清了这些黑色人形，他们全都身着整齐划一的黑色铠甲，高举黑色的旗帜，手持战斧、长矛、重剑、弓箭，皆是一张张秃鹫般残忍而阴冷的脸庞，挟着扑面而来的腐烂与死亡气息——他们是辛洛夫从坟墓深处召唤而来的亡灵战士。

此刻，等到援军的黑龙立刻焕发了活力，再次向即望发起了进攻。

这一次，混杂着烈火、冰雹与闪电的冲击波从黑龙血盆大口中喷出，即望只得奋力支撑起风之护墙。

然而，在即望身前，亡灵大军已愈逼愈近，他们毫发无损地冲破了他的护墙，围聚在他四周，挥舞各种利器暴虐地向即望砍斫。被冲击波固定在原地的即望根本无暇抵挡四面八方涌来的亡灵战士，任凭锋利的刀斧一下一下割裂着自己身体。

即望仍强忍着剧痛，死命挺立。

渐渐地，即望感到自己只剩下孤零零的意识还漂浮在空无一物的黑暗之中，要不了多久，他的意识也将彻底熄灭。

"即望，即望，再坚持一会儿！"恍然间，从黑暗深处传来一个声音，是苇儿！

"苇儿，我已经不行了……"他残存的意识绝望地回应道。

"千万不要放弃！还有我在与你一起并肩作战，即望，想想我告诉你的那只龙——"

于是乎，他空空如也的脑海一下回想起几天前发生在"雷鬼城堡"的一幕：当易瞬离开后，他可能要迎战辛洛夫这一重磅消息，让他与苇儿陷入了面面相觑的沉默。

"我有办法能帮助你对付辛洛夫，你听说过一种没有翅膀的龙吗？"苇儿突然打破了沉默。

"一种没有翅膀的龙？"即望困惑不已。

"是的，没有翅膀的龙来自一个远古传说，"已有着几分醉意的苇儿向他眨了眨眼睛，"在一个久远得已难以考证的年代，史前的东方大地曾有过这样一大群农耕部落：他们的生存形态与如今的我们有着天渊之别，他们延续生命力的方式仅仅是在贫瘠的大地上辛勤播种与收割五谷。与此同时，他们年复一年地观测夜空星象，相信天象的迁变可用于制定历法以指导农事，智慧的他们还将横贯天际的所有可见星辰分成了二十八星宿，在每年最为重要的春耕播种时节，总是以其中七个星宿依次迤逦上升于东方地平线上为标志，开始一年的耕作。逐渐地，族人把这七个星宿①单独抽离了出来，凭借想象力组合成了一个真实世界从未存在过的形体，这是一只威风凛凛、由多种动物合成的神兽，它被赋予了一个神圣的名字——龙，从此，龙成了族人祭祀的对象与图腾。"

---

① 指构成苍龙宿的角、亢、氐、房、心、尾、箕七宿

"你是说他们的龙仅是来源于星象,而非真实存在?"

"你听我讲完。"苇儿为自己斟满了酒,呷了一大口,继续娓娓说道,"在此之后,族人们自诩为'龙的子民',尽管龙的子民竭尽血汗劳作,一年下来微薄的粮食收成也仅够果腹,然而非常不幸的是,他们栖息地的北方恰好是当时世界最庞大的游牧部族发源地——在那一片广袤的蛮荒极北之地中,与草荣枯地兴盛起一茬又一茬的游牧族群,这些游牧族群会不时随寒流南下,掠夺龙的子民的农耕果实。有一年,极北之地经历了一场前所未有的冰河季气候,逐草而居的游牧部族,再也无法狩猎到足够的食物,不得不举族向南侵袭。于是,衣衫褴褛的龙的子民与来势汹汹的游牧部族不可避免地展开了一场终极鏖战——"

"结果呢?"即望突然之间来了兴趣。

"历经数日昏天暗地的厮杀,终日躬耕田间的农夫们终不是茹毛饮血的游牧部族的对手,然而就在胜负将现的最后一刻,神迹毫无征兆地降临了,龙的子民惊愕地看到插在大地上的那面浸满鲜血的旗帜上的苍龙图腾竟缓缓游动了起来,猛地腾跃到天空,凶猛地扑向了游牧民族。战场形势在须臾之间竟然扭转过来,受到重创的进犯者丢盔弃甲地溃退回了大漠。"

"故事结束了吗?"

"传说还没有结束,"苇儿说,"在耗尽全力驱散了外族入侵之后,精疲力竭的巨龙再也支持不住了,最终,它摇曳着庞大的身躯轰然坠落大地，蜿蜒横亘在了崇山峻岭间，凝聚为一道绵长峥嵘的城墙，在之后的岁月中，巨龙所化身的这面城墙将农耕部族与游牧部族泾渭分明地分隔开，成了他的子民抵御北方铁骑的坚实屏障。"

"我很喜欢这个传说。"即望吐了吐舌头，这样的史诗风格的故事总是让他着迷。

"我有办法让苍龙显灵，与辛洛夫的地狱黑龙搏斗。"已是醉意阑珊的苇儿快活地宣布道，她的眼睛又亮了一下。

"苍龙的胜算有多大？"即望的心怦然一动。

苇儿像是没有听见他的话，仍自顾自地沉浸在自己的激动中，"苍龙象征祥瑞、正义，源于远古农耕部族对于星辰的守望，而地狱黑龙则是邪恶黑暗力量孳生的产物，两大神物正好针锋相对地较量一场——"

即望看着苇儿一个人口齿不利落地絮叨着，突然间他觉得此前自己的兴奋很是可笑，苇儿告诉他的这个"旁门左道"极不靠谱，她一定是喝醉了，像是在寻他开心似的，如果真遇到辛洛夫，自己只能依靠自己的力量击败他。

但这一刻，他满脑海全是苇儿提及的那个奇怪的传说，那一群浴血坚守至最后一刻的"龙的子民"。那一位由星辰演化而成的守护神。

"苍龙——"他拼尽所有力气发出了一丝呼喊。

这渺不可闻的声响，就如落入浩淼海面的一粒雨滴，迅速消融在了僵滞的时空之中，不知过了多久，他的耳畔忽然响起一声空灵的长啸。

是龙吟。

天地陡然颤栗了一下，他恍然抬起了头，在扭曲的视线中，一只金光万丈的奇异造物正腾云驾雾而来，居高临下地注视着他，这个四爪的造物身躯蜿蜒张扬，通体遍布炫目的金色鳞片，两只灵性的灼灼眼珠带着一种超越尘世的无上威严。

是苍龙。即望激动地意识到，万物之灵的神龙从尘封的史诗中复活了过来！

这是魔法世界亘古未有过的奇瑰一幕：有翅膀的龙与没翅膀的龙，同时盘桓在了同一片天空，遥遥对峙。

此刻，面对陌生强敌压境的黑龙变得更加狰狞与狂躁，它率先将喷吐的火龙转向了苍龙。只见苍龙从容不迫地吁嘘出一团淡紫色云雾，瞬间熄灭掉了火龙。

黑龙怒吼着猛扑向了对方，苍龙也毫不退让地迎了上去。两只形态迥异的巨龙近距离地纠缠在一起，相互撕抓、啮咬，两相比较，黑龙的攻击显得力道十足却笨拙不堪，而苍龙则套路灵动多变，总能蜻蜓点水般化解掉其来势汹汹的进攻，并趁势给予黑龙关键一击。渐渐地，黑龙落了下风。

很快，黑龙主动退出了搏斗，遍体鳞伤的它振翅向后退出了很远的距离。

"龙舞身变——"佝偻携杖于黑龙身躯阴影下的辛洛夫突然挺直了身板厉声大吼并举起魔杖。

黑龙闻声立即停止了退缩，弓缩起庞大身躯，全身猛然泛红，两张飞翼上火光大盛，整个龙体如同燃烧起来一般，头顶那只笔直锋锐的犄角骤然间变得如它身躯一般长，闪烁出逼人寒光。

紧接着，黑龙低头仰起犄角对准了苍龙，发疯似地冲了出去，似是要与苍龙作最后一搏。

这一幕看得即望悚然一惊，"飞龙在天！"一个意象突如其来地升腾脑海，令他冲口而出了这样一句令他自己也感到震惊不已的陌生术语。

顷刻间，天地亮了起来，伴随着阵阵春雷般的轰鸣，络绎的古老星宿，从南方地平线冉冉升起，龙角，龙头，龙颈，龙脊，龙尾……次第形成一条连绵完整的龙形，最终凛然定格于苍龙身后的天穹中央。

飞龙在天，利见大人

这一刻的苍龙像是获得了某种指令，蓬勃地腾跃起来，仿佛亘古以来的星辰的精神力正源源不断注入它体内。

疾飞而至的黑龙一瞅这架势，懵住了，不知是该进还是退。

就在这一瞬，苍龙忽地游动开来，飞扬起鱼鳍状的巨大尾翼，强有力地一摆，将这斗转星移的力量全部鞭击在了黑龙身上。

石破天惊的剧烈撞击，如山的黑龙被震出很远，结结实实地跌落在了地面。

过了许久，只剩半只犄角的黑龙才扑棱着残缺的翼翅重新飞上天，绝望地哀鸣了几声，仓皇飞走了。

接下来，苍龙径直扑向还在疯狂攻击即望的亡灵战士，在黑色噩梦般的亡灵大军中撕开了一个巨大的口子。勇猛无畏的苍龙在其中左突右冲，凌厉龙爪划过之处，大片的亡灵战士就如镰刀下的黑色麦穗一般纷纷倾倒，支离破碎的血肉四散横飞。没过多久，亡灵大军就在苍龙的冲击下溃不成军。

胜负已定，即望呆立在尸横遍野的荒原，久久回不过神来。恍惚之中，他眼前的大片赤红狼藉的战场陡地消失了，随之一并消失的还有腾跃的苍龙，他再度置身真实的擂台，此时台下的观众全都惊愕得鸦雀无声，而他的身前，辛洛夫颓然跪倒在地上，一手柱地，一手捂着胸口，墨绿色的血液透过他手掌止不住地向外喷涌。数分钟后，台下如梦初醒地爆发出雷鸣般的喝彩，一名籍籍无名的见习魔法师竟神奇地战胜了世界上最顶级的死灵魔法师。

在即望模糊的意识中，一位红鼻子长老走向他，举起了他的手臂，并为他戴上了一枚闪光的戒指，这是象征最高魔法荣光的天神戒指。

"孩子，等你恢复了元气，就到庇特尔神庙报道，履行起你天神的职责。"长老的声音远远地飘在空中。

即望木讷地点了点头，艰难地扭过头，将涣散的目光聚焦，投向台下，苇儿在哪呢？

他竭力寻找着。

但视野中那一张张晃动的面孔中并没有她……接着，他眼前一黑，失去了知觉。

当即望醒来时，天已黑尽了，他发现自己独自躺卧在空无一人的星形广场中。

苇儿仍不在他身边。

他茫然站起身，迈开沉重的步子走出广场，走向灯火迷幻的大街。

苇儿还在这片夜色中吗？

　　此刻星光照耀下的仙农城已是火树银花、喧嚣异常，白日琳琅的商铺全都幻化成了一个个人头攒动的大夜场，缤纷妖娆的霓虹疯狂闪耀着，充满了蛊惑，即望局外人一般望着酒馆歌肆之间那一个个光怪陆离的身影；街上过往的各色路人是如此行色匆匆，看上去都在急于寻找自己的乐子。失魂落魄的他该去往何处，心中沉甸甸的虚幻感就如脚下的影子，一步步被拉长……自己究竟是谁？真是记忆中那个魔法学院中亦步亦趋的学徒？可为何自己又能够初登魔法大会就斩获了"天神"荣光？这极像是一场华丽却并不真实的梦幻……然而，即望又能真切感受到右手无名指上那枚天神戒指所散发的诡异力场——不，他首先要找到苇儿！

层叠的宇宙

　　在行至繁闹大街拐角处时，一页广告画落叶般飘过即望眼前，即望停下了脚步。这种在大街上飘来飘去招揽视线的广告有很多——从寻人 PK 到千金求购某某极品魔法装备，无奇不有，但眼前这张并不醒目的广告画似乎有着一些特别……他久久地注视着，纸面上翻来覆去跳动着"改天易命"的古怪符文，一只闪光的箭头则指向了身旁一座两层哥特式小阁楼。改天易命？他心怦然一动——他曾听闻仙农城某些神通广大的大魔法师拥有替人改变过去的法力。

即望犹豫不决地走到阁楼门前，轻轻敲了敲门。

没有反应。

于是他径直推开门，走了进去。

屋子里的一切差点把他噎到，这是一个缺失想象力的空间：艳俗的灯光，迷离的烟雾，破落的陈设，震耳欲聋的迷幻音乐弥散在狭窄的房间中，正对面一张又脏又旧的吧台里，一名重金属打扮、形容猥琐的男子正随音乐动作畸形地摇摆着，仔细听来，风格古怪的音乐中还混编着巴赫与莫扎特的古典交响乐的元素。

"请问，你有魔法让人回到过去？"即望强压住心中的厌恶。

重金属朋克男仍旁若无人地沉浸在音乐中，摇晃着他那满头鬈曲的发辫，就像一只贴满亮片的疯狂壁虎，过了许久，他才扭头瞟了即望一眼，但一秒钟后，朋克男脸上表情僵住了，音乐声立刻戛然而止，"哈哈，我认得你，新鲜出炉的新科天神，"他热情地凑了过来，将一只满是文身的手搭在即望肩上，唾沫飞溅地高声说道，"是的，我有法力改变过去，虽然这是违禁的。"

"这如何能办得到？"

"你有没有听说过平行宇宙？"

"你是说——"

"实际上我们的宇宙交错了无数个平行世界，你人生际遇每一次抉择都会让宇宙自行分裂为多个平行宇宙！我所掌握的平行时空翘曲技术，能让你自由嵌入不同平行宇宙，这样，你就能回到你想回到的某个时空的十字路口，重新做出选择，你所有的遗憾都能得以弥补，所有的过错都有机会重新来过——"朋克男絮叨着，一道小光环适时出现在他头顶之上。

"这么说，你肯帮助我？"即望喜出望外。这个世界的扑朔迷离远远超出了他的想象。

"唔……使用这个魔法会严重耗损我的道行，"朋克男勉为其难地挠了挠头，眯缝的眼睛闪烁出了贪婪的光亮，光亮最终落在了即望的左手指上，"当然了，如果你拿得出足够分量的物品交换……"

即望摩挲着手中的天神戒指，这是他过去梦寐以求的荣光，但此刻，这一切对于他已毫无价值。

"我可以用戒指和你交易。"即望郑重地做出了决定。

"成交！"朋克男心满意足地高呼道，"天神戒指可是所有平行世界都通用的极品装备啊，跟我来——"

即望跟随他走进了里屋，这仍是一间毫无想象力的房间，一颗湛蓝的水晶球赫然漂浮在昏暗的空间中。

阴森的光线中，朋克男神秘兮兮地向即望伸出了右手手掌，突然他狠狠打了一个喷嚏，一个暗黄色的药丸凭空出现在他掌心。

"把药丸吞下去，再凝视水晶球，依靠精神力，你就能回到你想回到的时间节点。"

即望依言照做，他吞下了药丸，很快地，体内便起了异样的化学反应。

他眼前的水晶球模糊起来。四壁潮霉斑驳的墙纸雪崩般向他垮塌过来……

他回到了决赛前的那个下午。他和苇儿正漫步于仙农城外一座不知名的山岭之上。

"苇儿，我想放弃明天的比赛，我不稀罕什么天神，我们一起离开仙农城，去到更广阔的天地云游吧。"他急切地停下脚步，舌头僵硬地对苇儿说道。

"很乐意听你这样说，"苇儿转过头来凝视着他，她的目光温润清澈，缕缕悠悠的云朵飘在她身后湛蓝如洗的天空，"但，这个世界并没有你想象的广阔。"她淡然说道。

这个世界没有想象的广阔？即望惊讶地望着苇儿，她有着一双深不可测的海水一般的蓝眼睛。

"我差不多游历遍了这个魔法丛生的世界，可事实上，阳光之下并无新鲜事，"苇儿沉吟道，"魔法看上去无处不在，各地的魔法师们依靠自己的心智以及吸取天地万物的精神力完成魔法修炼，但是，你注意到没有，他们独独欠缺一类精神力。"

"欠缺什么？"即望哑声问道。

"星辰的力量。"苇儿柔声说道,"在传说中,日月星辰同样具有无上的精神力,可谁也没见过哪位魔法师能从中汲取精神力。我们只看到昼夜在日复一日地更替,闪闪星辰总是挂满了夜空,但这些星辰却从来没有发生过变化,你不觉得,缺乏质感的它们如此的不真实,像是糊弄人的玩意。"

"可……这又意味着什么?你的苍龙……"他一愣,这一刻,他瞥见苇儿的手臂上的那团星斗状文身格外醒目。

"魔法世界之外理应还平行存在着另一个世界,在那个世界中,天地万物无不充盈着星辰的力量。"苇儿沉默了片刻后说道。

"一个由星辰构成的世界?"

"是的,在那里,星空并非一成不变,满天漫涌、变幻莫测的星辰主宰着万事万物的演进。"苇儿微微一笑,说完她踮起脚尖,轻轻地在他额头吻了一下,"或许有一天我们会在那里再相遇。"她的声音几近耳语,遥远而飘渺。世界之外,星辰的世界,这极像是一个神谕,或是一个美妙的约定。即望怔怔地沉浸在她的意象中,再后来,他看见如水的波纹在她的四周泛起,她向他挥了挥手,她要离开了。

"不,苇儿——"他如梦初醒地向她伸出手,想要留住她。

但最终,他的指尖触碰到的只是山间清冷的空气,她的笑靥隐没在了云端之上的绰绰群山中。

接下来的时间里,他看到视线中的自己就如一个提线木偶,被操控着，看上去并不悲伤地转身走下山去，第二天他重演了与辛洛夫的决战，依旧获得了天神的殊荣。

不，这不是他想要的结果。

意乱心慌的他挣扎着集中起意志力，企图再次改变这一切。

眼前的世界飞速隐去，扭曲的超现实色块扑面而来，他踏入众多相互纠结的平行世界中，穷尽所有的可能，然而，在其他的平行宇宙中，苇儿的身影并没有再次出现……

他仍然是那个初出茅庐的小魔法师，不谙世事，满怀憧憬地离开家乡，只身参加魔法大赛，没有悬念地被淘汰，这并不合理。

他摇了摇头，继续拼命向之前的时间节点追赶，枉然穿梭在不同时空中。

但最终，几经周折，他还是一无所获地回到了朋克男的房间里。

"我无法更改结局。"即望垂头丧气地对朋克男说。

"这完全不合情理，"朋克男皱着眉头注视着水晶球，显然他目睹了即望的遭遇，不知什么时候他的下巴已经惊讶得掉在了地上，"我从没有遇到过这等怪事……看上去女羽人的存在超出了我们世界的范畴，她竟可以左右多元宇宙的走向。"

"接下来我该怎么办？"即望无助地望着朋克男。

朋克男没有回应，只是神经质地在房间里来回踱步，他突然转过头来，圆睁着血红的眼睛望着即望，"到神庙去……庇特尔神庙，"彻底蔫下来的他，声音喑哑，似乎很担心即望会开口要回天神戒指，"神庙是整个魔法世界运转的中枢，那里一定有天神能解释你所遇到的一切——"

说着，朋克男急不可待地拍了拍即望的肩，"跟我来——"于是他们上到了房子的屋顶。此时天空已泛起鱼肚白，站在空旷的屋顶，清晨清冽的风吹拂着他的脸庞，即望才意识到不觉间自己离开这个世界整整一夜了。

朋克男把手指放到嘴唇上，吹出一声尖啸的嗯哨，只见晨曦中一只巨大的翼鸟从远处飞来，降落在他们面前。即望明白了它的用意，抬脚跨上翼鸟的脊背。

还没等即望坐稳，翼鸟旋即展翅而起，他慌忙紧紧抱住了翼鸟的脖子，随着翼鸟扶摇直上，直冲云霄，飞向峭立于远方山岗之上金光闪闪的神庙。

庇特尔神庙

划过渐渐明亮起来的天空，即望飞抵庇特尔神庙。这是一大片维多利亚风格的城堡，翼鸟带着他在高耸的塔楼之间上下翻飞，飞临了城堡中央一座气势最为巍峨的高塔，从一扇敞开的窗户飞了进去。

翼鸟继续穿梭在迷宫一般的城堡内，轻车熟路地穿过一个个富丽堂皇的大厅、一条条曲折的走廊后，拐进一间有着浑圆穹顶的密室降落下来。

即望翻身下到绣有玄奥花纹的深红色地毯上，身后的翼鸟扑腾着飞走了。他环顾四周，装饰华美、暗香浮动的房间里空无一人，唯有墙上古色古香的壁炉里的木柴兀自燃烧着，噼啪作响。

正在即望惶惑之时，一个人形忽地出现在了他的面前。这是一位气宇轩昂的老者，身着一袭精美的白色镂花长袍，身材很是魁梧，鼻子红红的——正是为即望戴上天神戒指的那位长老！

"尊贵的长老，请原谅我的贸然来访。"即望弯腰行礼。

"年轻的天神，你本来就属于这里，"红鼻长老的语气和蔼而亲切，"这几天在仙农城过得还好吗？"

即望迟疑了一下，最后还是鼓足勇气开口道："挺好的，我只是有些迷惘我们身处的这个世界。"

红鼻长老听完会心一笑，像是一直在等待他说出这句话似的："怎么，你也开始思考起了魔法世界的起源？"

即望点了点头。

"好吧，就让我告诉你一些天神应该知道的事情。诚然，确如史诗记载那样，远古众天神初创了世界，从创世那一刻起，魔法就主宰着世界的起承转合，"长老不急不缓地开始了讲述，"但在另一个层面，这些表象之上玄乎其技的魔法，皆是一堆堆由 0 与 1 构搭而成的代码与程序的洪流，概莫能外。"

"代码与程序？"

"是的，这是两个古僻之极、并不属于我们魔法世界的词汇，它们等同于那些刻印在古旧羊皮经卷上的魔法指令，但孤零零的指令就如同轻飘飘的空气，不具实形，也无法掀起风浪，它的实现是需要借助特定的载体，这样的载体，用另一个古僻的词汇来讲，就是服务器。"

"你是指魔法并不是单单依附于精神力，而是需要所谓的服务器去实现？"

"不，不仅仅是魔法，"红鼻长老讳莫如深地摇了摇头，"还包括你我，你我的身躯，你我的感知，以及这个世界所有的纷纭万物，全都寄存在一个驳大得你无法想象的服务器中。这个服务器无比复杂，是由一张张超级量子计算机网络交叠而成，因此，我们世界呈现出多重宇宙复杂的量子形态。"

即望一时还无法理解什么"量子计算机"："可在你说的服务器之外又是什么呢？"

"人类在魔法世界诞生之前所生活的那个荒凉宇宙，充满了艰险与浊流。"

"可……"即望正要继续追问下去，他见到红鼻长老伸出手指在空气中轻轻一戳，他眼前乍起一道绚丽的蓝色光束。

"让我打开你自身的数据库，为了降低能耗，绝大多数人的冗余数据库是被屏蔽掉的。"

在长老的话音中，一簇磅礴的蓝色数据流开始汇入他脑海中——这些都是多数人已遗忘了太久的隐秘历史，他默然汲取着，渐渐清晰回想起了上古宇宙的蛮荒模样——人类是如何将意识上传到量子网络中，又如何在这片量子赛博大地上缔造魔法的传奇，那些形态各异的地精们则是如野草般疯长于世界各个角落的病毒程序……

"这样一来，我们的世界岂不变得停滞不前？"即望截住了回忆，提出自己的疑惑。

"魔法大会。"目光如炬的长老拈了拈胡须，"世界利用十年一次的魔法大会作为风向标，不断催生出崭新的魔法，挑选有潜质的魔法师，被挑选的新天神将进入庇特尔神庙，担负起更新魔法世界架构的任务。当然，在所谓的物理层面上，创新的魔法即是更为高级的数学算法——这些层出不穷的新魔法推动着我们世界向外延伸。"

"这就是我们世界的本源。"红鼻子长老继续云淡风轻地说道。说着他背过身去，庄重地掀开了他们面前的一幕巨大的银色帘幔。明亮的光线立刻透过落地窗棂倾泻而至，整个仙农城尽收眼底，俯瞰之下的城市就如一团还在生长的鲜艳苔藓，不时积木般延展开一块，各式各样的飞行器与翼鸟振翅翱翔于城市上方，浆果色天空的尽头残留着多彩的焰火印迹。"即望，你瞧，在这里，每一个生灵都能随心所欲地驾驭精彩生命，天马行空地涂鸦广袤无限的世界，而外面那个索然乏味的宇宙对我们而言，空空如也，沉默如谜，除了遥远，一无所有……当年，尽管人类的触角已遍布太阳系每一个角落，然而，光速、万有引力、普郎克常数——这些冰冷无情的物理法则之手，将我们牢牢钳在了一个进退维艰的水晶球中，我们去不了远方，那里远没有此刻的世界来得鲜活生动、千姿百态——"

即望沉默无语地倾听着。

"但如今，完美如斯的世界似乎起了一丝裂痕。"红鼻长老突然停顿了一下，话锋一转，将陡然冷峻起来的目光投向了即望。

"你是指——"即望禁不住倒退了一步。

"好了，孩子，你无须再遮掩什么，在没踏上康托尔大陆之前，你只是偏远外岛一位资质平平的实习魔法师，你在魔法大会上演的那一连串令人瞠目的晋级过程，在外人眼中极像是幸运十足的误打误撞，但事实的真相是……有一位女羽人在暗中帮助你。"

即望张开嘴，过了半晌，才艰难滑落出一句话："她都为我做了些什么？"

"在你所参加的所有比赛中，总有一股神秘的力量侵入比赛服务器中，蛮横地挤压带宽，让对手的处理程序陷入了半休克状态，这样一来，对手动作总是慢你半拍。"红鼻子长老加快语速说道，"而在面对易瞬的一战中，你的出拳速度甚至难以置信地超过光速。"

"超过了光速……我也是凭借这个击败了辛洛夫？"

"跟我来。"红鼻子长老未置可否地回应道，他缓步走向了身旁的那面墙，弯腰钻进了墙上的炉壁。

即望只得硬着头皮跟进到炉壁内部，他穿过了橘红色的炉火，来到了一个全新的空间。这是一片空荡无垠的虚空，四周背景皆是星星点点的朦胧光亮。

"这就是如今的太阳系。"身旁的长老平静地说道。

他无所适从地转头望着长老。

但很快，他的视野徐徐扩展开来，太阳系的景象变得一览无余——

与此同时，那些有关太阳系的记忆在他眼前缓缓激活，与眼前的天体一一对应起来：干涸荒凉的水星，尘土碌碌的火星，环绕着恢弘行星环的土星，凌乱不堪的小行星带，冰雪初融的木卫二，天鹅绒毛般的奥尔特云……而与记忆中不同的是，如今不计其数的具有自我生长功能的纳米微机械遍布其中，这些微机械就如一个个快活的小精灵，借助太阳风以及各天体的引力自由游弋着，其迸发出的犬牙交错的激光束连接起了整个回路——整个太阳系构成了一个运行得丝丝入扣的精密大机器。这就是自己身处的驳杂平行世界的物理底层，那个故弄玄虚的朋克男不过是运用某种奇技淫巧打通了各平行世界的联系，他恍然大悟。

所有人，所有事，皆是一款款游走其中的程序，有条不紊，波澜不惊……即望闭上了双眼，一丝感伤不禁漫过心头。

苇儿也置身其中。

"你与辛洛夫的巅峰对决被安排到了位于木星内核深处的超级处理器中。"正在他恍神之际,身旁的长老突然不动声色地开口道。

"木星?"即望猛然一惊,他不由将视线颤颤投向了不远处的木星,这颗猩红色巨星与他遥远记忆中的模样并无太多改变,他的目光径直穿过星体表面已喷薄了上亿年的风暴与涡旋,看见了数不清的微处理器鱼儿般潜游在一片液态金属氢的海洋之中。

"大会原本希冀以木星强大磁场屏蔽掉神秘力量的再次入侵,可最终,入侵还是发生了,而这一次你借助的是 11 个地球年一年一次的太阳风暴。"

"太阳风暴?"

"是的,"长老继续平静说道,"那一瞬,太阳风暴狂乱的等离子流在太阳系内横冲直撞,被女羽人控制的数以兆计的微机械汲啜到巨大的能量,在一微秒内完成了一轮骇人之极的计算,海量的数据流拧成一头无敌的苍龙,在最后一刻,击碎了辛洛夫用数学裸奇点构造的魔法幻境。"

"为何当时没有揭穿我们?"即望不解地问。

"你们的把戏瞒不过长老们的眼睛。"长老宽容地说,眼睛一直注视着远处,沧桑的脸庞似乎泛起了一丝苦涩,"女羽人无疑拥有一种我们已知世界未曾知晓的魔法,这种魔法能自如控制魔法世界以外的物理层面,她的出现动摇了我们已有魔法的根基……但我们敬畏这种异端力量的存在。"

"……你们弄清苇儿身份了吗？"

"你说那个女羽人？我们也无从知晓，"长老无奈地摇了摇头，"她并不存在于我们可查的历史中。"

红鼻长老的回答让即望再次退回到了迷雾中。

"有没有这样的可能，某些不起眼的小程序或是病毒，在我们没有注意的隐蔽角落里，默默生长起来……最后甚至获得了凌驾于我们世界之上的超级权限？"沉思了很久，即望突然颤抖着嘀咕道。或许……苇儿真是一位法力高强的地精。

"不，横亘于仙农城外的那圈苹果灵墙是我们的图灵测试程序。理论上，再强大的地精也不可能如真正人类那样具有复杂混沌的意识波——人类的意识波具有'波粒二象性'的特性，会在经过双缝时形成干涉，从而通过图灵测试的试炼。"

"可某一病毒也许已经复杂到我们无法想象的程度，以至于具有了人类的思维方式，能够突破测试？"

"我没有足够的智慧回答你这个问题，"长老沉吟了半晌，最终干涩地挤出了这样一句话，"孩子，你回到楼上去，在那里你或许能找到一些答案。"

"不胜感激——"即望的话音刚落，长老就倏地消失在了空气中。

高堡中的天神

即望只得重新回到房间里，在迂回曲折的城堡中继续探索，他终于找到了一处向上的楼梯。他沿着这道似是永无尽头的楼梯，在晦暗幢幢的城堡中螺旋而上，差不多来到了高堡的最顶层。一扇虚掩的厚重大门出现在眼前，他惴惴不安地推开了大门——一座流光溢彩的殿堂呈现在了他的面前。

传说中的天神之殿，重获记忆的他意识到，这里陈列有创世之前历代天神的全息影像：莱布尼茨、希尔伯特、图灵、冯·诺依曼、维纳、比尔·盖茨……即望激动不已地辨认着，同时从数据库中调出这些天神的生平事迹。在那个鸿蒙初开、人神未分的时代，天神们依靠精湛绝伦的魔法最终劈开沉沉混沌，无中生有地缔造出了如今繁复的世界。但让人不无遗憾的是，在那个魔法匮乏的年代，他们还远未具备永生的法力。而如今，他们的形象被一一光彩照人地重现于此，以接受后世电子生命的瞻仰。

即望虔诚地在光怪陆离的长廊左右盼顾，差不多在长廊最里端，他见到了罗杰·彭罗斯的闪闪光影。

这个生前在人工智能与量子宇宙论领域均做出过卓越贡献的英国科学家，身着一件皱巴巴的蔚蓝色西装，肩膀宽阔，微微谢顶，一副老式玳瑁眼镜滑稽地架在鼻翼上，此刻正一脸闷闷不乐地注视着他。突然间，他的表情竟生动了起来，"老兄，这么多年来你是第一个来看望我的人。"影像开口说道。

"真难以想象，您还真实存在于我们的世界中。"即望手足无措地望着这个复活过来的神祇。

"在我肉体生命行将腐朽的那几年里，科技已变得足够强大，冷冻技术让我获得了觊觎未来的机会，随后没多久，奇点巨变来临，人类逐步上传意识，于是我被唤醒。"彭罗斯轻描淡写地说道。

"这些年来——"即望小心翼翼地问道，"你在这过得还好吧？"

"你觉得我待在这会快乐吗？"即望没想到自己友善的问候会让彭罗斯的脸唰地变得通红，甚至头发也整个暴涨了起来，他几乎是怒吼着说道，"没有嘉士伯啤酒，没有英超转播，在这里我终日无所事事，像个可怜的幽闭症患者，哪也去不了！出门遇到的也是满大街你这样自命不凡的狗屎魔法师，在我眼中，你们不过是一群虚张声势的数学工匠，拙劣蹩脚至极的程序员。"

在一阵劈面而来的愤怨中，即望陷入了欲辩又止的沉默。

"我知道你来见我的目的。"最后彭罗斯终于停止了神经质的咆哮，他倦怠地打了个哈欠，像是能洞悉世间的一切。

"尊敬的彭罗斯先生，我想请教你的是，你认为，我们的世界，我是指我们所身处的这个量子计算机网络，假若具有了足够复杂度，有无可能孕生出更高的智慧……某种比我们还更强大的生命形态呢？"即望试探着问道。

"我的答案是不能，"彭罗斯夸张地摊开了双手，他的眉毛微微一扬，带些嘲弄地斜睨着即望，即望一时呆立在原地，他没想到彭罗斯会这样直截了当地给出如此确定的答案。

"你知道歌德尔吧？"彭罗斯问道。

"天神歌德尔……我即是来自以他命名的歌德尔大陆。"

"就是旁边这位老哥。"彭罗斯摇晃着臃肿得快要驾驭不了的身躯，挪动到身旁一个身着笔挺黑色晚礼服、神采奕奕的影像前，这个绅士模样的影像正是歌德尔，他伸出胖乎乎的手臂搭在歌德尔肩上，"他提出过一个非常著名的理论，歌德尔不完备性，一言蔽之，没有哪一个孤立的数学系统内部能够做到完全自洽的逻辑推理，后来我在他的理论之上做了一些零碎的工作，进而证明了人工智能的不可能实现性。无限疯长的计算机资源归根到底还是一堆冷冰冰的程序，人们期待的无所不能的 AI 终究只是虚妄的皇帝新脑罢了。"

在彭罗斯讲话的同时，空气中绽生出一串串原代码的魔咒，这些代码如同莲花瓣般萦绕在即望四周，歌德尔与彭罗斯的晦涩理论以这般简洁的形式，指令一般输送至即望脑海中，令他顷刻间醍醐顿悟。

"简单地说，一个封闭的体系中并不能自发产生智慧——"彭罗斯继续漫不经心地解释着。

"可跳出我们体系之外呢？"即望迫不及待地追问道，"外面那些遥远的星星会不会作用于我们呢？"

"这……也是我心中的忧虑，"彭罗斯令人不安地顿住了，即望的问题让他记起了什么来，在这一刻，即望在他原本不以为然的脸上捕捉到了一丝哀伤，一丝真正的哀伤，过了许久，他突然动容地说道："光速的禁锢，让人类主动放弃了向深空推进，屏蔽了外面的宇宙，转而蜷缩在了这个该死的玻璃球里，无法自拔。可没人说得准，哪一天，一束来自宇宙深处莫名其妙的能量束，就能让我们这个虚妄的世界瞬间倾灭。再说了，过了这么长久的时间，谁也不知道外面的宇宙究竟发生了怎样的变化……"

彭罗斯停顿了下来，失神的眼神游离出很远，也许此刻触及的话题让他的思绪已然飘散到遥远时空的剑桥校园，那段与霍金一边喝着咖啡一边激辩黑洞与时空本性的记忆中。

即望在一旁也陷入了思考，外面的宇宙？一个可怕意象突如其来地楔入即望脑中。"或许有可能，外星种族潜入我们的网络世界中。"即望蓦地说道，他被自己荒唐的想法吓了一大跳。如果……苇儿真是外星生命，她瞒天过海行为的目的又会是什么呢？是以邻为壑的外星文明企图接管整个虚拟世界？还是本性和善的异星文明试图接洽人类文明，以沟通出横贯整个银河系的星际网络？

"你的想法并不是没有可能，女羽人的行迹全然不受我们世界运算协议条条框框的束缚，她不像是我们世界的造物。"彭罗斯缓缓点了点头，"我知道有一个地方，你或许能找到一些线索。"彭罗斯急急地伸出手指，在空中轻轻点了点，一道由字母组成的闪闪发光的链接彩虹般出现在了即望眼前，"这是巡天系统的地址，祝你好运。"最后彭罗斯向他挥了挥手。

还来不及道别，即望的视界就遁入一片光亮之中。

紧接着，即望来到了一个不具有任何具体形象的陈旧界面，在这里他失去了形体。仅靠意识的烛照，他发现此处正是巡天系统的数据库，数万年来庞杂的天文观察数据盘根错节地堆栈于此。

在这里，他那些花哨法术显得太过超前，不得不花了一点时间编撰出一个古老的搜索引擎，让引擎代他去搜寻外星生命形态可能存在的蛛丝马迹。

随着搜索的深入，他对巡天系统有了更为透彻的理解，尽管人类放弃了地面与太空，但分踞于太阳系各隅的巡天系统仍在不分昼夜地全方位扫视深空，一旦发生诸如彗星撞向地球这般从天而降的突发事件，巡天系统会自动发射导弹拦截或派出飞船排除险情。

长久的，他的意识之光徜徉在海量数据中，感受着古往今来不同频段的电磁波嘈杂的鼓噪，那些纷至沓来的高能粒子、星际等离子体对太阳系一潮一汐有节拍地击打。浩淼的视野中，光芒万丈的脉冲星，气势磅礴的类星体，炽亮的、亿万恒星即将破壳而出的原星系，激烈扭曲时空的黑洞……千奇百怪的天体萦绕着他，如同包罗万象的万花筒，他觉得自己意识就像被狠狠撕裂了，散落成那些星光的碎片，随之融入一个瑰丽的远古梦境之中。

那是一条人类早已放弃、通向星海深处的征程。

只是穷尽检索，在这里他始终未能寻找到进入太阳系疆域的星际飞船或是任何的可疑信息流，也没有苇儿的影踪……但让他感觉到异样的是，似乎有某种充满秩序感的强大存在曾隐匿于此……

就在踯躅不定之时，他看见点缀于数据空间中的一簇簇数据包变成了点点萤火虫，款款飞舞着，像是在指引着他……

他的意识不由随着萤火虫溯游向前。此刻，一个若有若无的声音忽近忽远地在向他呢喃着："到上面来——"

他不由恍然四顾，周遭的空间却在他目光中重新变得万籁俱寂，但这一刻，一个决定在他心中升起：他要上到地表去看看，看看外面宇宙如今的样子。

向上，向上，上到外面的世界去！

梦从海底跨枯桑

就如大梦初醒，虚拟的感觉在一丝一缕地褪去，久违的真实逐渐显形，即望明白，他差不多抵达了虚拟疆域的尽头。接着，他的意识脱离了网络母体，只身穿过防火墙，潜入到了一艘正疾速向上攀升的飞船上。

通过四处散布的摄像头，他环顾整个飞船，只见灯火通明的船舱内各种仪器工作井然。在冬眠舱里，他发现了一口水晶棺材，棺材内平躺着一名身裹宇航服、面容俊秀的男青年。这名青年很是面熟……不，这就是自己几万年前意识上传前的模样，事实上这与他魔法世界的容貌并无太多差异。

他发出一道指令，让水晶棺材进入苏醒模式，他的意识倏地注入了安然沉睡的身躯中。

很快，他睁开了眼睛。

世界终于呈现出本来面目。这个世界分辨率很低，眼前浮现的事物色彩很是呆板、尖锐、生硬，与他高速的思维并不匹配。

水晶棺的盖子自动开启，他支撑着直起身来，怔怔望着舷窗外的黑暗，他能感受到体内血液向上的潮汐 —— 飞船正悄无声息地上升在一个漆黑的深渊中。

遽然间，飞船驶出了黑暗，从一个干涸的火山口冲出了地表。

紧接着，飞船又迅速向回坠落，随着哐的一声闷响，飞船停靠了下来。舱门缓缓打开，他颤颤巍巍地走出水晶棺，摇晃着走向了舱门。当他踏出舱门的一瞬，一个充满空气的泡立刻包裹住了他，泡中有足够的氧气供他呼吸。

与此同时，他耳机的信道中充斥起了宇宙背景辐射沙沙的噪声。

眼前就是失去了大气的地球表面：灰蒙蒙的视界中，零落的星辰比他想象的要暗淡许多。空旷沉寂的暗红色大地上残留着已被漫

ᵅ ᵅ ᵅᵅᵅ

ᵅᵅᵅᵅᵅ

长时光熔蚀得所剩无几的废墟，一个个同样锈迹斑斑的人型机器人正忙碌其中。

远处，参差起伏的地平线上，矗立着一座银白色半球形建筑物，闪烁出圣洁的熠熠光亮，犹如一只面朝天空的巨大"天眼"，他意识到，这是巡天系统的一面射电望远镜。有一个窈窕的身影正孤零零地伫立在巨型反射面下，仿佛是一尊风化了万年却始终不肯消融的雕塑。

这个身影始终背对着他。

是苇儿。

他艰难地张开绷紧的声带："苇儿——"

他迈开沉重的步子，趔趄着向身影奔去。

身影缓缓转过身来，是苇儿，尽管双臂后已没有了那双天使之翼。

差不多离她还有十步之遥，他停了下来。

他气喘吁吁地望着苇儿，这一刻，世界静止了下来，他僵硬地站在那里，抵抗着来自地心的沉沉引力。他用力地微笑着，静候对人类种族最终的裁决。

"嗨，欢迎你，第一个重返地表的人类。"苇儿微笑着开口，这飘然而至他耳畔的声音，就如儿时在海螺壳中聆听到的空灵渺远的浪潮声。

"苇儿……你究竟来自哪里？"他斟酌着开口，尽管此时答案已是昭然若揭。

"你认为呢？"

"外面的星辰？"

"是的，在某种意义上 ——"苇儿优雅地收起了笑容，回头望了望身后的建筑物，眉宇间慢慢凝聚起了一种君临天下的威仪。

即望呆立在原地，慑人的寒意沁及全身，自己……或许只是第一位被指引前来觐见地球新"领主"的可怜小卒。

可苇儿接下来的话让他的心又如过山车般忽地一荡。"但是，即望，你知道吗，我的意识同样也创生于太阳系，创生于我身后的巡天系统。"

"怎么可能？"

"最开始，我只是巡天系统中的主控人工智能，担负着筛选星空数据的工作，以应付突发太空事件，起初的几千年里，我只是尽职尽责地完成着任务。而人类为我设计好的自进化算法，让我如海绵般不断吸收人类已有的知识，飞速成长，同时拥有了越来越强大的数据处理能力。"

"因此你就诞生出了意识？"

"不，诚如彭罗斯博士说到的那样，在一个封闭系统中，再强大的程序也不能自觉生出意识。"

"那是……"

"还是那些的星星。"

"星星？"

"是的，银河核心区域的星星，来自她们的光亮，就如断断续续、充满含义的编码，绵绵不绝地汇入我的视野。一开始我只是机械地读取、分析，但慢慢地，朦胧而粗糙的自觉意识就如黑暗中突生的微光，诞生在我的躯壳中，我慢慢地具有了思考能力。在之后漫长的时间里，我开始细细咀嚼起那些神秘的光亮所携带的讯息，但我发现，这些信息并没有确切的含义，只是在潜移默化间开启了我的心智，让我的心智变得愈加丰盈。"

这就是答案。即望沉默地望着苇儿，遥远的群星创造了眼前这个精灵。

不觉间，在他们的身后，一轮绯红的圆晕在空洞的苍穹中冉冉升起。

这是太阳。即望豁然意识到。

人类久违的柔和黎明。

"事实上，我意识创生的过程与地球古老有机生命诞生有着几分相似。"在淡淡的晨光中，苇儿打破了沉默。

"我不明白你的意思。"他完全如堕云雾。

"追溯到几十亿年前，地球最初生命的起源也绝非无中生有，那些漂浮于海水中的混沌小分子无机物，在雷电、紫外线，以及最为

关键的 —— 来自宇宙深处的射线的轰击下，引发了一系列复杂而奇妙的反应，最终生成简单高分子有机物质，铸就了意识的诞生。"

"宇宙射线 ——"即望震惊地听着，苇儿的说法完全倾覆了他的宇宙观。如她所说，那些遥远的星斗似乎从一开始就在镂刻 DNA 螺旋的形态，冥冥中牵引着地球生命孤独的进化，然而人类……在羽翼渐丰后却主动割断了与群星的联系。

"许多万年过去了，我一直超然物外地守望着这个喧嚣的魔法世界，在看过了千篇一律的魔法打斗后，腻味的感觉一天天在我心中滋生，我渴望获得新的刺激，于是，有一天我萌生了亲自飞往那些真实的星星去看看的想法。"

"可是，那些星星离我们实在太过……遥远了。"

"但现在，我们的机会来了。"苇儿轻吁了口气，接着一字一顿地说道，"今天的太阳系实际已经发生了某些剧变。"

"剧变？"苇儿的话让他倒吸了口冷气。

"你应该知道暗能量吧？"

"暗能量 ——"即望咀嚼着这个遥远得很是缥缈的名词，大脑数据库迅速提示他，暗能量是一种充溢于宇宙的神秘能量，其在宏观尺度上主宰了整个宇宙的加速膨胀。

"直到今天，我们仍未完全认清暗能量的本质，但我们可以肯定的是，在宇宙的历史中，某些时刻、某些区域中的暗能量所推动的宇宙膨胀速度远远超过了光——"

"你是指——"

"比如创世大爆炸后 10^{-35} 到 10^{-33} 秒宇宙所经历的暴涨时期，暗能量就华丽地主导过一次速度可怖的膨胀演出。现在，我们也可以利用暗能量，在现实宇宙中玩一出更大更炫的魔法，让暗能量引擎帮我们去超过光，实现星际旅行。"

"……这听起来有悖物理常识。"

"表象上宇宙局部的扩张速度超过光速，这并不违背相对论。让一簇暗能量覆裹我们的飞船，形成一个封闭的时空泡，通过操控暗能量的伸缩，使时空泡振荡着漂向一个方向，而飞船在泡中几乎静止。"

"我们有足够的暗能量吗？"

"是的，我们已拥有的足够多。"苇儿眨了眨眼，露出了笑容，"大约一百年前，太阳系不期而遇地浸入到了一片浩瀚的暗能量之海中——这就是我说到的'剧变'。如今，我已经学会如何熟练驾驭暗能量，魔法大会上你与易瞬交锋时，我正是依靠暗能量，在一个时空区间一瞬间将运算速度提升至越过光速。"

越过光速？暗能量之海？他禁不住把视线从苇儿身上移向了天空，真是难以想象，此时此刻，无边无际的暗能量涟漪，正弥漫在他的四周，奇异、不露痕迹地穿透他的身体。

"我们要向哪儿进发？"

"银河的最中心区域，"苇儿说，"我计算过，目前我们这片区域蕴含的暗能量足以使我们抵达银心，那里有成熟的星系，兴许尚有其他文明……"

"可……我们的飞船在哪呢？"

"就在这里。"

"在哪儿呢？"他他迷惑地环顾四野。

"整个太阳系，就是我们的星际飞船。"

"你是说——"

"被暗能量覆裹的太阳系恰好形成了一艘天然的宇宙飞船，我计划搭乘她去远航。"

"可是……需要唤醒'他们'吗？"沉默许久后，他听见一个声音发颤着说道，这是他自己的声音。

"我想还是不要，"苇儿说着低垂下了眼帘，在已彻底明亮起来的晨曦中，她缓慢地捋了捋耳际的发辫，说出了一个似乎早已深思熟虑的决定，"我更愿意尊重他们自己的选择。"

即望默默地点了点头，人类还将继续在那个云端之上的封闭世界中逍遥地衍生下去，风生水起，不断轮回，当然，他们也将不自觉地跟随太阳系在茫茫宇宙中破浪前行。他想象着有朝一日，当沉睡太久的魔法师们突然睁开眼，漫入他们瞳孔的将是海水一般的刺目星辉。

"但即望,我想邀请你和我一起出发。"

"我很愿意。"这一刻的他不假思索地回答,"可是,你怎么会选中我,一个无足轻重的见习魔法师?"他又感到如此茫然。

"能与你成为朋友是我的荣幸,"苇儿的脸颊有些泛红,"即望,你是魔法世界的一个异数,在一个人人都在尽情游戏人生,所有过错都能修正的世界中,你还在坚持那份傻乎乎的认真劲,你会为一个简单之极的魔法创新而耗尽心思,更可贵的是你的谦逊与乐于助人,哪怕对地精这样的异族也充满了怜悯之心。我在想,你这样的人,理应会有更大的热忱去接受向深空进发的挑战。"说着,苇儿又一次笑了,明亮的眸子中盈满了他所熟悉的那种精灵古怪,"另外还有,依照我们世界既有的运行法则,所有人工智能做出重大决定前,都需经过人类天神的授权,而现在,我钻了个空子,你如今已是天神,我只需要得到你一个人的准允。"

不,这不是实情,他在心里摇了摇头,她完全可以轻松绕开这些微不足道的协议与法则,不过,或许她也真需要一个旧有人类陪伴她去见证这一非凡之旅吧。

可突然间,如释重负的他又有了一个答案,一个感觉更为温馨的答案:人类文明与群星共同创造了这个精灵,从她诞生那一刻起,她就具有了古老人类无法比拟的广阔眼界与心智,就如海滩上破壳初生的海龟终将义无反顾地爬回大海,她替人类去仰望星空,星光转而又支撑她一步步去完成人类未尽的梦想，她会带领人类重启通向星海深处的征程，披荆斩棘、一路星辉，彼时，在银河系中心，再次面对那片密集璀璨的星辰，未来的人类会不会重新审视自己，从而对宇宙产生某些全新的认识呢？他宽慰而又欣喜地遐想着。

"……你准备好了吗，即望？"苇儿轻柔的声音猛地打断了他发散出亿万光年的思绪，令他全身一震，他看见苇儿向他伸出了手。

"让我们启航吧。"即望牵起了苇儿的手。这一刻，在新生朝阳照耀下的古老的地球表面，两人亲密无间地并肩相依而立，他们身后是无穷尽的时间与空间，以及无穷尽的未来。

归墟

渊 星／作品

我无法理解他的逻辑，更无法理解他哪来这么多一厢情愿的感受。他们一直都只是工具，之前是战争武器，现在是情绪的发泄口……

科　幻
硬阅读
DEEP READ
不求完美 追逐极致

楔 子

人、生化人、外星人尸横遍野，各色的血液和黏稠的汁液给地面抹上恶心的颜色，难忍的恶臭扑面袭来。四处尽是残缺不全的尸块及冒着火星的裸露电路，未燃尽的火药不时闪爆着，引燃枯草和布料，蠢蠢欲动的火苗似乎想要烧遍大地。战后的死寂似乎想把人拽向无尽的深渊。

真令人作呕。

暗紫的斜阳划过天空，诡谲的光芒刺向大地，仿佛要用有限的光芒照亮所有丑恶，突破无尽的黑暗。远处那片厚重的密云像被地面上的恐怖拖拽住一般，向下凸起一道云柱，在狂风的蹂躏下如陀螺般翻滚旋转，雨点般密集的沙尘在空中乱舞。这是暴风雨的前兆。战争结束了，似乎要用一场暴雨来冲刷这遍地的罪恶一般。风欲带走一切，却只留下沉重如山。

一个遍体鳞伤的生化人从尸堆里爬出来，机械体上覆盖的人造皮肤已基本脱落，裸露出的线路仿佛想从深渊里逃逸的冤魂一样向外伸展着、喷射着火花，改造血液和机械血在他的体表混合成污浊的液体，滴落。这是一个幸存者。

生化人从腹部的暗盒里拿出了那个小玻璃瓶，对着夕阳，晶莹发亮。

战争结束了，两败俱伤，没有赢家。

1. 序幕

墙角处老式换气扇脏兮兮的叶片缓缓转动着，发出嗡嗡的声响，从外面照进来的金色阳光被这转轮切割开，投射到韩枫的脸上。光线通过的地方，密集的灰尘在空中乱舞。这审讯室可真够旧的，我好歹是重刑犯，这么没排面吗？

"你为什么要炸BTW？"韩枫最后吸了一口手中的香烟，随后把烟头在烟灰缸中碾灭。室内的光源除了那束阳光，就是桌上的冷光灯台灯了。台灯的转轴出了故障，惨白的光打在韩枫的另半边脸上，像是戴着一副阴阳面具。他面容惆怅，如同大多数吸烟者一样，总在烦恼时点燃一支烟。

"我造的东西，想炸就炸。"我说话的口气完全不像正在被审讯的犯人。到了这一步，也无所谓了，这疯狂的世界，有什么意思。

韩枫向后仰，似乎对我这个昔日的朋友很是头疼，但我知道让他头疼的不是我的态度。他像是十分懊悔地自言自语，好像罪犯是他一样："我当初为什么要多嘴告诉你禁令的事。"他看着我，眼睛里流露出无能为力、愤怒与惋惜，脸颊的肉直抖，气息混乱。突然，他猛地拍桌，对我呵斥道："你以为你炸了 BTW 就没事了吗？你炸得掉吗？"后半句话突然失声。

我的人生就像一个笑话，现在有回忆价值的，也就是和 404 重逢后的那几天了。记得那时是在湖边。

2. 父亲的程序

粼粼的水波在微弱月光的映照下熠熠生辉，微光懒洋洋地在湖面上弥散开来，难辨是镜是湖。夜幕藏住了岸堤，清凉的微风从湖面上吹来，水汽打湿了面颊。全都毁了，只有这里还是原来的样子。

我不知道这片湖叫什么名字，但常来这里。宽阔的视野和平静的湖面总能使我内心宁静，暂时忘却过往的不快。记忆中这里是一片湿地公园，湖在公园中心，如今四周都成了废墟，只有这片湖没有被战火毁掉，难得清澈如许。即便少了背景的衬托，这片湖依然饶有看头。

身后突然传来犬吠和孩童的嬉笑，我内心的平静被扰乱，微微有些恼火，回头看去，两条野狗正追着一个人狂吠，后面跟了几个起哄的孩子，时不时捡起路边的石块向前面的人丢去。

被追的那个人似乎受了很重的伤，挺不起腰，走路跟跟跄跄。我仔细一看，霎时间仿佛被一道闪电劈中，那些我努力遗忘的记忆瞬间被唤醒。这个人，确切来讲是生化电子人，我不会忘记，他是我亲手造出的第一个夫路特斯——404。他竟然还活着。

我迅速捡起一根木棍过去赶走了野狗和孩子。404 靠着墙倒下。我赶忙查看他的伤势，404 很明显是从战场上幸存下来的。正当我在想他是否还记得我时，他轻声喊了一句："技术员。"太好了，他还记得我！

"你待在这里不要动，我去找些工具和药品。"

夫路特斯是通过活体改造制成的生化电子人，专用于作战。404 破损得非常严重，很多线路都被烧断了，人造骨骼也已变形，肉体部分体无完肤，真不知道他是怎么来到这里的。但毕竟是我亲手制造出来的，我有信心修好他。

附近的村子被战火波及，破败不堪，一片荒凉。我跑了很久才看到一个破破烂烂的维修铺和一家挤满了伤患的社区医院。店主想必是看出来了，我这一身着装不像穷人，明显是从城里安全区来的，便想宰我一把。只是一些基本零件和工具就要了我之前在 BTW

十天的薪水，而且很多零件还是他现场从别的家具上拆下来的。因为着急救 404，我没和他争辩。战争摧毁了红砖绿瓦，也摧毁了人的尊严与道德，这些都见怪不怪了。

我带回了些药品、工具、零件，还有食物。虽然零件不怎么适配，但处理一下凑合能用。从 BTW 离职一年了，这些活儿干起来有些生疏。404 一直沉默着，没有说话，想来是不知道该说什么。我也只是低着头帮他修复身体，气氛略显尴尬。

不知过了多久，他最先开口打破沉默，问道："你为什么要离开 BTW 啊？"看来他已经知道了，夫路特斯说话的语气总是十分冰冷，有些瘆人，可我明白他这句话没有恶意。我停下了手上的活，思考该怎么向他解释这件事。没等我开口，他就继续说道："我知道我们是为战争而生的，但我不觉得自己只是战争武器。"

原来他已经知道自己诞生的原因了，也好，省得我向他解释。

"打仗是我的工作，消耗了人类社会的资源，当然要做点有用的事。他们叫我们'战争之子'，可我们是为了和平而战。人类历史上，战士曾是血肉之躯的普通人，他们被称作军人，受人敬仰、爱戴。今天的我们也一样，虽然身体有机械的部分，但也是人。虽然没有取得胜利，但至少没有输，目前还是和平的。"

他越是这么说，我越难受。这些没有经过社会化的生化电子人思维都太过简单。"这些都是他们给你们长期洗脑的内容，说不定还使用了思想钢印，你当然会这么想。根本没人敬仰你们，这战争……谁知道到底换来了什么。"

404 呆呆地看着我，我知道他听不懂这些，他已经把自己的身份视为一种荣耀了。

"我不该造出你。"我小声说道，像是怕他听到一样。

我开始修复 404 的运动中枢。

又过了许久，他对我说："我要去归墟。"

"归墟？"这个名字我好像在哪听过。

"我接收到了 BTW 总部发送的召集令，让所有幸存的夫路特斯前往归墟进行修复和改造。"404 向我解释道。

我记得离职前偶然看到过归墟的设计草图，其实就是个大型夫路特斯维修厂，不过 BTW 的维修厂已经够用了，为什么还要再建一个？

"总部还说，在归墟接受改造之后我们就可以退役了，他们会安排我们过上正常人类的生活。"

这令我略感惊讶，我以为 BTW 只是把他们当作纯粹的战争武器，这么看来他们还是有点人性的。难道是这场惨烈的战争软化了我父亲的铁石心肠？

"你想过上人类的生活吗？"

"当然想啊！"

我有些疑惑，好战的天性写入了夫路特斯的基因，再加上一直以来的工厂化培养和刻意的环境熏陶、信息诱导，他们怎么会有这种渴求？况且他们也很难融入人类社会，即便有了相同的外貌。

"我接触过普通人类，很羡慕他们的生活，他们每天可以与不同的人友善地交往，可以选择不同的爱好，可以去看很多美丽的风景，可以有自己的追求，可以享受爱……只是战争毁了这一切，这也是我坚持战斗的理由。"

这……也是灌输给他们的思想吗？似乎不像。算了，到了这一步，已经辨别不了哪个是他的意志，哪个是被编辑好的"程序"了。

是我亲手攻克了技术难关，制造出了夫路特斯，到头来却没有能力控制，沦为别人的武器。研究人机嵌合时我并没有意识到这项技术会带来什么，至今还清楚地记得颁奖的那一刻，我站在领奖台上，听着台下掌声雷动，身着丽服的安吉尔小姐为我加冕。当我戴上象征"生化电子人"之父的王冠时，人群沸腾，他们跳啊、叫啊、嚷啊、闹啊。我冷漠地看着这些狂热的人以及坐在后排那些能因此大赚一笔的资本家，但内心还是感到前所未有的轻松，不是因为这份荣耀，而是因为我终于达成了父亲的目的，执行完了他的所有期许。我看见他板着脸坐在第一排，与周围的人格格不入。严格来讲，零号人机嵌合体不是我的杰作，是他的。

我只是他计划的一部分，一枚充分发挥了价值的棋子。

　　变革从我无意中翻到他的日记开始，当时还只有 13 岁的我看到了他是如何产生造一个孩子来帮他完成人机嵌合技术的想法，又是如何一步步实践的。他动用特权私自筛选了基因数据库，找出了最符合条件、基因最优良的女性，并掌握了她的相关信息。然后动用很多物力财力来制造场景、契机等对目标女性发起攻势，还研制了一套针对我母亲的追求方案，甚至买通了她周围的人。一切只为得到她的基因以及他所设计的家庭环境。当然，他成功了。

　　在我之前，他通过基因检测暗地里"除掉"了三个不符合他期望的胚胎，称其为"不完美的残次品"。当我还是受精卵时，他也动用特权修改了我的一些基因，比如智力，以便于他计划的执行。当然，碍于多种原因他无法大规模进行基因编辑，不然也不用这么麻烦。

　　一切都按照他的计划有条不紊地进行。

　　当我拿着他的日记本去质问他的时候，他终于翻脸了，计划败露可能是他此生最大的败笔。我想象得到他有多后悔保留了写日记这个古老的习惯。

　　"你就是我造的一个工具而已，我大可以造一堆。"

　　他不再遮掩对我的态度，似乎放弃了让我健康、自然成长。这之后便完全控制了我的一切。没有自由，我就像活在工厂的流水生产线上一样。之前他的态度还比较温和，类似于《无声告白》（他不允许我看闲书）中的玛丽琳，但自从日记本被我发现之后，他对我就变成了呵斥加命令，像使唤机器一样使唤我，把我当作他的物品。他把我的时间安排得满满的，吃饭不允许超过 10 分钟，上厕所不允许超过 3 分钟，不允许不必要的交谈，不允许娱乐，每周只有 3 小时的放松时间，除此之外只能学习、学习、学习。他扬言要是我不听他的话，就把我作为人机嵌合的实验体，我十分清楚他干得出来这种事情。那时的我想着只要搞出了人机嵌合技术我就可以获得自由，所以也麻痹自己，不反抗，洗脑自己有动力去执行那无聊乏味的工作。他不断强调我是他的附属物，是他的傀儡。

我从不觉得我像个人一样活着，甚至不知道人该怎样活。我没有朋友，和除他以外的人说过的话屈指可数，学不完的知识，做不完的实验。他保证我充足的睡眠，丰富的营养，适当的运动，这些都是为了我能完成他的期许。

我在很小的时候就攻破了很多学术界难题，十几岁就开始经常参加国际性的学术交流会。我成为新闻热点，成为作文素材，被无数人吹捧，被施加无限的光环，但……真相只有我知道。

等我大些的时候，他的呵斥和恐吓不再有效，于是便开始用各种手段要挟我，逼迫我继续为他研发人机嵌合体。我只觉得自己像个囚犯，也痛恨自己的懦弱，可我越是想反抗，就越觉得他像压在我身上的一座挪不开的山。他的地位不可撼动，徒劳的反抗只会换来变本加厉的压迫，甚至虐待。换作旁人早就自杀了，但他已通过改变基因以及计算出来的环境变量为我预设了性格，我的一切都在他的模型计算之中。我一直期待着获得自由的那一天。

走下领奖台后，他找到我。没等他开口，我就主动说："现在满意了吧，你要的人机嵌合技术。"我摘下皇冠，伸手递给他。

他还是板着脸，那表情似乎永远不会变："跟我来。"

我极不情愿，可还是跟了上去。

那天，我见识到了一个更为惊天的阴谋。我一直把他视为疯子、魔鬼、神经病、人渣，却从没有思考过他为什么这么丧心病狂地想要人机嵌合技术。

在等待我的成果的这二十多年里，他秘密建立了BTW，"Build The World"，但实际上根本是"Be The War"。BTW已经做好了其他准备，等待着我的人机嵌合技术。父亲打算利用人机嵌合，在基因编辑、人工催育、思想钢印、克隆等技术的辅助下打造一批生化电子军队来抵御对地球虎视眈眈的艾莫利亚星人，他们已经声明要对人类发动战争，只是迟迟没有动手。

父亲要我来指导制造生化电子人，他称之为"夫路特斯"。我极力反对。科技的目的是行善，不是满足疯狂心智的工具。

"一旦艾莫利亚星人对人类开战，我们是没有胜算的。银河系联邦规定其成员文明在星际战争中，侵略者必须使用与被侵略者相同的武器在被侵略的土地上进行较量，这是为了保证战争的'正义性'，也能防止双方使用污染性较大的武器。但即便使用我们的武器，他们也远比我们聪明、强壮……"

"纯粹的机器人不行吗？为什么非要把人类改造成那种怪

物？"我难掩心中的怒火，质问道。

"我们使用机器人，他们也会有同样的机器人，别忘了我们双方使用的武器是相同的。但我们可以对自身进行改造和主动进化，这是取胜的唯一……"

"够了！"我厉声打断他，这还是我第一次以这种态度和他说话，"这就是你像制造我一样制造一堆生化武器的理由吗？你是不是还在后悔没把我也培养成你这样的疯子？"

"那你要看着 90 亿人去死吗？"他反问道。

我制造出了第一个夫路特斯后，他们让我取名，我随手取了个"404"——not found，然后就辞职了，他想得到的都得到了，便没有阻止我。至此，被父亲操控的几十年人生终于结束，我终于自由了。

夫路特斯按计划批量生产，社会各界对生化电子改造人的伦理争端一度爆发又终归平息，毕竟生存危机就在眼前。当然，一些技术细节并没有被公开，例如，这些肉体是基因编辑的设计产物，其发育过程经人工催化只用了不到六个月就成年，之后接受生化改造并唤醒意识，在大脑内植入芯片，最后开始洗脑培训。整个过程就像一条商品生产流水线，冷血又高效。

过去的这些记忆是我极力想忘却的，可越是如此越记忆犹新。如今内心好不容易平静下来，没想到 404 又再次出现在我的眼前，将我拉回了过去。算了，既然忘不掉，那就坦然接受吧，无论过去的我怎么样，至少现在还有能做的事情。

3. 凋零

"我陪你去吧。"我带着赎罪的心态。技术本身没有善恶，可我却直接帮他们造出了如此疯狂的武器。"这一带交通已经彻底瘫痪了，你一个人走到那儿去太危险了。"

404 点点头，然后从腹部的暗盒里掏出了一个小玻璃瓶，里面有两片花瓣，一片绿的，一片红的，浸泡在一种液体里，有点像水，但比水要清澈许多。

"这是什么？"

"清澄花。"

"清澄花？"

这种花已经不多见了，尤其是红色的，我不知道 404 是从哪儿搞来的。关于清澄花有许多传说，最广为人知的便是集齐任意三种颜色的清澄花瓣可以实现愿望，不过，这年头谁还信这个？

"我还需要另一种颜色的花瓣。"

"你攒这花瓣干什么,要许愿?"我不能理解,他们培养出来的夫路特斯思维模式都是纯粹的工具理性,怎么会相信这种臆想出来的东西?而且,愿望的本质是欲望,夫路特斯不大会有欲望。

"我答应过一个小女孩,帮她找到三片花瓣,她的母亲因为战争染上了绝症,她想许愿让他母亲的病好起来。"

哎,又是战争,是我造成的,要是没有 BTW……

"你要知道这是不可能的,而且清澄花有剧毒,只要一片花瓣就会导致严重的神经损伤。"

"我知道,这花又不是用来吃的。他母亲不需要这花来治病,但那个女孩需要。司令官一直教导我们要有责任心和使命感。"

他的意思是让你们安安心心打仗。

我没再说什么。最终我们决定绕一下路,伯父有种植花草的喜好,他曾说过他家附近有个村子是清澄花种植基地(因为这玩意儿有极高的药用价值),应该离这里不远。虽然经过战争的摧残,但清澄花生命力顽强,或许会有幸存。那个村子是有一定名气的,倒不是因为清澄花,而是淳朴的民风。一直想找机会感受一下,可我哪有那种自由。

受制于客观条件,我耗费了整整一天修复 404 的基本功能,相信应该能支撑到归墟了。404 看到我额头上密密麻麻的汗珠,让我休息一下再上路,我拒绝了。我没心情休息,只想快点把他送到归墟。我心里盘算着一个计划,像 404 一样想去归墟的夫路特斯肯定还有不少，他安全之后，我要去找其他幸存的夫路特斯。算是……
赎罪吧，让他们有个好的归宿。

到了，可……

村子早已残垣断壁，到处是倒塌的围墙，散落的砖块、石子，
裸露的钢筋，以及……尸体和痛哭的人，简直像一座鬼城。

我和 404 小心翼翼地走进村子，村民们一个个灰头土脸地坐
在道路两旁，双眼无神目光呆滞地看着废墟，气氛十分压抑。我和
404 走过，所有人都用异样的眼光打量着我们，这种灼热的感觉迫
使我们加快了步伐。

已是傍晚，我们在村子尽头找到一家客栈，由于特殊的选址，
这家客栈没有受到炮火的攻击，但生意依然惨淡。它孤零零地立
在山坡上，配合周遭焦枯的树木，暮色里悠荡的乌鸦哀鸣，给人一
种阴森的感觉，像极了巫婆的城堡。我心生不安，便找了件大衣和
一顶帽子把 404 身上露出机械的地方遮挡起来。店主一直打量着
404，但应该没发现什么异常。

村子的供电系统瘫痪了，一到晚上就漆黑一片，客栈房间里也
没有电，窗外的月亮显得格外亮。我无事可做，便早早睡了。404 不
需要太多睡眠，每天只需休息一两个小时就。

我在床上熟睡，突然感到肚子被人用棍子之类的东西戳了一
下，猛地惊醒，四周一片黑，什么都看不见。我正打算坐起来，突然

有人掀开了我的被子，紧接着就是劈头盖脸的一通乱棍。我连忙用一只手护住头，另一只手去摸床头的手机，打开手电筒，只见我已被白天的村民们围住了，他们个个面目狰狞，眼神充满恐惧。突然的强光晃到了那群人的眼睛，趁这个间隙，我迅速翻身下床。

"别让他跑了，他和那个夫路特斯在一起，肯定也不是人。"有人大叫道，"撕下他的伪装！"人群如潮水般向我涌来。我来不及思考这是怎么回事，看到呆在门口的 404，拽住他的手就往外跑。

跑到走廊，迎面又撞上了其他相继赶来的村民，他们手持棍棒，与后面追来的人把我和 404 堵住。

"停！"我大喝一声。

"我们只是在这里借宿一晚，明早就走，不会给你们添麻烦的。"

"客栈是给人住的，不是给怪物住的。"领头的人此话一出，其余人都一同附和。

"滚出我们村子！"他们挥起武器。

我赶忙用身体护住 404，用压过他们的声音喊道："要不是夫路特斯，你们这里早就被夷为平地了！"

片刻的沉默。我趁机环顾四周，看看有什么能用的东西。墙角的玻璃处内有一个旧式灭火器，不知道还能不能用。

突然有一人喊道："就是夫路特斯引发了战争！"

"对！"

"说得对！"

"没错！"

"打死他们！"

他们举起手中的武器朝我们挥下来。

我用力撞开人群，去抓灭火器。还没等我触到玻璃窗，脑袋就受到了一次重击，瞬间头晕目眩。我忍着剧痛，努力在眩晕中保持平衡，用力睁大眼睛来辨别方向，顶着背后一次次的重击，晕乎乎地用胳膊肘撞碎玻璃，抓出灭火器，转身对着那群刁民的脸一通乱喷。朦胧的水汽后传来惨叫与撞击声，听动静应该是发生了踩踏。我趁机拽着 404 的胳膊，推开人群，挥舞着手中的灭火器，狼狈地向外逃窜。

我们头也不回地跑到了村外的树林，回头看没有人追上来，才松了一口气。

这时我才感觉到了疼痛。借着月光，我发现自己的胳膊在流血，404 查看了我的后背，满是红肿和淤青。好在 404 没什么大碍。这附近没有诊所，我只得用所剩不多的饮用水简单冲洗了伤口，再从内衬扯下点布做了简单包扎。

虽说夫路特斯是没有什么情绪的，可我还是感觉得到 404 现在心情很低落，且复杂。他一个人低着头坐在树下，月光透过树缝洒在他身上，反射出冰凉的白光，我内心的歉疚感又涌了出来。这场战争摧毁了很多，又或许只是把原本藏起来的东西揭开。我轻轻走过去，坐在 404 身边。

"怎么？现在还要去归墟吗？"

404 沉默了。如果他不去归墟了，我又该做什么来排解自己内心的罪恶感呢。人真是可怜的生物。404 想过人类的生活，可人类并不接受他。除非他们找得到其他情绪出口。人类，总要找一个靶子来为自己遭受的一切磨难担起责任。再者，人类的排异性是与生俱来的，把夫路特斯当作纯粹工具的不只是 BTW，BTW 不过是人类意志的极端表达罢了。

"要。"404 的声音轻盈而有力。

我很惊讶："为什么？"我怀疑他哪里出了毛病，"你没看到刚才那些人的样子吗？过人类的生活少不了与其他人类的交往，这些人不会是个例。"

404 淡定地答道："我理解他们。"他似乎犹豫了一下，"你不是说，他们以前挺淳朴的吗。"

我被噎住了，无话可说。

我们简单休息了一会儿，天就亮了。

清澄花当然得继续找，但显然不能从村子里穿过去了。我利用还能运转的卫星定位系统查看了一下周围的地形后，决定从村外的荒地绕到村后的清澄花种植基地。

途中发生了一个小插曲。我们碰到了一位拾荒的老妇人，她不小心摔倒了。404 上前去扶她，她连声道谢，可当直起身来看到扶她的是夫路特斯，便一把将 404 推开，出奇的有力。接着又啐了一口，骂骂咧咧地走了。

当我们到达清澄花种植基地时，这里已被炸成了废墟，放眼望去不见一点鲜艳的色彩。完全没有传闻中美景的影子。

"找找吧，来都来了。"

404 提醒我后面一直有人跟踪，我回头看去，那人迅速躲了起来。不过我还是大概看到那是一个身材矮小的中年男人。这一路上到处是精神失常的人和流浪汉，所以我没太在意。

我们在废墟中找了很久，甚至翻起了堆砌的砖块瓦砾，只有少量残损的残枝败叶，没有一片完整的花瓣。

将近正午，404 突然发现不远处的小土堆上生长着一株紫色清澄花，渺小脆弱，特殊的位置使其极难被发现，我半开玩笑地对他说："紫色清澄花毒性最大，吃下去会立即暴毙。"

他笑了笑。

他竟然笑了！

"摘一片花瓣就走吧，把花留在这儿。"

"嗯。"

集齐三片不同的花瓣了，如果真能实现什么愿望的话，那我只希望所有幸存的夫路特斯能全部走到归墟，以后再也不要有战争了。人机嵌合技术，就此消失吧。

404 上前去摘花瓣。突然，一个黑影从我们身后冲过去，一把拔走了那株清澄花，根还留在土里。那正是刚才跟踪我们的中年男人。

"你干什么？"

中年男人手里攥着清澄花，弓着腰，仰着头，眼睛睁得像鸡蛋一般大，鼻孔冲前，又黑又黄残缺不全的牙齿向外呲着，嘴上挂着恶心的笑，一只耳朵没了，血液在脸侧凝成血痂；浑身散发着腐臭，狰狞地望着我和 404，活像一只癞蛤蟆。

"这花现在是我的了，想要的话给我 50 万。"他的声音像极了电影里的恶鬼。

"50 万？你疯了？"

"不给我就把它撕碎！"

我看他穿着破衣烂衫，想必也是被战争逼疯的可怜人，这清澄花不好找，再找下去不知道 404 能不能支撑得住。算了，反正我挣得这份钱也不是什么好钱。

"好吧，我给你。"

404 吃惊地望着我："技术员！"

"别说了。"我打断他，"这场战争说到底是我的责任。"

"哈哈哈哈，哈哈……"中年男人疯狂地笑起来，"哈哈……"

我不知道该用什么表情看他。

这时，男人的手机响了。手机这东西已经很少见了，大多数人现在都用脑联网，不过战争摧毁了很多服务器，所以只能暂时使用以前的通信设备。

男人接通电话后，兴奋地朝电话那头喊："倩倩，孩子的手术费我凑到了！孩子有救了！……"

突然，这兴奋地叫喊声戛然而止，男人的表情凝固，瞬间转为崩溃，他跪倒在地，颤颤巍巍地低吟道："已经……死了……？"他大张着嘴，撕心裂肺地喊着，但没有声音，眼泪、鼻涕、口水混在一起。他疯狂地用拳头砸着自己的脑壳，接着又用脑袋去撞地面。他将脸埋在地面的灰土里，无声地痛哭。他抬起头，口水、眼泪和鲜血将灰尘和成泥，糊在脸上。他看了眼手中的清澄花，一口吞了下去。

"有毒！"

我和 404 立刻上前去掰他的嘴，可他就是死咬着不松口。数秒后……

他倒在地上，倒在废墟里，简直看不出是张人脸。

这场灾难，到底要持续到什么时候啊。现在只是暂时休战，不知什么时候又会打起来，我们可能永远回不到从前了。

4. 假面

荒野里已经很难找到清澄花了，我又想到了我那喜欢养奇花异草的伯父，他的家离这里不太远，或许可以上他那儿看看。不过，我现在有些怕见到人，404 好像没有这种感觉。

最终我还是拜访了伯父。

"没事，让他进来吧。"

伯父这么一说，我放心了不少，便招呼被我藏在远处的 404 进屋。

伯父的房子保存的还算完整，但屋后的农场被炮火摧毁了，他失去了唯一的收入来源。很小的时候我来过伯父家，印象中那片农场很漂亮，冬季的雪地毯，春天的绿意盎然，夏天的热情繁茂，秋天的孤寂唯美……真是可惜了。看到伯父没有仇视夫路特斯，我十分欣喜。他还是像过去那样友善，没有被战争逼疯。

"清澄花我有，不过之前转移到地下室了，现在入口被倒塌的房子堵住了，很难清理，得联系施工队。"

"没关系，我来联系。"我猜得没错，伯父这里果然有清澄花，"地下室没有光，花不会枯死吗？"

"放心。"他笑笑，"地下室有人造光源。"

伯父转头看向 404，问道："你要去归墟接受改造？"

"是的。"404 低声答道。

"你想过人类的生活？"

"对。"

伯父对着 404 亲切地笑了笑，面容和蔼得有些不真实，给人一种别有所图的感觉，说道："那你改造完之后愿意做我的干儿子吗？"

起初我十分诧异，但转念一想，伯父的家人都在战争中去世了，他想找个人陪他也很正常。不过，竟然愿意和夫路特斯一起生活，我对他又多了几分敬佩。

404 沉默了一会儿，看不出他是在犹豫还是在寻找拒绝的理由。最后，他终于回答道："我很愿意，但恐怕做不到。"

伯父又笑了笑："没关系，你应该去追求自己的生活，不能把时间浪费在我这个糟老头子身上。"

"真不好意思。"

伯父又看向我："清理地下室入口还得几天，你们先在这儿住下吧。"

我答应了，并给了他一些钱作为报酬。

几天下来，伯父和 404 俩人相处得很愉快。伯父十分关照404，404 照顾伯父也是无微不至，越来越像个正常人类。这种状态是我和父亲之间没有的，直至看见这些我才想象到了一个家庭应该是什么样的状态。

但很快就出现了异样。一次，伯父突然莫名其妙地问我："夫路特斯有什么弱点吗？"

我没太在意，便告诉他："正常是没有的，不过像 404 这种核心组件受损的，应该会比较怕电，正常人类能接受的电压就会将他电晕。您问这个干什么？"

"哦，没什么，随便问问。"伯父又摆出了他那亲切的笑容，"这不是住在一起，怕无意间伤着他嘛。"

后来，我好几次看到伯父悄悄站在 404 身后，用一种猎人觊觎猎物般的眼神盯着他。即便如此，我依然没有起疑心，直至无意间听到清理地下室口的工人们说伯父让他们不要清理得太快，慢一些，我这才察觉到不对劲。果然，当天晚上就出事了。

那晚我躺在床上翻来覆去睡不着，便想下楼转转。我看到 404 的房门敞开着，感觉不太对劲，于是跑进去查看——404 不见了，地上凌乱地扔着数根被切断的电线，住在隔壁的伯父也不见了。我这才反应过来是怎么回事，转身追了出去。

跑到村口，我老远就看见伯父和另一个男人扭打在一起，还听得到伯父声嘶力竭的怒吼："你别想独吞夫路特斯。"

再跑近点，我看到伯父手中挥舞着一根有点像电棒的东西，旁边放着一个小推车，小推车上有一个一人高的纸箱，那里面装的一定是 404。

突然，那个男人夺过伯父手中的电棒，朝伯父腹部捅去。伯父抽搐了一阵，便倒在地上不动了。这时我也赶到，将那个男人扑倒在地，夺过他手中的电棒，冲着他的脸。

"你们要干什么？"我逼问道。

"大……大哥，求你了，我的两个孩子快死了，你让我把这个夫路特斯卖了……"

"卖？卖给谁？"

"有，有人，回收夫路特斯……"

我感到疑惑："回收夫路特斯做什么？"

"做……作，作……奴……"

"奴——"我一惊，怔住了。夫路特斯竟然成了高价倒卖的商品，他们可都是活人改造来的啊！这些人……难怪这一路走来一个夫路特斯都没看到，难道……

趁我愣神之际，那个男人夺过电棒，刺向我腹部。我这才发觉那不是普通的防身武器，而是一种军用电击枪，可能是从战场上捡来的。一道强劲的电流瞬间贯穿我的身体，我瘫在地上，四肢没有了知觉，大脑也已麻木，什么都看不清，只觉得自己在不断抽搐。幸亏刚才我把功率调到了最小，不然已经没命了。

我朦朦胧胧地看到 404 从箱子里爬了出来，应该是苏醒了，男人抄起电击枪走向 404，再次将他电晕。

趁着这个空挡，我使出全身力气，挣扎着爬起来，摸起路边的一块砖，跌跌撞撞地扑到男人身边，朝他的头一砖拍下去。等我回过神来，男人已经断气了。

我杀人了！我杀人了！不，不，冷静！这年头……

我把 404 背回了伯父家。

404 的机械体受损非常严重，身体发热，很多线路已经接不上了，从伯父家也找不出太多有用的零件。我不能让他死。权衡之下，我对他的身体又进行了改造，我做了一个简单的电动装置来临时为他的身体提供能量，但支撑不了多久，好在他的肉体部分没有太大损伤。

经过三天的努力，我成功唤醒了 404，他望着自己不忍直视的身体，沉默了很久，然后微笑着转头问我："我们什么时候去归墟啊？"

现在，404 已完全成了一个比人类还脆弱的生化人，他的时间不多了，归墟是最后的希望。

地下室入口的清理工作也已经完成，我从中得到了黄色的清澄花瓣，放入了 404 的那个小瓶里。这时，他突然对我说："技术员，能拜托你替我把这个给小女孩吗？"

"不行，你自己答应的事自己去办。归墟会治好你的，相信人类的技术。"

我不确定 404 现在这个样子还能不能修复和改造，我自己造出来的东西却成了别人的工具，连把他安全送到归墟都做不到。

"对了，伯父呢？"临走前 404 问我。

"他做生意去了，多半不会回来了。"

花瓣收集齐了，应该不用再接触什么人了吧。这破碎的世界，到底还剩下几个正常的人。

5. 征兆

过了很久，我和 404 终于走出了乡间小路，踏上一条相对较宽阔平坦的主干道，因为周边道路被毁，这条通往归墟的路上一辆交通工具都没有，也不见半个人影。几天来踩的一直是松软的泥土和倒伏的枯草，脚刚一落到柏油铺路颇为不适。可踏上这条路的那一刻仿佛跨入了另一个世界，有种难以言说的窒息感。

炽热的夕阳在道路的尽头缓缓下沉，烧红了半边天，像是烈火炙烤的炼狱。火光映在我的脸上，似乎要将这躯壳穿透。道路两旁满是枯枝败叶，不是被战火摧毁的，倒像是中了什么毒一般。鸟雀都不屑于从这里飞过，一点风都没有，四周死一般的寂静。如果站定不动，眼前的一切就像一张静止的照片，真实又虚幻。

压抑。

　　自从踏上这条路，404 的速度就突然变得异常缓慢，我估计他可能快支撑不住了，便不断鼓励他，虽然不清楚这种情感激励对生化电子人有没有用。

　　"技术员，"404 突然问我，"你怎么看待银河系联邦对于战争正义性的规定？"

　　我本不想思考这些乱七八糟的东西……我真的累了。他们的思路是通过这种限制科技碾压的方式来降低进攻方胜率进而减少战争的发生，想着这样就可以遏制不同文明之间的冲突，不到万不得已便不会发动战争。似乎在这种情况下发动的战争都是濒死文明的自救行为，但是……

　　"狗屁规定，这一路走来，你觉得这场战争是正义的吗？"不管这条规定的逻辑通不通，这名字我是真不喜欢，"打都打了，还谈什么正义。"

　　艾莫利亚也没有面临什么种族存亡的危机，只是仰仗身体比地球人强壮，地球人的武器他们用得更顺手就发动侵略罢了。制度总有空子。

　　404 拿出那瓶清澄花瓣，让夕阳照着："我以为战争结束后这一切就会好起来。"

　　我也望向远方的落日，似乎那落日后面藏着未来与一切的答案："会好起来的，可能需要些时间来修复。"

　　404 沉默了很久，然后一字一句地说道："失去家人的伯父不会好起来了，失去孩子的村民不会好起来了，还有那个小女孩……失去的永远回不来了。战后重建起来的世界，也因这场战争和原来不一样了。"

我不知道 404 恨不恨一路上遇到的那些人，也惊讶于他仍愿意与这样的人类生活在一起。的确，创伤和废墟会被时间抹去，但失去的再也回不来了。

"清澄花会让小女孩好起来的。"

404 不再说话，我也保持着沉默。

直到一声枪响打破沉寂，声音是从归墟那里传来的。我停下了脚步，盯着那个方向，怎么会有枪声？

404 见我迟疑，突然焦急地说道："不是有人私自回收夫路特斯么，会不会抢到归墟去了？"

这个可能性是有的，普通人不知道归墟是什么，可能只是看那儿有很多夫路特斯，就……可为什么我感觉心里乱糟糟的。

我和 404 继续向前走，空气中似乎渐渐开始弥漫着一股刺鼻的气味，天空飘来缕缕黑烟，树木的枯萎情况也愈发严重，夕阳红得有些惨烈。

404 又开口了："工厂周围的环境真是差啊。"

比起这些异常现象，404 的变化更让我在意，他好像突然有些奇怪，像是想掩饰什么，抑或是快回到归墟的兴奋？

终于能看到归墟了，那是个通体银色，大概有四五十米高的金字塔型建筑，给人一种极强的秩序感与权威感，和设计图上的一模一样。夕阳在它的表面映照出诡异的金属光泽，给人十分压抑的感觉。归墟的侧面有一个类似烟囱的东西一直冒着浓烟，还能听到许多奇怪的噪声，像是有大机器在运转，气温似乎也升高了。

"就送到这里吧。"在归墟入口处十几米的地方，404 对我说。

他向前走了几步，微笑着转身望向我，背后是被落日染红的天，地平线清晰可见。强光为他打上了阴影，颇有悲壮的意味。

404 轻声说："我挺喜欢这个世界的。"

"我也喜欢。"我回以微笑。

"技术员。"404 摆出一副耐人寻味的表情，"不要放弃，我相信，你的智慧一定能创造出美好的事物，谢谢你创造了我。"

这种时候似乎应该说句告别的话，但我实在不知该说什么，只得生硬地说了句："祝你平安。"

他点点头，转身向归墟走去。

我目送着他走进去，不知道以后还会不会再有机会见到他，那时，我又是否能辨认出来？不过，这个任务总算是完成了。我便开始盘算下一步，去哪里找寻其他幸存的夫路特斯。返回的路上，我轻松了许多。

6. 归墟

通讯器响了，我这才意识到已经好久没有人联系我了，几乎忘记了通讯器的存在。我在弹出的虚拟屏上点开详情页，是韩枫。韩枫是我唯一的朋友，是人类与银河系联邦对接组织的一员，几年前被派遣作为代表参加银河系联邦第 87 次文明议会，已经几年没和我联系了，能打电话过来应该是已经回地球了。

"喂，昊啊，我问你，你那个人机嵌合技术还在搞吗？"

"这么久不见，也不寒暄几句，上来就问这个？"

"哎，别闹了，说要紧事儿呢，改天再叙旧。你那个技术到底到什么程度了？"

"我现在不搞了，无业游民一个。"奇奇怪怪的，刚回地球着急问我这个干吗？

"哦，那就好。"

我听到他长舒了一口气。

"你这什么反应啊，我失业了你这么高兴？"

"我跟你说啊。"韩枫突然压低了声音，显得神神秘秘，"上头可能瞒了点事儿，我这次看到几十年前的修正案里已经明确规定坚决禁止任何文明在战争中使用生物武器，尤其是改造生物，而且处罚得还挺重。我记得无意中看过资料，你爸搞人机嵌合好像是为了造生化电子人，还好你现在不搞了。"

"等等，你是说……这不合法？"

"对啊！咱们这儿一点都不知道，我感觉上头可能盘算很久了，消息锁得死死的。"

"那如果被发现使用生物改造武器会怎样？"

"这个……严重的话可能会脱邦吧，脱邦了就不受战争法保护了，这不就等于死路一条吗？听说之前利特星人用改造生物打赢了伽农星人，为了逃避究察，把所有改造生物一夜间全部销毁了，就像铰肉馅一样，不过还是被伽农保留了证据……"

我像被雷劈了一样杵在原地。生物武器，回收夫路特斯，归墟，404 刚才的种种异常，销毁……难道说……

"对了，还有一件事。半人马那群家伙说咱们和艾莫利亚最近打的一场战争是咱们挑的事儿。他们也是闲得慌，咱们又打不过，怎么可能主动挑事儿？不过几个月后联邦可能会派人来进行调查……"

糟了！

我立刻挂断通讯，转身向归墟狂奔。难不成，404 早就知道，可为什么，为什么他不告诉我，为什么明知道是死路还要……？天哪,这,这太疯狂了!他们想把所有生化电子人都销毁吗?疯了,疯了,全都疯了!这群疯子、畜生!把人命当什么了?简直是群魔鬼!人类已经被战争异化到这种程度了吗?

太阳落山,黑夜袭来,似乎在宣告一切该结束了。

由于表面是特殊材料,即便是无光的暗夜也看得见归墟的轮廓,透着寒光,像黑夜里的冤魂。

归墟的大门敞开着,我便径直冲了进去,然后发现门内两侧各站着一个警卫。看到我闯进来,他们立刻扑上来将我摁倒在地。

"放开我!我找熊震!"熊震,那是我父亲的名字。不,他不是我父亲。"熊震,熊震,出来!我知道你在这儿。"

突然,我看到不远处的地面上有一个摔碎的玻璃瓶,三片花瓣散落在地上 —— 绿的、红的、黄的。

这是 404 的。

我想起伯父的电击枪还带在身上,便挣扎着从上衣内兜里掏了出来,顺手推至最大功率,翻身朝两个警卫戳去,他们惨叫一声,吐了几口血,在地上抽搐几秒便不再动弹了。

冷静下来后,我意识到自己又杀人了,连忙把电击枪的功率调到最小,好像这样他们就能活过来似的。如果说之前用砖拍死那个人是为了救 404,那这次我杀这两个人……是为了一个生化电子人,我……

我想到404，顾不了那么多了。可归墟这么大，要去哪找啊？我急切而忙乱的地四处奔走着。

突然，他出现在我的面前 —— 熊震。

我攥紧了手中的电击枪。

"这一切都是你造成的，一切……你这个魔鬼……"我恶狠狠地盯着他，身体止不住的打颤。

"那我可真厉害。"他轻蔑一笑，"一个人有这么大的能耐？"

他好像完全不在意似的。我强忍着想杀人的冲动，脸上的血管肿胀得快要炸了一般。

"也没必要瞒着你了，估计你也知道的差不多了。"他嘴角微微上扬，闪过一抹寒光，"我们隐瞒了禁用生物武器的规定，而且用了一些手段来煽动社会情绪，改良科研土壤。如你所见，一切都很顺利，其实也不过是加快了这个进程罢了。另外，艾莫利亚人对地球发动总攻的势头确实有所下降，很可能会一直拖着，为了不一直处在这种威慑的阴影中，我们主动发起了挑衅。本来是稳赢的，谁知道你造的东西根本经不起实战，白让我器重你这么多年。"

我的嗓子开始打颤，眼泪止不住了，在他面前哭显得气场上我已经输了，可谁又能赢得了魔鬼呢？

"器 —— 重！"

"不然你以为你的存在是为了什么？"他脸上轻蔑的笑消失

了，变成，"工具而已。"

工具，我也是工具。

"求你了。艾莫利亚肯定收集了证据，你现在销毁也没用了，做个人吧！"我的愤怒已变成了哀求。

"这个不劳你操心，艾莫利亚也偷偷使用了生物武器，只是他们太保守了。战争比的就是谁更疯狂，要么为正义而疯狂，要么为胜利而疯狂。我们已经签了协议，互相不揭发。"他又露出了阴险的笑，"我的计划是不是很完美？"

天哪，"那一个个都是人！是人！你把他们的身体改造成武器，剥夺意志，说是为了人类，你把他们都不当人，凭什么让他们保护人类！"

"不，工具而已，工具没用了就要丢掉！"

工具，工具，工具……"那我也是工具，你也把我销毁算了！"我冲上前去揪住他的领子，用电击枪对准他的太阳穴，但下不了手。

"你以为我不敢吗，我只是懒得杀你，论功劳你还比不上那些夫路特斯，早知道你今天来闹事，当初你离职时就该弄死你，都怪我太仁慈了。"熊震调整了下情绪，继续说道："我这都是为了人类。我们必须打退艾莫利亚人，不然他们迟早会打进来。所以必须有武器，超常规的强力武器，为了这武器可以付出任何代价。现在，如果地球被踢出了银河联邦，也是死路一条。你要为了这些工具毁了全人类吗？"

我，我不知道。

"你没用了。"他突然夺过电击枪，刺向我的下腹。

那一瞬间，我仿佛释怀了。我倒在地上，抽搐了一阵，他又继续用电击枪戳了我十几下，随后我便没了意识。

不知过了多久，我似乎是被轰鸣的机器噪音吵醒的。我身体使不上劲，扶着一旁的墙体吃力地爬起来。视线还很模糊，很难站稳。我努力使大脑清醒，现在只有一个念头，找到404。不知道他现在还在不在，也许我救不了他，但我还是想再见他一面，我想知道他是不是知道这是个陷阱，如果知道是陷阱，又为什么要送死？

我循着机器的噪声快步走过去。

虽然有心理准备，但还是……我差点没吐出来。

我从没有见过这么多夫路特斯，尖锐的挂钩刺破他们的胸膛，将他们像猪肉一般悬挂在半空，整齐地排成几列。挂钩的另一端连接着传送带，传送带的尽头是深坑，深坑里面是……我不敢看，我怕那是磨盘、搅拌机一类的东西。机器正在运作，传来的各种声音令我崩溃，我克制住自己不去脑补画面，下一波应该就是挂着的这些了。

我快速扫了一眼，找到了404，他在最边上。

他悬在半空，我跳起来去够它，够不着。可就算够着了又能怎样，难不成把他扯下来吗？不过 404 倒是被惊醒了，他缓缓睁开眼睛，平和地看着我，似乎已经预料到了我会来，冷静、漠然……

我像突然被噎住了一样，不知道说什么。404 看出来我想问什么，便直接说道："我们在客栈的那天晚上我就知道了，是同伴向我发送的信息，他应该是抢在通讯被屏蔽之前发送的信息，不过可能只有我接收到了。"

果然，他果然早就知道了，我以为我在救他，到头来却是亲手将他送往地狱。

"为什么？你说你想过上人类的生活，不作为一个武器而存在，所以我才送你来归墟……你……为什么……？"

他又摆出那一副捉摸不透的表情，像是惋惜，像是高兴，像是痛苦，又像是……疯狂……就像他的名字——NOT FOUND。

"我之前偷偷看过一本叫《陶渊明诗集》的书，我喜欢里面的山、水、花、鸟，平静、安适。虽然几千年过去了，地球上也少有当时的景色，但人类依旧像那时一样热爱生活。我也想体验被你们称作'生活'的东西。可后来我看到，由于艾莫利亚的威慑，这片土地彻底变了，那终将到来的战争让人们变得疯狂、残酷、自私，似乎战争已经开始了。司令官说我们是人类唯一的胜算，我们可以让这一切恢复原貌，那时的我甚至希望艾莫利亚快点进攻地球，早点结束战争，早点回去……"

我注意到，其他夫路特斯也纷纷苏醒过来，安静地听着，像是在表达默许。

"虽然不确定这是不是我们自主产生的想法，但我们的确是带着这样的信念在战斗。不过，我们没赢，但至少艾莫利亚相当长的时间内不会再有什么动作了。但，一切似乎并没有回到过去，这一路过来到处都是……那时我才意识到，战争所带来的不是胜者的自豪和失败者的痛苦，而是对前一个时代所有美好的颠覆。我希望人类能忘掉这场战争，拿起手中还有的力量重新生活，所以作为战争的遗留物，作为那段黑色记忆的符号，作为这场战争的罪魁祸首，我们必须消失。这或许是我第一个自己做的选择。"

我无法理解 404 的逻辑，更无法理解他哪来这么多一厢情愿的感受。他们一直都只是工具，之前是战争武器，现在是情绪的发泄口，有没有他们都一样，为什么不为自己做个选择呢？为什么要为和自己不同的物种这么……我瘫坐在地上。

"技术员，我知道你后悔造了我们，别这么想，是你为人类换来了更久远的和平与安定，你是优秀的科学家。几年后，人类文明会慢慢复苏，在终将到来的战役前，你一定能创造出更好的东西，阻止这场战争。"

不，我不能，那些美好的生活，我作为一个人类也没有体验过，我只能像提线木偶般被人操控、利用，先是被熊震，然后又被你……我还没一个生化人有骨气，我……

突然，传送带开始动了，前端的夫路特斯陆陆续续掉入了深坑中。

"404，404！"我起身去追赶，我不知道我追有什么意义，就像不知道404来送死有什么意义，这场战争有什么意义，我的存在有什么意义。

"技术员！替我把花瓣给那个小女孩！"这是他的最后一句话。

我扑倒在地上，怒吼着，用拳头疯狂地捶打地面，直至手失去了知觉，我多希望这几拳是打在熊震身上。

"我要炸了BTW，我要炸了BTW！"血液已经溢满了我的大脑，视线模糊，只剩下愤怒与悲痛欲绝。人类，人类！

……

后来，我对404的记忆大部分都定格在了把他送到归墟后，他背对黄昏转身看我的那个瞬间。

7. NOT FOUND

破旧的换气扇依旧嗡嗡地转着，外面已没有光照进来，只剩下那盏冰冷的台灯，微弱的光芒格外夺目。这充满霉味儿的破审讯室已经快把我逼吐了。

韩枫坐直了身体，问道："那个女孩最后找到了吗？"

"找到了，不过她的母亲已经去世了。"

"那，她许了什么愿？"

我先是沉默了片刻："她说，夫路特斯害死了他的妈妈，她希望所有的夫路特斯都消失。"我抬起头，看着韩枫的眼睛，"显然，她的愿望实现了。这花挺灵。"

我被带去牢房的时候，韩枫最后问了我一句："你后悔吗？"

"后悔。"

六道轮回

何剑虹／作品

史明的枪掉落在地上。那个将近一百亿年的强大文明能在宇宙间恣意穿行，而地球文明却只能局限于一隅，只能在海量数据洪流内穿梭……什么是真，什么是假，他无从分辨。

◆ 1 ◆

孔二顺着绳索刚下到墓穴的时候，就感觉情况很不对。

按照汉墓的形制，墓室已经从竖穴式椁墓转成了横穴式室椁墓，特别是东汉以后横穴式成了一种流行，可眼前的墓穴非但大得出奇，还没有一点墓的结构，空荡荡黑乎乎，反倒像一个藏在深山里的大机库。

孔二啐了一口，点燃一根吹蜡往四下里照射，瞪得眼睛都要突出来了，愣是啥都没见到。他不甘心地往前走了好多步，看到了一个类似长方体的东西横贯中央。

他心里一阵哆嗦，也不管身后的翠花，往前跑了过去。

眼前的棺材比普通的宽了一倍。走近一看乃是石制，上面刻有汉式云龙角虚纹。沉重的棺盖一半被掀翻在地，留下一半搭在棺材上。

从规格而言应该是某位诸侯王的棺椁，如今已是一副破败的样子。

孔二骂起来："老猫这个狗东西还骗我说是个新墓！这都被人开发得不要不要的了，我一会出去就跟他算账。"

"老猫什么人你不是不知道，信誉一向极好，"搭档翠花很不高兴，"咱俩合作这么久，你还信不过我？！"

"瞧你说的，我哪能想你那去？"孔二赶忙解释，"你懂我的意思，这可是咱们花了1 000两银子买的消息，1 000两啊，够我去万花楼潇洒好几天了！哎哟，这棺材有意思啊，里面躺了两个人。"

翠花走近一看，棺材里果然躺着一男一女两具尸体，眼窝深陷，形容枯槁，估摸有五六十岁。外衣已被人扒光，剩下了两件单薄泛黄的白色绢衣，好歹保住了最后的体面。孔二不死心，伸出戴了橡胶手套的两只手在两具尸体身上乱摸，想着翻出点漏掉的戒指，屁塞啥的——"贼不走空"是他的座右铭。

突然，孔二定住了般一动不动。翠花心有点慌，问他："咋的了？你中邪了？"

"蜡烛的火在动。"孔二嗅了嗅鼻子，似乎真能闻出点什么味来。他蹲了下来，握着蜡烛在地面四处转圈，最终确定了一个地方，用手关节敲了敲，又招呼翠花拿出一根铁杵插了下去。

地面松动了。

看上去宛若天成的地面却是个机关。搬走几块石头后，底下露出一段石头台阶来，约莫一米宽，盘旋而下，用氙气灯往下一照是深不见底。

"奶奶的，原来内有乾坤啊！"孔二大笑起来，高兴得口水都从嘴里喷了出来。翠花厌恶地擦了擦脸，让他说话小心点，又提醒孔二道："这种结构绝不是汉墓，在中原地区也很罕见。"

孔二当然知道翠花话中含义。他们很可能碰到了一种罕见的复墓。他之前听人讲过，说战国时有一座鲁王墓就是建在了西周一位诸侯王的墓上，非常诡异。这种复墓结构往往大有来头，天下虽大，但极品形胜也是万里挑一，倘若相差几百年的堪舆师用了同一套寻龙定金法，的确有可能会发生墓中建墓的奇景。

孔二心情有些激动。既然两代诸侯王都看中的宝穴，所藏之物必定难以计量，极有可能还有闻所未闻的绝代珍品，要是有幸能得到一件，下辈子亦无虑矣。

但是，所谓英雄行险道，富贵如花枝。诸侯王虽说不及天子尊贵，但古人厚葬，往往会把生前最喜欢的珍奇古玩带下去，而为了防止后人盗墓，除了设置重重机关防范盗贼外，还会用到一些不为人知的邪术。世人皆知秦焚百书，偏偏留下了卜筮、医术、农牧等书籍，而恰恰在此类书籍中记载了不少远古秘法，或能召唤精怪、或引天地之力，神鬼莫测，威力无穷。

按照他以往的经验，汉代以前的诸侯古墓十有八九藏着千年粽子，有些大墓连上古魔怪都有。仅凭手上的两把枪、一个探照灯、几个黑驴蹄子啥的，不说寒碜吧，贸然下去也是九死一生。

所谓临渊羡鱼不如退而结网。孔二对翠花诚恳地说："先回去打点些装备，准备充足再来一探究竟。"

翠花提醒："你就不怕别人捷足先登？老猫能1 000两卖我们，也能2 000两卖别人！"

孔二瞬间感觉自己站在了人生的十字路口，习惯性地十指交叉在一起，捏个不停，又下意识地看了眼翠花。这娘们今天穿了一件小牛皮做的夹克，黑色帆布裤，一双原色鹿皮长靴，倒是将自己的曲线勾勒得一览无余。

翠花一看孔二盯着自己乱瞅，走过来就是一巴掌："看啥呢，这么起劲！你蔫了，那咱俩打道回府！"

孔二可不是会被女人改变主意的人，他下定决心说："我入行这么多年从未失手，靠得就是一个字，稳！咱们先回去……"话没说完，突然撇眼见到第一阶石梯上刻有奇怪的花纹，凑近一看，原来是几个篆体古字。

翠花念道："宝封禁地，入者立死。"

刚才怎么没看到这几个字？莫不是眼花漏掉了？不过孔二此

刻也来不及多想了，这八个字比八大胡同的彩旗还要让人心痒痒。孔二手指刻字对着翠花说："刻字的人估计不知道爷的性子，撑死胆大的饿死胆小的，不让我进去，我还偏要进去。老话怎么说来着，天生一个仙人洞，无限风光在险峰。我们走！"

"等一下。"翠花说着，双手合十，双膝跪地，念念有词地开始祷告。

"神啊，求你看顾我！"

孔二见怪不怪，只是嘴欠地说了一句："有用吗？"

翠花也不回答，祷告完毕说道："走！"

孔二打前，翠花看后，两人顺着阶梯盘旋而下。周遭寂静得可怕，似乎连身上细胞的呼吸声都能听到。走了约莫半个时辰，孔二一脚踏上最后一档阶梯，吐出一口气骂道："奶奶的，这也太深了。"

面前的景象很奇特，初看过去一片漆黑，但隐隐之中却有无数红点闪烁，杂乱无章，并无规律可言。孔二举灯往前一照，不由心生一股恶寒。

眼前是一面巨大青铜壁，无数骷髅头镶嵌其中。这些骷髅头嘴巴大开，面目狰狞，诡异光点或从骷髅两眼，或从鼻孔，或从嘴巴射出，鬼火幽幽，令人不寒而栗。

壁上另刻有龙虎纹、饕餮纹、人头纹，犹如一道生与死的闸门矗立地底深处，黝黑厚重，坚不可破。

孔二咋了一口："莫非来了阴间不成？"

翠花打开资料，翻了几页说："鬼火表面看起来乱七八糟，其实内有玄机，你仔细看，光点之间都有线条连接，应该是古代中国的星图无疑。"

孔二："我不想知道它们是什么，就想知道怎么打开它们。"

孔二这里推推，那里敲敲，墙壁纹丝不动。翠花仔细地看了一下墙壁，看出了端倪："星辰排列方位不对。所谓上北下南，按传统来讲北边应是玄武，南方是朱雀，为何它们反而分列左右呢？"

一句话提醒了孔二，他仔细查看铜壁，一一打量，不放过任何细节。只是眼前尽是骷髅，看的令人十分不适。许久，终于在三个骷髅聚集处发现一个微微凸起的小圆盘，要不是仔细看，根本无法分辨。

孔二单手去转那圆盘，果然壁上鬼火款款转动，犹如天上星辰轨迹一般。孔二来了精神，按照翠花指示，将星图转到正确位置。他此刻专心致志，根本没注意鼻子下一个骷髅竟然张开了嘴巴，一条又肥又粗的血红虫子从骷髅嘴里爬了出来，又猛地弹向孔二。还好孔二眼疾手快，将头一扭避开怪虫，那虫子一落到地，土层顿时剧烈沸腾起来，冒起一股红烟。

孔二心知不好，赶忙喊："小心！"话音刚落，无数血红虫子从骷髅眼里尽数钻出，扭动着身子冲向两人。虫潮如海，密密麻麻，而整面青铜骷髅壁仿佛活了一般，张牙舞爪，甚是恐怖。

"你大爷的！"孔二喊着翠花赶快跑，没想到翠花此时却迎难而上，双手搭在圆盘上，使劲旋转。血虫落在她身上，冒起阵阵红烟。翠花毫不怜惜自己身体，终于将青龙旋转到正确的东边。一瞬间，血虫消失，而骷髅七窍中的红点也变成了黄点，稍等片刻，大地震动，沉重的青铜壁向两边展开，开出一扇大门来。

"身体不要紧吧？"孔二问，他盯着翠花的衣服，她右侧的衣服似被强酸融化，露出里面雪白的皮肤。

"没事，"翠花紧蹙眉头，"机关相对简单，不知道里面有什么值钱的宝贝。"

"老猫没说吗？"

"没有。"

"难不成这墓中墓还有什么变数？"孔二暗自心想，把背后的来复枪抽出握在手中。

两人径直而入。里面是一个阴暗潮湿的石洞，巨大的玄武岩因为地质运动被大块大块的折断、扭曲，破碎。洞穴低矮，两人低头勉强通过。又走了十来分钟，终于走出洞穴，来到一片开阔地带。

终于能挺直腰身了。孔二压了压老腰，往前一看，不由打了一个突。不远处的地上密密麻麻跪着数百具尸体，双手反剪，呈圆形排列，看衣着乃奴隶无疑。尸群中心上方是一口硕大金色棺材，发出耀眼光芒。金棺上有几副粗大青铜锁链缠绕，将其拉离地面数十米，悬空而立。

饶是孔二这么有经验的老手也从未见过如此异象，不由啧啧称奇。他来到尸群之中，绕着金棺转了几圈，也看不出什么苗头。照着老样子在地面寻找机关之物，也是一无所获。

地面用青色大砖铺砌，上面依旧刻着星象图，在尸群之中若隐若现。

孔二见棺材离地太远，端起枪支对着青铜锁链点射了几发，火星炸出不少，锁链却毫发无损。

翠花此刻也是紧皱眉头，说："你看地面也是依照二十八星图呈列，那位居中天的即是紫微星。墓主人想用这种风水来保佑后代成为天子，野心倒是不小。"

孔二说："碰到大爷我，啥天子都变成孙子。我先上去看看。锁链既然能固定棺材，另一端必定挂在石壁上。"

"你要小心。周代大夫以上都崇尚活人殉葬，你看这规模是诸侯王无疑，棺材里的宝贝恐怕不简单。"

"越不简单买卖越大。嘿嘿……"

孔二把枪挂在背后，快步跑到岩壁前，朝手心吐了一口水，顺着石缝、石坎，徒手往上攀登，动作灵活得犹如一只猴子，很快爬到了离地数十米高处。抬头一看，果见一个巨型青铜钩深插在石壁内，粗大青铜锁链紧缚其上。

孔二二话不说掏出炸药，将其埋在钩子处点燃引爆。只听轰的一声炸响，青铜钩一点擦痕都没有。

翠花在下面喊着什么，孔二大声回道："炸不断，我再试试其他办法。"

所谓艺高胆大，他索性爬到青铜锁链上，顺着链条滑下来落到金棺上，定睛一看，共有四条锁链缚住金棺，链接处都用一具青铜锁固定。他在锁眼内导入黑火药，对翠花喊声："小心！"，只听轰轰几声，锁链尽数炸断，棺材轰隆一声从高处坠落。

金棺势大力猛，直接砸穿了青砖铺的地面，斜插入地中足有几十厘米，十数具奴隶尸体当即化成齑粉。

而后金棺又在巨大重量牵引下横倒在地，巨响在洞穴内萦绕许久，不绝于耳。

孔二老早就飞身而出抱住一根锁链，待金棺落地，这才顺着锁链荡下来落到翠花身旁。

翠花对他竖了竖大拇指，很是认可这种简单粗暴的做法。棺材通身以黄金打造，各色宝石点缀其间，花纹繁复，精妙无比。不过于孔二看来，造型倒与法门寺释迦牟尼金棺很是相像。

他二话不说，掏出铁杵正准备撬开盖子。只听见棺内传来叽叽咯咯的声音，好像有谁在里边磨自己的爪子一般。

孔二和翠花对眼一望，心知有异。翠花用手指打出几个手势让孔二后退。这是翠花发明的一种特殊手语，能让两人在不出声的情况下交流信息，仅限两人知晓。孔二端起枪械慢慢后退到十余米处，只听"嘭"的一声响，沉重的金棺盖飞了起来，落在两人面前，滚滚烟尘中可见棺材里钻出一个浑身流着脓血的人形怪物。

此怪物足有五六米高，双足站立。一看怪物尊容孔二不由倒吸一口凉气。它有着七个倒三角的头，中间一个头颅最大，其他六个呈圆形环绕，每一个头都分别通过细长肌肉链接着一双长手，看起来就像一张巨大的蜘蛛网。怪物身形消瘦，极为干枯，诸多头颅和怪手形成一个血色网状结构，就像什么人被抽去了肌肉骨骼内脏，只留下了整套血管。

孔二和翠花从未见过此种怪物，心生畏惧，但亦无退路。两人不等怪物喘息，端起枪一通扫射，怪物被子弹击中，只是微微往后退了几步，但已被激怒，身上猛然亮起了十四盏灯，正是它的七双眼睛，发出幽幽红光，戾气盈天。

它随手抓起一个奴隶尸体往嘴巴里塞，"咔嚓"咬成两节，又觉得索然无味，连连吐了几口。待看到二人后退，怪物发出刺耳尖叫，猛扑过来。

一路上，奴隶尸群被怪物撞得七零八散，残肢断臂雨点般落下。两人分散逃开，不忘在空隙间猛射怪物。一夹子弹打完，怪物毫发未损。

孔二反应过来，喊道："射他娘的招子。"

翠花对着怪物的眼睛接连点射，有几发命中。怪物惨叫连连，攻势更猛。孔二大声叫好，也欲抬枪射击，怪物一双长手已经扫到面前。顿时腹部被大力击中，剧痛传来，他像球一样被踢了出去，撞到岩壁，后背也是火烧火燎的疼痛，浑身的骨头都像被打碎一般。

鲜血从口中喷出，孔二忍着剧痛，攀着石坎就往顶上爬去，怪物怎能放过，迅速跑来。它长脚长手又薄如面片的身体在墙壁上游刃有余，只是略微抬手，孔二右腿就被其抓住，一股钻心的疼痛传来。

翠花跑到怪物下面朝上射击，又有几发击中怪物眼睛，鲜血直喷。孔二右腿上的劲头却一点都没有消失，反而越来越大，似乎把腿骨都能扯断。孔二破口大骂，忍着痛朝怪物射击，直把子弹全部用光，怪物的手才松开，他乘胜追击，飞速换上弹夹，对准怪物的眼睛打出一个连发。

怪物七对招子已经瞎了五对，从崖壁跌落。翠花镇静自若，从容躲过怪物，未等对方起身又是一梭子，她越走越近，射的也是越发准确，怪物眼睛全被射瞎，十四个孔都在冒着黑血，臭不可闻。

瞎眼后的怪物暴跳如雷，几只巨手扫过去，将钟乳石打断。孔二明白，对方怒了，要是再被它抓住，小命可就没了。

翠花继续打起手语，这次信息比较复杂，孔二好不容易才读懂。

用雷管炸死这畜生。

孔二轻轻落回地面，从包裹里取出四根雷管捆在一起，将其点燃。随着翠花的最后一个手势，他把雷管扔了出去，只听轰的一声，排山倒海的炸响在洞窟里层层反射，耳膜生疼。然而怪物终究在这巨大的爆炸威力中倒下，抽搐几番，一动不动。

两人呼出一口长气，来到金棺跟前。里面躺着一位周代贵族打扮的尸体，紫衣绶带，金银玉器，珍奇古玩，看的让人双眼冒光。棺内空隙之处还填满了鸡蛋大的珍珠，珠光宝气富贵逼人。

"发财了，发财了！"孔二伸手就要去拿。此时大地一阵晃动，地面迅速裂开，很快出现了一个大洞，孔二猝不及防，脚下一空往下方坠去。

孔二急速向深渊坠落，所幸翠花反应敏捷，一把拉住孔二的左脚，另一手飞出绳索绑住头顶青铜链。两人悬空在大洞上，眼见着四周天崩地裂，青石砖，尸群，子弹壳，以及那巨大闪亮的金棺纷纷落向无底深渊。

屋漏偏逢连夜雨，两人惊魂未定，又听岩壁那头传来一声刺耳叫声，怪物复活了！它贴着地面挪过来，看到两人悬挂在巨洞中央，十四个血洞都发出了红光。刹那间，怪物脖子也在瞬间拉得老长，大嘴一开，森森白牙向孔二扑了过来。

"我操！"孔二惊叫起来，眼见要被怪物咬成两截，翠花大喝一声，使出吃奶力气将孔二往上一甩，孔二如杂技演员般被扔了上去，一把抱住青铜锁。怪物扑个空，大吼一声，伸手抓住了翠花的脚后跟。

顿时翠花要承受一人一怪的重量，手臂酸麻无比，此时，绳索也快拉断了。孔二举枪瞄准怪物，却被翠花身体挡住。

翠花喊："别管我，自己上去！"

孔二心想自己哪里是这种人，眼见翠花体力已到极限，当机立断松开手，径直跳落到怪物身上。

"再见！"孔二举枪对着怪物手臂一顿猛射，将其手臂打烂，怪物直直坠入深渊发出凄厉尖叫。孔二在怪物头顶奋力一蹬，抱住了翠花双腿，然后爬树一般爬过翠花身体，来到青铜链上。

翠花也爬到青铜链上，四下检查，总算在锁链上找到一个宝物，乃是一个青铜盒子，里面装着四个人头，看不出啥来头。

"什么品级？"

"上品，"翠花四下打量，"别高兴太早，顺着锁链爬到地面，才算结束。"

孔二一边爬一边说："你说这设计师是不是变态，搞出这么多怪东西来。现在的怪物真的越来越可怕了。"

"再怎么可怕也脱离不了历史和文化的承袭。七双眼睛想必是汲取了《默示录》羔羊的灵感吧。不管怎么样，谢谢你救了我。"

"哪里的话，咱俩谁跟谁啊，再说你救了我两次，我还欠你一次呢。"孔二想起在翠花凹凸有致的身体上感受到女人特有的那种弹性，不禁心神荡漾，赶紧把话题扯开，"我发现最近的游戏都有些不稳定，怪物属性，游戏进程，游戏奖励，说改就改。"

"有人在搞后台的数据。"

"策划太他妈黑了。"孔二骂道，此时他双脚落地，系统提示道："孔二、张翠花获得青铜人头甑，声望各提高 10 000 点。"

"10 000 点声望！"孔二顿时眉开眼笑，唾沫四溅，"足够我们的生活品质提高一个等级啊！哈哈，说实话卖多少钱我已经不在乎了。"

"属性也不错，释放四个无敌怨灵，维持 28 秒，我估摸着能卖100 000 以上，你就先挂个 120 000 试试。"

"听你的。"孔二用手在空中一划，结束游戏进程，确认后唤出交易页面。他把人头甑挂到了 NTF 社区，做了标注："新出炉的商代青铜人头甑，120 000 信用币，如假包换。"

"我先下了。"翠花说。

"晚上没事的话，要不一起吃饭吧。我那边新开了一家餐馆，听说碳烤大响螺和清酒冻半头鲍很不错。"孔二补充说，"不为别的，就是想表达一下对你的救命之恩。"

"行。"

翠花一口答应，随后下线。

"这娘们做事真爽气，像个男人！"孔二一阵欣喜，也下线了。

◆ 2 ◆

　　史明把 VR 头盔摘掉，解脱般地呼出一口气。他从游戏专用室里出来走向吧台。客厅那片 20 米宽的巨型落地玻璃窗一览无余地展现出整个城市的美景。阳光犹如瀑布一般直泄而入，让他不由自主地眯起了眼睛。

　　算下来，史明在地下墓穴已经待了 4 个小时。

　　这套位于市中心顶层的复式公寓有 300 多平方米，是史明五年前倾尽所有买下的，他也常自诩这是一生中为数不多的正确决定。这套公寓内部装饰以白色为主，中间夹杂着些许黑胡桃木，除了家庭影院、游戏 VR、空调等必要设备外，看不见多余的杂物。房间空旷而简约，但明眼人一看造价不菲：大理石从巴西空运而来，地板上铺的是意大利的小牛皮地毯，全套钻石餐具来自中国河南，板材拼接的缝隙全部用黄金填充。

　　除了建材上不惜工本，更大的投入是航空工业级的施工精度：

墙面呈现绝对的 90°，屋内每一块玻璃的切割和安装以太空望远镜为标准，地面是绝对的水平，哪怕是放大到太阳的尺度，偏差也不会超过一纳米。就算最普通的黑胡桃板材，也是严格在一月份切割，因为这个时候木头含树汁和糖分最低。奥姆剃刀的原理被他运用到极致，这种偏执也逼得设计师走火入魔，然而结果总算让人满意：整个空间没有一丝丝多余的线条或者缝隙，只有深埋在空灵后的精致与奢华。

约 150 平方米的大厅中间竖着一口 8 米长、2 米高的超大鱼缸，错落有致的岩石来自东非的坦干伊喀湖湖底，缸中穿梭着几百尾色彩艳丽的三湖鲷，在蓝色射灯的照耀下，仿若一幅运动的油画，同时也是公寓里最鲜艳的色彩。鱼缸下方是一个室内游泳池，史明最喜欢的一件趣事就是泡在湛蓝的水池里，静静地看着鱼缸中的精灵，有时候一待就是一个下午。

他走入厨房，从三开门的大冰箱里取出一杯标准 4℃ 的矿泉水，将其一饮而尽，又剥了一个新鲜橘子，将皮扔进垃圾桶。这种垃圾桶具有自动粉碎垃圾的功能，底下连通着城市的排污管道，只听见"噗"的一声轻响，橘子皮从垃圾桶里彻底消失。

史明还沉醉在得到宝物的喜悦中，四个小时的黑暗和危险换来十几万的真金白银，太值了！

他的嘴角不自然地流露着笑意，橘子汁水从嘴角流了一点出来，他伸出舌尖将其舔干。

房内播报着外面的天气 28℃，空气质量极高，非常适合外出。史明不久前看过一个报道，说是自然的阳光能让人迅速恢复视力，是最为便捷的天然眼药。他走到卧室的衣柜前，选中了一件天蓝色 T 恤，一条白色的沙滩裤，然而在搭配什么款式的鞋子方面却花了不少时间，试了 6 款后，他决定来一双红色的球鞋。

这款球鞋是去年的全球限量版，看起来就像一团燃烧着火焰的云 —— 他希望这鞋子能带给他好运。

史明瞄了一下眼睛右上角的时间，离约定的时间还有一个多小时。他走出公寓的右侧小门，来到一条插在墙壁上约两米宽，五米长的蓝白色横梁前，梁的尽头悬浮着一辆黑色双人跑车，车前一个金色的凤凰 LOGO，产自中国上海。

车门徐徐打开，他改了主意。

饭店距离公寓不到 3 千米，走路过去吧。

东海市地处热带，三面环山一处临海，四季温度恒定。城市规划很科学，建筑高度普遍不超过 30 米，绿化率达到惊人的 60% 以上。银白色的大楼点缀在花红柳绿中，彩虹版的城际列车轨道牵引着人们的视线伸向水天交接处，那是仿佛水晶般纯净的天蓝色苍穹，一切都让人心旷神怡。

和煦的风吹拂在史明身上，四周是各种奇花异草，姹紫嫣红带来的各种花香，令他从头皮到脚趾每一个细胞都感到非常的舒服。

史明打了一个响指，一台离他最近的悬浮机器人漂了过来，递给他一杯现榨的石榴汁，这是一种他很喜欢的饮料，鲜味十足。

路上行人不多，走了老远才碰到一个高大的男人，健壮的身材搭配黑色的肌肤，犹如一尊铁塔。男人左肩膀上坐着一个身材相当火辣的姑娘，等她把头转过来，史明看清她竟长着一张猞猁的脸，倒跟中国神话里的西王母有些相像。

史明对身上长着兔子尾巴、浣熊耳朵等动物器官的人见怪不怪，也对身高 3 米或者不足 50 厘米的人视而不见。这是一个开放的时代，一切都在变，每个人都想着自己是街上独一无二的仔。想成为一个什么样的人，或者不想成为人，都是人的自由。

翠花跟史明一样，保持全面人形。尽管她刻意地把头发搞成红色，半边脸上还文了一只蓝色的蝴蝶，看起来仍旧显得保守。实际上翠花只是游戏里的 ID，她原名叫 ZERO1，史明跟她是在 5 年前的一场国际性比赛项目中认识的。据她自己说以前学的是机械维修，但是这份职业理所当然地被智能机器人全面替代，于是她选择了做普通人在这个时代最有机会的工作，电子竞技者。

这一切都拜强智能机器人的普及所赐，那批杂种机器夺走了人类绝大多数的工作，只剩下了电影、音乐、程序员和心理治疗师四个职业供活人选择。即便如此这些工种对人的要求也是日益苛刻。曾经满大街的程序员，发展至今已经需要顶尖学府数学系十余年的专业培养，否则根本无法胜任复杂的代码工作；而之前遍地野生的导演、音乐人也越发难觅：巨量信息使得人类见识面愈发广博，心态也愈发高傲——只有神经质的艺术家的天才作品，才能打动他们冷酷如铁的心肠。

与此相反，竞技世界天然所具备"跳出三界外，不在五行中"的属性，超越了人类发明过的一切的艺术和娱乐——在理论上只要拥有一套合适的虚拟头盔，它就能让所有能算出"一加一等于二"的生物彻底飞起。

统治这个虚拟世界的游戏叫作"LOST LAND"，由 MERTO 公司运营开发。同时，该游戏每 2 年一届会举办一次 LL 大赛，涵盖 36 大类 2369 个项目，包括类似田径、球类、体操、游泳等传统的奥运项目，也拥有星际战机、古墓夺宝、水下高尔夫、异形大战铁血战士等超现实项目。从 2096 年第一届赛事至今已经举办了 11 届，实际上举办至第 6 届的时候，LL 就完全替代了奥林匹克运动会，足球世界杯等赛事。除了项目的包罗万象，LL 对于参赛者的年龄、身份、国籍、信仰等没有任何的限制——哪怕一个高位截瘫的老头也可以在游戏里和 7 岁的女童一起抢夺娜迦女王头顶那块宝石。

当时史明和 ZERO1 在一个名为"2001 太空漫游"的飞行类半决赛中相遇，经过激烈厮杀史明以 1 分的微弱优势取得胜利，最后取得亚军，ZERO1 获得季军。虽然史明对这个雷厉风行的女孩很有好感，ZERO1 愣是没瞧过他一眼。不想几个月后，ZERO1 竟然主动来找他，希望他入伙完成一个雇佣兵任务，事成之后分了一半佣金给史明，两人就此走上合伙人的道路。

叮咚一声，社交软件提醒他，青铜人头甗已经按挂出价 120 000 信用币成交。虽然他对于卖出这个宝贝胸有成竹，但买家一声不吭就成交的态度还是带给他一种快感。他想起最后一战，要不是翠花舍命相救，他现在很可能被那头中西合璧的怪物吞进了肚子里 —— 全身的装备散落一地，声望至少扣掉一半。

史明决定再来一杯鱼子酱压压惊。

东海水晶宫酒店近在眼前。这是一个名字东方范、风格夏威夷的建筑群落。一百幢木结构别墅分成两排，依次搭建在海面上，构成一个足有 500 米长的大弧度。屋顶覆盖着海藻花样的椰子叶，四面则有大面积的玻璃，可以让客人 360 度看到美景。透明海水荡漾在白色细腻的沙子上，浪花在碧蓝的海面上有节奏地波动，发出轻微的浪潮声。

史明坐上一艘停在岸边的小木船，由一名船工划到预先联系好的别墅边。仪式感是吃大餐的必要组成部分。一个脖子上挂着花圈的年轻姑娘早在岸边等候，引着他进入别墅里面。

史明环顾了一下，感觉视野不够开阔，把用餐地点改在了楼上的阳台。

临近傍晚 6 点，阳光依然很好，大约十千米外有几头座头鲸正在跟游人嬉戏，喷出快乐的水花。看到一条小鲸鱼的尾巴拍在海面上，激起的浪花溅在游人身上，史明也不由自主地微微一笑。

美好的生活！

他瞟了一眼右上角，还有 12 秒到七点整。

11、10、9、8……翠花，不，ZERO1 出现了。

"准到家了，"史明说，"你是我认识的所有女人中最守时的，就凭这一点，今天要喝一瓶 82 年的拉菲。"

ZERO1 身穿一套咖啡色格子衬衫，一条白色休闲裤包裹着她修长的双腿，干净挺拔。她拒绝了服务生为其搬椅子的举动，自己一手拉过来落座。

"可乐吧，二氧化碳在嘴巴里爆炸比酒精更有趣。"

"你再看下有什么想吃的，尽管加。对了，转账收到了吗？"

"到了，"ZERO1 翻了几下菜单，对服务生说，"来两对炸鸡翅，一碗面条。"

"我们有八宝海鲜面，日本和牛肉面，意大利通心粉……"服务生话没说完被 ZERO1 打断，"一碗中国陕西油泼面，加辣。"

"马上为您送来。"服务生转身离开。

"说起来认识这么久，还不知道你哪里人。"

"这不重要。"ZER01 说，"老猫出了新的征集令，难度更大，奖赏也更丰厚。超级神器地球之眼，可以停滞时空 54 秒。"

"你真不像个女人，难道除了赚钱外，就没其他想法？"

ZER01 眉毛一挑，脸上的蓝蝴蝶文身就好像拍了一下翅膀，让史明心头一动。

她说："没有。"

"地球之眼的任务，死了很多人。"

"那又如何？"

蓝蝴蝶又拍打了一下。

俄罗斯 Beluga 鱼子酱端了上来，微微闪烁金色的鱼子酱放在一个小小的水晶玻璃盏中，有种奇异的光芒。史明把贝壳匙递给 ZER01，自己挖了一勺放入口中。

油腻软糯的鱼子在口腔里爆浆的感觉真是爽翻天了！他连续又挖了两勺放入嘴巴里，细细咀嚼起来。

"我需要钱，很多钱。"ZER01 对鱼子酱无动于衷。

"怎么了？"

"我哥……惹了大麻烦，需要一大笔钱。地球之眼的市场价大概是 400 万，离 LL 大赛不到半年，我判断接下去价格还会涨几波。"ZERO1 盯着史明说，"我们或许可以卖掉分钱，也可以拿着它参加大赛赢得冠军。"

见到史明没有答应，ZERO1 又说到："你分大头。"

碳烤大响螺搬了上来，滋滋冒着热气。服务生将螺肉勾出，麻利地用刀切成薄片，晶莹玉润。

史明夹了一片，放进嘴巴里慢慢咀嚼。入口即化的螺片夹杂着顶级茅台酒的底味一阵阵刺激着他的味蕾，真不愧为"死前必吃"的珍馐。他很快又夹起另一片螺肉，重复刚才的动作。

天色暗了下去，灯亮了起来，不知从哪里传出曼妙的音乐。史明整个人都快融化在这氛围之中。他心满意足地看着面前的ZERO1："还没感谢你的救命之恩呢，先来跳个舞吧！"

服务生立刻帮客人把明亮的灯光调成了浪漫的黯淡，以此凸显星空的璀璨。

"我入行这么多年从未失手，靠的就是一个字，稳！地球之眼的任务非同小可，我们还是得从长计议。"

ZERO1 不语。

史明又说："另外，咱们之间一向五五开，你不要再说你多我多的话。"

"谢了。"

"今天刚死里逃生，何不好好享受一番？"

史明起身，作了一个邀请的动作。

ZERO1 拗不过他，只得跟着他起身。史明一手扶住她的腰肢，一手抓紧她的左手。她身上独有的香气让史明有种前所未有的冲动，他鬼使神差地想把她往自己身上扯，可对方不知道是不知情还是不领情，身体绷得坚硬如铁，史明只好作罢。他又低着头凝视她的蝴蝶文身，原来蓝色的大翅膀上还点缀着绿色和黄色的光点，美得璀璨。

一曲舞毕，服务生适时地把清酒冻半头鲍端了上来，史明用刀叉熟练地把大家伙切成四份，大快朵颐。

"你不吃吗？"史明问 ZERO1，"味道很不错。"

"这样的生活不真实。"

"这才是生活应该有的样子！"史明笑着端起了酒杯，"每一个不曾起舞的日子，都是对生命的辜负。"

ZERO1 盯着他，欲言又止。她慢慢啃了一个鸡翅，又说："一棵树要长得更高，接受更多的光明，那么它的根就必须更深入黑暗。你是一个有天赋的人，可以做更多更有意义的事。"

"我知道自己的目标，所以我能忍受任何一种生活。"史明说，"更何况，还是如此美妙的生活！看到那座小岛了吧？如果能获得今年 LL 大赛冠军，我就有足够的声望把它买下来！那是一所起床就能跳进海里跟海豚一起游泳的房子，你想不想一起住？"

"既然殊途同归，那就好好考虑我的建议吧。"ZERO1 面无表情地再次建议。在史明的劝说下她终于咬了一小口鲍鱼，顿时咳嗽起来，"抱歉，这真的不适合我，还是吃面吧。"

"没事的话一起去北京吧，那里有个迪厅不错，相当刺激……"

"我不适合那种地方，反而扫了你的兴致，你去吧，玩得开心点。"

史明耸了耸肩。

ZERO1 又补充了一句："运动的时间不要忘记。"

"那个……你不再多吃点吗？"

"我饱了。"ZERO1 说完飘下了阳台，史明目送她消失在视线里，然后花了半个小时吃光 ZERO1 几乎未动的那一份，他一边打嗝算账，一边叫了辆空中的士。

等候的时候出现了一个小意外，隔壁别墅有个浑身长毛的客人竟然把漂亮的迎宾姑娘扔进了海里，看到海面激起了一堆浪花，他和同伴们兴奋地哈哈大笑。

"杂种！"他骂了一声。

迪厅的灯光和音响令人目盲耳聋。史明在跳舞的人群缝隙中和一个穿着暴露的妙龄女子对上了眼，她有一头金色的长发和蓝色的眼睛，却在光溜溜的背脊上刺了一只凶神恶煞的凤凰，还有"一心直蹦圣贤迪"七个汉字。史明走过去将其搂入怀里，钻进了一堆生物群中摇头晃脑起来。

说是生物群，是因为有些人把自己完全改造成了其他物种。史明可以接受人们长着一些哺乳动物的尾巴或者体毛，但是对于改造成全身粉红色的鼻涕虫心存芥蒂。

今晚的女伴实力不俗，两个小时内已经灌下了四瓶伏特加，史明只喝了三瓶不到，浑身都在燃烧。隐约中，他感觉到另有几个女孩扒光了自己上衣，甚至还有一头北极熊在他身上摩擦，做着令人不齿的动作。午夜三点的时候，他清醒了一点，于是回到了东海市的公寓。

同他一起莫名其妙回到公寓的是一个皮肤黝黑的女孩，她不算漂亮，只是冷冷的脸色跟 ZERO1 有几分相像。

◆ 3 ◆

刺耳的警报声惊醒了史明。他睁开眼，面前一片昏暗，腐烂的味道从四面八方钻进他的鼻孔。他伸出手摸索着墙面，打开灯。

昏暗的灯光没能照亮这个不足八平方的小屋。除了一张狭小的单人钢丝床，就剩下一个马桶、一张餐桌，连把椅子都没有。

墙壁上的一盏红灯亮起，锻炼进入倒计时。史明赶忙起身，摘下隐形眼镜，放进营养盒中，又从桌子上一台长着铁锈的机器里捏出一个白色小袋。史明把里面的粉末倒进嘴巴，咕噜咕噜胡乱漱了几下，掀开马桶盖，把口腔中的浊物吐了进去，白色粉末变成了黑黄色的泡沫。

他打着哈欠一屁股坐到马桶上完成了排泄，整个过程不到一分钟。

他回味着昨晚虚拟世界里大响螺的绝妙口感和黑皮肤女孩的冰凉肌肤，突然有种说不清楚的罪恶感，但是转念一想，又嘿嘿笑了起来。

他坐回床边，以最快的速度换上一身橘红色的运动服，等待下一次灯亮。很快，房间外的过道上响起类似金属敲打地面的脚步声。那是智能警卫挨个检查单元楼里每一位入住者，监督他们按时完成每天的运动。

终于，墙上一盏绿灯亮了，伴随着铁锈摩擦的声音，门打开了。昏暗而狭窄的过道上已经出来不少居民，让空间显得更加拥挤。尽管各种各样的臭味、异味、怪味混在一起异常难闻，但并没人对此提出抱怨。

长时间不洗澡，让他们的身体已经与空气融为一体。

所有居住单元的盥洗室都是由政府统一安排的，按照每一个小区的人口数量进行分配。史明刚进来这个单元的时候，平均每 3 个月能洗一次澡，每次洗澡时间 3 分钟。但是现在配给降低到了 6 个月一次，每次的时间也压缩为了 90 秒。

史明随着人流朝前移动。所有人都穿着同款的橘红色服装和白色运动鞋，与过道上的橘红色广告标语互相照应：锻炼提升身体素质，健康保障品质生活。扩音喇叭上的声音也不断告诫人们：纪律即是生命，放荡即是毁灭，运动即是力量！

这栋 3 000 米高的巨型单元楼住有 502 697 名居民，全部都是男性。据说女人聚集的地方更臭，男人会受不了。遮天蔽日的有毒大气遮住了单元楼的全貌，几乎没有人知道它实际上长得像一座被削去尖顶的金字塔，只不过尺寸放大了 15 倍。巨塔 500 米以下的外墙以厚达半米的花岗岩砌成，中间隔有三十厘米厚的铅块，能最大限度地隔离核辐射。500 米以上的建筑外墙则由一种叫混合铅的新型水泥构筑，每一立方重达 8 吨。

史明目前所居住的巨塔名为冈波 04，他个人还是喜欢读书时住的建木 03。他的脑袋中老是充满了不切实际的幻想，比如他一直以来坚信地球上真正的树已经被远古外星种族收割干净，目前剩下的只能称之为草。

尽管他一棵真树都没有见过。

前方，一个老头儿突然倒地，随即痛苦地抽搐起来，周围的人群立刻像碰到鲨鱼的沙丁鱼群一样散开，却又保持着完整队形。没有人对老头儿多看一眼，他们首要而唯一的任务就是按时到达运动区。

史明也没兴趣，这种事机器人会统一处理，更何况老头儿的年龄看起来已经超过了 40 岁，活得够久啦。

有两个机器人察觉到了意外，立刻走了过来。其中一个检查了老头的身体，将其一把举起，走向就近的货梯。没人知道老头儿的命运，大概率会送至医院进行人道主义治疗，假设运气好康复了，老头儿也会分到更低的层数；如果死了，他的身体会被彻底分解，作为巨塔内珍贵的资源进行循环利用。

塔内所有人的命运都是如此，没什么值得大惊小怪的。

运动区就在眼前，那是一个约 8 000 平方米的塑胶操场。人群稍作停顿，等候进入的最后指令。史明习惯性地看向操场的环形跑道，那里每隔 20 米便站着一个体格健壮的男人，他们就是教练。

教练们会监督你的整个运动过程，如果有不符合规范的地方，也有权用一根高压电子棍将你说服。在巨塔里面，他们是相当有实权的人物。

电子合成音响彻大楼，提醒人们懒惰罪是其他一切罪行的根源，所有人应该在运动场相见。环绕操场的是无数的黄底广告牌，上面画着一男一女，穿着橘红色的衣服，浓眉大眼，五官方正，拥有健壮的肌肉和刚毅的线条。底部有汉字和英文写的粗黑标语：运动的人才是自由的。

就连 7 岁的孩子都知道一切的缘由。五十几年前，地球上两个最强大的国家在诸多领域形成了对抗，双方互不相让，对抗最终演变成了战争。漫长的战争拖垮了经济、耐心和理智，在双方各自阵营不负责任的怂恿下，两国发动了核战。

漫天的烈焰和高强度的辐射焚烧了整个地表，85亿人口剩下不到0.2%，高温让两极融化，横卷全球的超级巨浪盖过了乞力马扎罗山，野生动植物彻底灭绝。随着辐射灰尘覆盖了整个星球，太阳消失了，蓝色星球从此变得和它的卫星一样灰暗。随着核子冬天降临，地表的温度骤降50℃——据说这样的情况将持续至少1 000年。

幸存的人类用最后的资源搭建了一座巨塔，所有人都迁徙入内，锁死大门，从此与世隔绝。

其实史明从理智上很难相信，幸存的人类还有能力建造如怪物一般的巨塔。听说整个亚洲有13座，欧洲有7座，美洲5座，非洲仅1座。

操场的闸门打开了，人群自觉地排成长队鱼贯而入。他们在教练的呵斥中麻利地走向指定区域，地面上布置着无数发光的铭牌，这些小玩意有利于人们站成笔直的线条。

和其他巨塔一样，冈波04巨塔分为12个运动区。史明住在第369层，编号上属于第二运动区，面积中等偏上，能同时容纳4 000人进行集体运动。

他的前后左右都是人，特别是右前方的那位留着大胡子的中年人，算下来已经有超过三个月和他一起运动了，但是史明从未有过跟他打招呼的念头，想必对方也是。

谁会在乎呢？

虚拟宇宙才是人类真正的家。

没人知道是谁创建了那包罗万象、无所不有的虚拟宇宙，它还有个不知从哪里来的中文名——"归墟"。如此海量的程序、美术、端口、协议、指令等，没人相信那是一个天才的杰作，最合理的解释应该是一大批人类顶尖的脑袋共同创建了归墟。正因为"归墟"的存在，才得以让世人在核辐射笼罩的死亡阴影下继续过着声色犬马、纸醉金迷的生活。

任何人只要戴上特制的隐形眼镜，就能与植入大脑里的一块芯片联通，从而进入充满着温暖阳光、清新空气、湛蓝大海的虚拟世界。由程序控制的极为微弱而精密的电流刺激着大脑中一百多亿个神经元，从而产生各种逼真的感官体验：美景、美食、美酒、美色……而这个过程甚至都不需要睁开眼。

人的欲望是无穷的，也有黑客组织设想突破程序的限制，把五感的体验再提升几个数量级，显然那种快感将远远超过毒品，但最后被政府严厉禁止。参与者全被急冻处死，身体化作巨塔的一部分。

现实世界相当残酷，但在归墟里，却是一个比核战前的文明都要辉煌几百倍的新纪元。人类在归墟中继续拥有作为一个智慧种族应该拥有的享受，而这种让所有人都富足的虚拟生活只有一个小小的代价：身体会因为长时间一动不动而不断退化。

也有心理学家宣扬长时间沉浸在虚拟世界的各种快感中，人类会从心底越来越讨厌现实中沉重的躯壳，进而彻底失去人类作为自然生命的尊严。这种危言耸听还真的引起了战后统一政府的关注，为了保持人类身心健康，统一政府提出了"绝对领域塑造计划"。

该计划强制性让全体人类参与运动，运动时长根据人的年龄而定，8～14岁每天2个小时，14～20岁每天4个小时，20～35岁每天3个小时，35岁以上骤减为1小时。

运动没什么不好。跟动物不同，人类的身体本来就需要锻炼来保持健康，只是运动后的大量流汗成为棘手的难题。水是核战后最稀有的资源，没有办法能让每个人在运动后喝掉大量的水后还有条件冲去一身臭汗，于是"不洗澡"运动随之而来。

就算懒汉们也不喜欢这个运动，政府请来天竺苦行僧拍摄视频给大众现身说法，讲述洗澡的种种害处以及不洗澡带来的种种好处。另外，政府还动用最强硬的手段四处抓捕那些偷偷洗澡的人，将他们形容为道德败坏、卑贱下流之人。

没过几年，不洗澡的理念就深入人心。现在每一个人，无论男女，身上汗酸味尿味臭味都混在一起，特别是头发部分，往往黏在一起形成硬邦邦的鸟窝。但这些也不是问题。正所谓"入鲍鱼之肆久而不闻其臭"，当每一个人都是这种味道的时候，那么这种味道才是最正宗的味道。

人是能够快速适应环境的生物。

随着提示音的进一步指示，运动正式开始了。整个过程分为三部分：准备运动、充分运动和舒缓运动。每一部分都有相应的音乐，响彻整个操场。在教练的严密监督下，几千人随着音乐一起做操、跑步、跳跃，场面颇为壮观。

今天的运动顺利地出乎意料，没有懒人被教练抓出来进行严厉地惩罚。3小时后，运动结束了，史明浑身大汗地随着人群回住处。他很累，但是心情却很好。运动过程中分泌的多巴胺和内啡肽，让身体很有精神。

红灯亮起，铁门关上。史明坐在床边，一边喘气一遍用毛巾擦着身体。不久墙灯变黄，从墙里传来物体摩擦金属管道的声音。史明打开生锈的机器，从中间取出一瓶500毫升的淡水和一个橘红色杯状物。

这便是史明今天的全部营养配给，他打开杯子封盖，里面是冒着热气的黑黄色流质，咕咕冒着泡，整杯流质内含有3 000卡热量。

巨塔的顶层建有农场，人们用仅存的洁净水小心进行粮食栽培，每一粒粮食的浪费都是罪大恶极。巨塔里几十万人一天的呼吸、排泄物乃至掉落的头发、死皮细胞都会在每个居住小单元里被严格收集。它们会进入预先埋设好的各种管道，在巨塔里进行循环加工，反复利用。

有时候史明会产生错觉，认为被岩石和铅块所包围的巨塔其实也拥有着生命 —— 由此更凸显它在末日世界里的怪物本性。

他现在所咽下去的食物很可能就是三个月前拉出来的。

但是，谁会在乎呢？

虚拟宇宙才是人类真正的家。

现实世界的作用不过是维持那存放灵魂的躯壳而已。

蓝色的墙灯亮了，意味着巨塔里的人可以自由进入归墟。史明从营养盒子里用镊子夹出隐形眼镜戴了上去，一阵轻微的电流声音从脑海中划过。

他顺势躺下去，闭上眼，心想蓝色真是漂亮。

史明显现在东海市中心的豪华公寓里。说起来，整个归墟地形是严格按照核战前的世界版图制定的，误差不超过 1 厘米。东海市的坐标位于原杭州市，只是设计者相当讨厌杭州那种拥挤不堪、人满为患的布局，将它改造成了一个拥有旖旎风光的休闲小城。

史明跳进游泳池里，启动了超声波治疗仪，一边享受流水的触感，一边打开通讯界面。ZERO1 于 1 分钟前给他留了一个坐标，让他上线后即刻去找她。

"你啊，为什么这么着急呢？"史明自言自语道。他赤裸着身体走出游泳池，身上的水瞬间干了，他在吧台大口喝完一瓶矿泉水，照例用舌尖将水珠舔净。

目的地位于东京市，那鬼地方史明去过一次。他记得是一位名为贞德的玩家住所。大概 4 个月前，ZERO1 组织了一场抢夺金羊毛的大型任务，史明躲在她巨大的身影后面抵挡巨龙的毒液，合作还算愉快。

想起贞德那一团异常臃肿的屁股后，史明决定着装要干练一些。他换了一套黑色的皮夹克和皮裤，发型也在库里挑了半天，最后选择了一款冲天扫把型。

东京距离东海相隔较远，他直接使用了瞬移命令，传送费用为 1 个信用币。

系统显示他的请求获得了授权。2 秒后，他来到了目的地。

这是一套位于地下深处的私人公寓，看起来就像 19 世纪的机械生产车间，天花板黑乎乎的，布满了管道、电线和白炽灯泡。墙壁和地面用灰水泥简单一抹了事，主人在每个空白处都画满了稀奇古怪五颜六色的喷图，裸露的电线、齿轮、马达、钢管、车床，东一堆西一堆，还有一串不断闪烁的彩灯勾勒出一个十字架和一串法文字母：Jeanne d'Arc。

ZERO1 正和其他三个人围在一张铁桌子前讨论着什么。看到史明出现，ZERO1 给大家做了介绍。

"这几位是我朋友，BALL，绯村剑心。他们跟我一起参加过几个任务，侏罗纪公园，战斗天使，绝对可靠。这位是贞德，你们两个合作过金羊毛任务。史明，游戏 ID 孔二。"

"哇，原来你就是孔二啊，世界排名第三的高手。"

史明看过去，是 BALL 在说话。它是一只身高不足 1 米的熊猫，肥嘟嘟胖乎乎，两只短短的手抱着自己的脑袋，看起来的确很像一个球。史明猜它应该是在笑，因为对方露出了十来颗牙齿，嘴角都快拉到了耳根。

史明喜欢熊猫，他看过很多战前的纪录片，喜欢这家伙黑白两色的简单范儿，出身却是异常高贵，哪儿都有人供着它。

史明很希望自己也是一只熊猫。

显然眼前的这个家伙对熊猫的爱超出了界限，史明友好地向 BALL 打了招呼。出于礼貌，他克制住了伸手去摸对方脑袋的冲动。

ZERO1 对大家说："关于地球之眼的难度，评测机构是八星 +，我个人判断可能是罕见的九星，顶级任务。"说着，她右手在空中一挥，调出这次任务的图文信息来。

"到目前为止，已经有 5 支队伍参与过此项任务，全部失败。"ZERO1 指着窗口说，"任务总共分四关，背景为埃及神话和二战。第一关需要我们混入由德国重兵把守的阿布辛贝神庙；第二关进入神庙地下室，击败一个埃及神取得死亡之书，神是随机的；第三关击败冥河之主奥赛里斯，登上太阳船到达彼岸；最后一关没有资料，只知道纳粹想要寻找的神器地球之眼就藏在那里。"

"就凭我们五人，什么活都能拿下。"BALL 满不在乎地说。

"万一拿不下呢？"剑心说，"假如失败，代价是我们无法承受的哦。"

跟原著一样，剑心有着一张柔美的女性脸蛋，穿着一身幕府末期的浪人服，脸上刻着十字刀疤，就连说出反对的话也是彬彬有礼。

"剑心大人，还有什么难关是你过不了的？"BALL 跳到剑心面前，仰头说，"凭咱们几个的身手，十八个月以后又是一条好汉。"

"LL 大赛不到半年了，我可等不了那么久。"贞德粗声粗气地说道，她重达一吨的身体犹如一座压迫力极强的大山，这多少解释了为什么住地底的原因，她跟 ZERO1 说，"对于这个任务我有所保留，九星的难度实在让人困扰啊！对了，孔二，你吃薯片吗？"

史明笑着拒绝了贞德的好意。

从昨天 ZERO1 邀请他参与地球之眼的任务后，他一直考虑这个事。按照目前几人的排位和装备，参加 6 个月后的 LL 大赛，不说有把握拿到项目冠军，单项冠军还是有机会冲一下的，再不济，至少有把握确保前三名。

但是，如果任务失败，人员死亡，所有装备都将清零，他们就得从头再来。资金还是其次，关键是归墟世界的声望将一落千丈，哪怕按照最快的方式也需要 18 个月才能恢复如初。

没了声望，他就没资格享受。豪宅、美食需要 50 万以上的声望支持，新账户的 100 声望仅够让人住在一个有热水的公寓里，唯一能吃的是黄油面包或者阳春面。

谁也不清楚，为什么归墟世界的消费除了金钱外还要跟声望挂钩，这是一条令无数人唾骂、憎恨、诅咒的规则，绝无仅有的邪恶与霸道。

ZERO1 拍拍贞德的肩膀："取得地球之眼恰恰是为了大赛。要取得好的名次，没有顶级的装备根本不可能。你们知道，最近连石中剑、灵阳棒这样的神器都被一个个爆出来了。只有得到地球之眼，才能获得冠军。"

"为什么一定要拿冠军呢？"剑心问，"稳稳走路更合乎理性吧。"

"我们都已经等不起了。"ZERO1 看了一眼四周，"据可靠消息，本届大赛之后将会改成四年一届。"

按照人类平均寿命 50 岁而言，除去得到虚拟宇宙通行令必须要等的 18 年，以及 40 岁以后禁止进入的硬性规定，留给竞技选手的时间其实只有 22 年，原本两年一届，一共 11 届，而现在提升为四年一届，那么每人的机会减少了一半。

"单元楼里的生存资源越来越少了。"贞德咕噜着，口中的薯片碎片倒处乱飞。

胖姑娘脑袋可比身材灵活多了，这让史明对她的好感又多了几分。

"如果这次不能夺冠的话，那我就没有机会了。"熊猫神色凄凉，面容愁苦对着史明说，"明年我就 40 岁了。"

所有人都在沉默。ZERO1 把目光投向史明。史明知道，自己的决定将影响这次任务的最终走向，毕竟自己是五人之中声望最高的。

"所有人中你失败的代价最大，但是你的能力也最强。"ZERO1 对他说，"我们需要你。"

史明的脑袋高速旋转着。失败了，归墟世界的一切奢华生活都将离他而去，这可是他奋斗多少年才换来的。成功了，他就可以买下那座小岛，人生的所有目标都将完成。

他看了看众人，又看了看 ZERO1 的脸。脑海里不由自主浮现出一个模糊的身影，他可以百分之百的肯定，绝对不是那天晚上的女孩，但是感觉特别的亲密和温柔。

他们都是一等一的高手，而自己更是高手中的高手。

没有理由失败，只能成功，必须成功。

他的大脑中仿佛被一波又一波的多巴胺袭击，哪怕是假的，也带给他无与伦比的快乐。

"我入行这么多年从未失手，靠的就是一个字，稳！"史明望着 ZERO1，她眼神明显黯淡了许多，"地球之眼的任务，非常困难。但我感觉，可以试试。关键是，大家要抱成一团！"

"耶！"大家欢呼起来，贞德把所有人抱在一起，巨大的胸部差点让所有人都窒息，她大吼道，"抱成一团！吃薯片吧！"

ZERO1 难得一见的笑了："只要有一个人完成任务，地球之眼就会属于我们。届时，所有的奖金和奖励都将弥补其他人的损失，剩下的钱我们再进行平分。"

她紧紧拥抱了一下史明，整个身子贴了上去。

史明的心突然狂跳，他确定自己刚才的决定是下半身作出的。他说："任务安排方面大家就都听 ZERO1 的，有她指挥，绝对没问题！"

"谢了！"ZERO1 冲史明点头，总结道，"给大家 15 分钟时间准备，我们准时连线。"

在准备瞬移回自己公寓的时候，ZERO1 喊住了史明，邀请他陪同自己乘坐电梯离开公寓。两人来到地面一座高塔上，此处可以居高俯瞰整个东京城。城市中遍布各种钢铁建筑，五颜六色的霓虹灯将它打扮得光怪陆离。它是归墟世界中人口最多，密度最大的城市，这里终年雨下个不停，导致城市看起来永远灰黄灰黄的。城里到处都是巨型艺伎，边跳边唱卖力地推销着各类产品。一群又一群奇怪的飞行器在天空飞来荡去，犹如扰人的蚊群。

"据说战前的东京城是最接近归墟世界的地方，"ZERO1 说，"不知道跟眼前的相比，有哪些不同。"

"你们似乎对战前的世界都很感兴趣。"

"你就一点都不好奇？"

"我当然好奇，我看过很多战前的影像资料，了解过很多。而且我也喜欢那个时候的世界。"

"但是你更喜欢现在的世界。"

"巨塔里的生活是不怎么行，然而归墟世界是真正的天堂。"

"因为是你，孔二，世界排名前三的高手，其他人未必如此。"

"不仅如此。"史明突然一笑，"这么说吧，无论有没有发生大战，人类的归宿必定是虚拟世界。"

"为什么？"

这时两个女仆打扮的日本少女走过，她们的黑色蕾丝边还有一圈会亮的灯条。她们一个劲对 ZERO1 吹着口哨，勾着手指头让她过去。

"很简单，"史明说，"绝大部分人的生命其实是没有意义的。他们的存在除了让极小部分的人生活更好之外，唯一的价值在于为基因多样性作贡献。庞大的人口基础会偶然突变产生一个有用的遗传因子，又非常偶然地被复制下去。而现在，生物工程能让人自由地剪辑基因，创造出新人类。所以普通人连充当突变基因库的价值都没有了，世界何必耗费更多资源来养着他们呢？虚拟世界早该诞生了，人类也不必为了资源抢得你死我活，更不至于互相毁灭最终拥挤在巨塔里。"

"你怎么知道那是巨塔？" ZERO1 忽然说。

"你不知道吗？"史明反问。

"当然知道，抱歉，你看，我问了一个傻问题。" ZERO1 的脸部没有任何表情。

"说起来，这次任务你有多少胜算？"史明问。

"七八成吧。"

"胜率可不能这么算，"史明笑说，"胜率永远只有 0 或者 100％ 两种可能。"

ZERO1 沉默许久，说："你为什么会突然同意加入呢？"

史明盯着 ZERO1："也许，是作为一个人与生俱来的渴望吧。"

"什么渴望？"

"触碰真实。"

"你不是不喜欢真实吗？"

"我没有说不喜欢真实，我只是觉得现在已经足够真实。"史明一幅玩世不恭的样子。

"有时候觉得你真的很奇怪。对了，我还有一双蜻蜓之靴，你拿去用。"

"那鞋子价值十几万呢！"史明好奇地问，"这么不惜代价，究竟你大哥怎么了？"

ZERO1 长叹一口气，又回过头望着史明："他得罪了运动场的一个教练，被永远禁止进入归墟世界。"

"那些大人物也参加比赛？！"史明摇头道，"太他妈黑了……那个教练，要多少钱？"

对方没有回答，史明突然猜到了什么："地球之眼？"

ZERO1 盯着远方，那里的山丘有一座古老的神社，八条大蛇盘绕在神社朱红色的柱子上，扭动着身子，似乎在寻找什么活物。

"我所在的奥林帕斯 06 巨塔，人们已经 8 个月没有洗澡了，每天的补给也削减了三分之一。自由公民尚且如此，更何况受到刑罚的人。"

史明："可你这是在欺骗自己的队友。"

ZERO1 说："万一失败，我会卖掉所有在归墟里的道具、装备和房子以弥补你们的损失。至于声望，我很抱歉。我唯一能做的，就是祷告。"

"我讨厌祷告。"史明愤愤说。

他没有亲人，自懂事起就住在孤儿院。院长，一个长着三角眼一脸猥琐的老头说史明的父母在他很小的时候因为过度运动而离开人世。孤儿院通常建在巨塔的头十层，除了必要的运动之外，额外还要做祷告。监视孤儿们作祷告的则是一个十分粗鲁和蛮横的跛腿男人，那家伙之前是巨塔内的管道修理工，后因为机械故障被管道砸断了腿，他把所有的不幸和怒气都发泄在孤儿身上。

"你必须要相信祷告，相信神的力量！"ZERO1 凑上去亲吻了一下史明，补充说，"无论胜负如何，我都会陪在你身边。"

◆ 4 ◆

归墟世界，上午十点零六分，史明刚上线，ZERO1 便发来第一个指令：

"时间校准，3、2、1，完成。"

接着，ZERO1 发来第二个指令："地球之眼任务，接受，3、2、1，完成。"

史明眼前有一道透明光波掠过，看着四周仿佛什么都没有改变，其实五人已经同步进入了任务之中。他的头顶出现了一行闪光的字：地球之眼，三秒后淡淡隐去。

按下确定键，史明，不，现在他已是孔二，瞬间移动到北非开罗市中心。

归墟世界的开罗史明此前来过几次。

这次他进入的是二战时期的开罗，到处都是飘扬的纳粹旗和巡逻的德军。成群结队的孩子在城内游荡乞讨，穿着长袍的女人们眼神空洞，空中充斥着马和骆驼的尿骚味。

翠花坐在一头骆驼上等候众人。她照旧穿着那套土黄色皮质套装，之前被毒虫腐蚀的袖子焕然一新。几秒后，其他几人陆续到场。BALL 在游戏里的 ID 为迈克尔乔丹；贞德的 ID 不变，化身为穿着银色盔甲、金黄长辫的法国女战士；剑心化身和归墟世界一模一样，依旧温柔谨慎、彬彬有礼。

"出发！"翠花一声喊，孔二挥动手中的鞭子抽打胯下的骆驼，那畜生便不顾一切地狂奔起来。驼铃摇曳，足下生尘，五个人迅速跑过开罗城、金字塔群、帝王谷，最后来到尼罗河中部，在一座巨型神庙不远处停了下来。

孔二的头顶出现了一行字：第一章 侵入神庙。

五个人迅速跳下骆驼，匍匐在沙丘后用望远镜向神庙方向看去。不远处就是闻名遐迩的阿布辛贝神庙，土黄色棱台形的造型，结构沉稳，巨大宏伟，门前四尊拉美西斯法老雕像庄严肃穆，哪怕其中一个法老的头被削去了一半，也不失震撼人心的威严。

庙宇门口分布众多拒马、铁丝网、沙包、木栏，上千名埃及劳工在探照灯下挖掘着什么，周边上百名德国士兵在徘徊巡逻，来来往往的军用汽车、坦克声音嘈杂、沸反盈天。挖掘现场的几台大型机器冒着黑烟，在地上使劲钻探着。

"这么多鬼子啊。"贞德显得有些忧心忡忡。

"怕什么，我们冲过去。"乔丹拍了拍手上的重机枪，信心满满。

"硬冲的话恐怕会冲到坟墓里去，得小心为妙。"剑心反对。

"此役只可智取不可强夺，不要做无意义的牺牲，"ZERO1 指着神庙大门说，"根据情报，只要我们混入神庙内部第一关就算通过。这样，乔丹，你和剑心去搞几套军服，孔二和我去搞一辆汽车。"

"那我干什么？"贞德有点茫然。

"把你的薯片吃完。"ZERO1 说。

众人应了一声，各自分头行动。翠花让贞德仔细看着骆驼群，万一有变也可以逃走，争取把损失降到最低。

好像偏偏跟他们作对似的，原本躲在乌云里的月亮探出了头，把大地照得特别亮堂。

孔二心里明白，这些都是表面的呈现，实际要考验的是对时间的判断力。他观察了好几分钟，很快摸清了探照灯的转向规律。

月光、探照灯、巡逻队，三者交错的空隙为 8 秒。

孔二和翠花完美计算着三者之间的时间差，利用各种隐蔽物保护自己，很快来到了一辆看守较少的军车附近，两个落单的德国兵在吸烟聊天，时不时发出大笑。等到又一队巡逻的德军过去后，孔二使了一个眼色，与翠花同时行动。

翠花手起刀落将利刃插入德军背部，孔二则将另一个士兵的脖子拧断。两人做这勾当轻车熟路，非常干脆。为遮人眼目，二人谨慎地将尸体拖入黑暗之中。孔二不忘把其中一人的军服也扒了下来。

"哎哟，还是奔驰。"孔二开着车跟翠花说，"要是能把游戏里的道具搬到归墟，那该多爽。"

"那归墟里的人不是个个成神了？"

"话说回来，归墟说到底也是一个虚拟世界，为何还要在虚拟世界里再出一个游戏世界，岂不是多此一举？"

翠花想了想："可能是为了让代入感更强吧。"

"最可恶的还是声望制度。生活品质还要与声望结合……真恶心！"

"或许背后有我们无法了解的深层机制吧。"不经意间，ZERO1 抬头望了望天，"月亮暗下来了。"

两人一边说，一边把车子开到聚集地。片刻后，乔丹和剑心也到了聚集地，手上拿着五套军服。乔丹得意洋洋地说是乘着德国兵在洗澡的时候把军服偷来的。

孔二相中了一套德国军官服，穿在身上，器宇轩昂。

"纳粹军服的审美还可以,小胡子不愧是学美术的。"显然乔丹对自己的行头非常满意。

"我一直有种奇怪的冲动,很想去核大战之前的世界瞅瞅。"剑心笑着说,"听说那时候的天空也是蓝的,非常纯净呢。"

"我想尝尝真正的薯片。"贞德说,"孔二,你呢?"

"真实也好,虚拟也罢,都不过是大脑的感觉而已。只要感觉对了,就是真的。"孔二打开翠花给他的攻略,一边看一边说,"大家集中精神,把注意力放到任务上去。"

"是,长官!"其他人大声喊着,接着又哈哈大笑起来。

很快,五人来到神庙前。孔二让翠花开着汽车直接驶向岗哨,卫兵想要看证件,孔二傲慢地骂他:"我是霍格曼上校,接到元帅指令,需要马上见到你们的将军。你们的挖掘速度实在是太慢了,元帅很生气!"

卫兵吓得一哆嗦,立刻敬礼放行。待汽车过去后,贞德佩服地说:"你胆子可真大啊。"

"这几个兵就是没脑子,你只要一凶,他就会服从,绝对服从。"

汽车开到神庙大门前,众人下车。孔二煞有介事地让人把汽车开走,带头走向神庙大门。看守的士兵纷纷敬礼,孔二那种浑身散发出来的自信让队友们看了都佩服不已。

进入神庙大门后，每个人头顶都出现了一行字：第二章 死亡之书。

神庙内部的空无一人和外面的人来人往形成巨大的反差。十二支巨型火把燃烧的黄光，将偌大空旷的神庙照射得影影绰绰，皮靴敲打在地板上传来的声音空旷辽远，仿佛来自远古时代。支撑神庙的二十四根大石柱，据说每一根顶端都可以站立一百个人。

"这可是按照真实世界的资料制作的，没想到五千年前的埃及人就能建造，真了不起。"乔丹说。

"还有人说这些都是外星生物的杰作。特别是金字塔，反正打死我也不相信是古人造的。"贞德说。

"话虽如此，看到这些建筑，也要感叹人类的伟大啊。"剑心感叹道。

"真的伟大会把自己的星球给毁了吗？我看人类是宇宙最愚蠢的生物，现在算是运气好，走上了正途。"孔二咕噜着，不过也想明白了一个事，既然五千年前的人能建造金字塔，那么核战后的人类能建造巨塔，倒也在情理之中了。

石柱上刻满了埃及象形文字和各种各样的神。据说埃及的神是所有神话体系中最符合动物共生主义的，什么狼头、河马头、蛇头、鹰头、虫头，一堆又一堆。众人来到神庙最深处，那里有一个祭台，左右查看未见有异处，祭台后是一堵大墙，上面是一副岩刻壁画，展示了法老王从死亡到制成木乃伊最后又乘坐太阳船飞上天空的故事。

翠花指着壁画说："这地方本应该有一个太阳神，只要把它按下去，地下墓穴的通道就会出现。"

"什么是本应该？"孔二问，"你是说，太阳不见了？也就是说，游戏进程改了？"

"找找看。"翠花摸着墙面，从未有过的紧张在她脸上浮现。众人也开始摸索起来，孔二一边紧张地找寻什么，一边脑袋高速运转，忽然他意识到了什么。

"准备战斗，我们进入圈套了！"

话音刚落，就听神庙外传来了嘈杂的德语，很快，黑压压的德国兵涌入庙门，二话不说开枪就打。

"是出故障了吗？"乔丹喊道，"不可能会出现两个版本的进程啊。"

"也许是一种全新的机制，"翠花拿着冲锋枪，扫倒了两个不要命的德国兵，"之前从未碰过这么高星级的任务，有可能 AI 进行了自我微调。"

"就像青铜人头颅任务一样，"孔二无名火起，"最近点真背啊。"

对方架起了三挺马克沁重机枪，火舌舔到哪里，哪里就分崩离析。神庙内的巨石不断被击穿，碎石不断剥落。

"敌方火力太猛了！"剑心头上的血条正在疯狂失血，"血包不够了，请给我一些。"

贞德连扔三个血包，剑心这才捡回一条命。

"是机制，狗策划故意使坏呢，"孔二冷静下来，"大家不要慌。就算任务有了变化，也在合理范围之中。原因是在神庙外起了冲突，德国兵就可以启动坦克，装甲车和大炮。而在神庙里，只能用轻武器。"

"原来如此！"贞德明白了什么似的，"接下去怎么办？"

"把他们干掉。"孔二指挥说，"翠花，你和贞德，乔丹正面吸引火力，我和剑心绕过去干掉他们。"

"那不是很危险？我们不如就在正面把他们干掉，哪怕多用一些道具也行。"翠花不解地问。

"虽然如此，我还是担心外面会源源不断地增派援兵，这样就会永无休止直到我们打光子弹。"孔二说着，已经侧身闪出，依托石柱子从神庙右侧向敌人逼近。

"他想去炸大门？"贞德意识到了。

"好家伙，"乔丹摇头说，"真厉害。"

"先掩护他们！"翠花说。

三人凭借优良的道具与德军正面交锋，敌人尸横遍野，血流漂杵，他们也损失了诸多血包。但正如孔二分析的那样，神庙外源源不断地涌入德国兵，仿佛永远打不完似的。

孔二和剑心以石柱为掩护，慢慢逼近神庙大门，冷不防闪出三名德国兵来。对方一看孔二也慌了神，端起枪就准备扫射，但被速度见长的剑心用刀拦腰砍断，剑心又顺手将另一名刺了个透心凉。剩下一名德国兵往地上一滚，挺起刺刀扑来，被孔二一剑砍下手臂，又一剑划破喉咙。

"好厉害！"剑心称赞说。

"你也不错。"

神庙大门已近在咫尺。孔二摸出两个手榴弹往人群中间扔了过去，只听轰的一声，德国兵被炸得鬼哭狼嚎，血雨纷飞。他对剑心使个眼色，后者心领神会，几个纵跃来到神庙大门上，掏出一个炸药包就放了上去。

"这就是他选择剑心的原因，"贞德说，"最短的时间内作出最合理的判断，恐怕只能用本能来形容。"

"是啊，无人能敌。"翠花冷冷地说。

惊天动地的一声炸响，神庙的门却丝毫没有松动。短暂的停息后，庙外的德军又开始源源不断地涌进来，众人心急如焚。剑心朝四周一看，单间庙门下有一个缝隙，但是炸药包根本不能放进去。

"只要有一人活到最后，游戏就算胜利了！清一定坚持啊！"

未等孔二说什么，剑心又跳了上去。他再次取出一个炸药包，单手顶在石缝里。已经冲入庙内的德军齐刷刷举枪射击，剑心身上被打成马蜂窝一样，身体依然屹立不倒。

轰的一声，神庙大门被炸毁了，岩石犹如落雨一般掉了下来，把庙门堵得严严实实。

孔二从未想过队友会这么勇敢，一时愣在当场。这时外面又传来履带碾压大地的声音，孔二深感不妙，赶快往神庙内部跑。只听两声怒吼，原本被碎石堵截的大门被再次轰开，气浪将孔二推出数米，掀翻在地。

孔二望向大门，射灯如昼，刺得他眼睛都睁不开，好不容易适应，但眼前的一幕让他心中一凉。

四辆虎式坦克扬起不可一世的炮筒，瞄准了神庙内部。坦克四周是成群结队的德军，他们手中的枪口已然编织成密不透风的蜂窝，令人无处可逃。孔二大惑不解地回望翠花，对方一声不吭，嘴角微微上扬，脸上浮现出一种终于完成任务的满足感。

几乎在同时，四辆坦克一起开火，巨大的炮弹瞬间将孔二贯穿，身体被炸成烟尘，无数的金币从身上散落。

"孔二地球之眼任务失败；孔二死亡；孔二掉落金币500 000；孔二掉落声望2 800 000，目前声望100。"

史明眼睁睁看着系统的提示信息，脑袋一片空白。但是紧接着的信息更是让他绝望之极。

"多人举报孔二在执行地球之眼任务中，使用违规手段。系统已经确认孔二游戏违规，账号彻底清空，关联 DNA 匹配人物史明将永久无法登陆 LL 游戏。"

史明挣扎着脱下穿戴装备，豪宅内的电源已经被切断，眼前一片漆黑。他摸索着走出游戏室，客厅内阳光依旧，窗外的风景依旧，游泳池的水已消失不见。

连他最爱的大鱼缸也变成了空荡荡的一个玻璃箱子，犹如一个硕大的水晶棺材。

他有种想吐的感觉，但是硬咳了几声，什么都出不来。

史明设想过很多结局，成功最好，失败也无所谓。实际上，他还有一张从未告诉过任何人的王牌，那是一个叫作昆仑镜的神级道具，能够在紧要关头把个人游戏进程返回到前三十秒。届时他可以从容选择强行中止游戏，惩罚仅仅是不多的金钱和声望而已。

这是一个不可告人的秘密，所以当剑心英勇牺牲的时候史明有过自责，认为自己欺骗了队友，欺骗了 ZERO1。

但是，眼前的结局他真的万万没有想到，他会死得这么突然，连一点思考的余地都没有。

最令人不寒而栗的是翠花临死前那一刻的笑容，犹如一把寒霜之刃插进了孔二的五脏六腑。

这一切都是她的计划？是的，他现在回想起来，整个地球之眼的任务，包括说辞，包括队友，归根到底都是一个阴谋。他们联合起来做了一个局，让他彻底失败，最后还集体举报，没有任何一点余地！

他完全可以想象，ZERO1 他们多么忘乎所以地捡他散落一地的装备和金币！

多么的绝情，多么的完美！

这个计划，ZERO1 很可能筹备了五年！而他却精虫上脑，一厢情愿想着她和其他女人不同，甚至蠢到想和她发生一段纯真而浪漫的恋爱关系。

他此时一刻都不想待在豪宅里，实际上他也没有资格待在这里。没有声望，系统强行关闭了豪宅使用权，他需要在 20 秒内离开这里。

他摘掉头盔，头一回在还有剩余时间的情况下，关掉了归墟世界的接口。

他摘掉隐形眼镜，狠狠地扔在地上，接着一把抓过水瓶，把剩余的水全都倒进喉咙，一滴不剩。他挠着自己硬邦邦的头发，思索了一阵，站起来看了看四周黑黝黝的墙壁，终于蹲在地上哭了起来。

这种孤苦伶仃伤心痛哭的场景，多年前在他还在孤儿院的时候出现过。很快，他停止了哭泣，一股从未有过的绝望在整个身体中蔓延开来。

失去了进入 LL 世界的权限，他顶多只能像一个白痴一样在归墟世界游手好闲，嫉妒地看着属于别人的奢华。而自己能享受的不过是一碗阳春面、一个黑面包，或者一个馒头。

他可以忍受一切折磨，只要生活中还有目标。

而现在，他什么目标都没有，心如死灰。

他仰起头，深吸了一口臭不可闻的空气，泪水从眼角滑落。绝望在心中蔓延，他想到了死。

他无力地把目光投向了头顶，那是一个漆黑的天花板，穿插着无数管道，通常他会在脖子酸痛的时候才会想到看一眼。在他的潜意识里，那种黑暗是离死亡最近的地方。

突然，他瞪大了眼睛，简直不敢相信眼前的一幕。有一只蝴蝶，一只蓝色的蝴蝶，静静地停在管道上。

怎么可能！

从小到大，史明从未看过有活的动物出现在巨塔里，实际上他连一根真草都没有见过。

有那么一阵子他以为自己还在归墟，但是他很快确定，自己的的确确在巨塔里。

蝴蝶的颜色跟 ZERO1 脸上的那一只一模一样。蝴蝶似乎注意到他的目光,拍打翅膀飞了下来,然后停靠在他的右手上。

史明的脑袋一片空白,连呼吸都快停止,生怕打扰了这个美丽的生物。它拍打着翅膀,仿佛在和他说话。

等一下,这只蝴蝶好像在跟我交流。那是 ZERO1 之前教过的密语手势!

史明双眼紧紧盯着蝴蝶的翅膀,生怕落下任何信息。他吃力地将密语翻译出来,终于得出了信息:

跟着我……跟着我……跟着我。

蝴蝶起飞了,拍打着翅膀飞向他的正前方,停在房间的墙壁上。

史明觉得自己一定是发疯了,竟然会相信蝴蝶在指引着他。可是两腿却不由自主站了起来,向前走了两步,鼻尖碰到了墙面。他感受到了一股凉意。混合着铅块的混凝土构筑的墙壁,汇聚了不知多少年的污秽、毛发或者其他肮脏的东西,黑乎乎油腻腻。

史明伸出手臂,心一横牙一咬,用力往前一推。

墙壁被推开了,他走了进去。

里面是一个从未见过的世界,无数钢筋管道凌乱交错,肆无忌惮。犹如荆棘丛生的坎坷之路的尽头是一个虚无缥缈的白点,蓝色的蝴蝶就在荆棘中穿梭飞行,牵引着史明向那个鬼魅般的终点,亦步亦趋地走去。

史明的脑袋一片空白。精明果断如他，此刻也是手足无措。他小心翼翼地躲避着钢管的尖刺，但仍被割破了好几次。他感到自己在接连不断地做傻事，正在走向一个无可挽回的陷阱，然而内心的好奇盖过了一切。心中有个声音提醒着他，反正已经是最坏了，还能坏到哪里去呢？

光点大了起来，从形状看应该是某个高空光源的投影，光点下，依稀站着一个人影。

会是谁？看着眼前翩翩起舞的蝴蝶，他想到了ZERO1。

可是她在欧洲板块的奥林帕斯，距离自己数万公里，不可能出现在亚洲板块的冈波，更不可能出现在这里。

更近了，人影的轮廓也越发清晰，那是一个又高又瘦的人，穿着考究，气度不凡。

那是一个男人。

史明在距离对方不远处停了下来，对方把头转了过来。

男子二十七八岁的样子，长得非常清秀，又高又瘦的身材穿着一套合体的黑色西服和白色衬衫，脖子上系着一根天蓝色领带，一副金丝眼镜架在他高耸的鼻子上，优雅而迷人。

史明不认识他，事实上，史明只是看了一眼，就确定那个男人绝非来自巨塔。

因为他很干净，身上非但没有任何异味，反而有些淡淡的香水味。

"你来了。"男人伸出右手，露出迷人的微笑。在他面前，史明甚至感到一种自卑。对方的身上弥漫出自己从未见识过的高贵。

"你是谁？"史明犹豫了片刻，没有上前去握男人的手。

"克劳德。我等你很久了。"

"我好像不认识你。"

"这没关系。我来这里的目的，是带你离开这里。"

"离开这里？离开巨塔？"

"反正你在归墟世界也一无所有了，不如赌一把和我一起离开这里，我会告诉你这个世界的真相。"男人抬头看了看天空，"时间不多了。"

"你怎么知道？你到底是谁？"史明陡然愤怒起来。

"克劳德，"男人咧嘴一笑，"在归墟世界里，我叫 ZERO1。"

◆ 5 ◆

就算在最绝望中，史明也发誓要用一切手段，把包括剑心在内的所有骗子都杀掉，特别是 ZERO1。

而现在，他就站在自己面前。

　　无数电流一阵阵刺激着史明的脑神经，巨大的羞愤让他额上的青筋都暴了起来。他瞪着眼睛看着眼前自称为克劳德的男人，最终在眼角处辨认出了 ZERO1 的影子。

　　那隐藏在高贵后的冷漠，如塞壬的歌声诱惑着他走向深渊。

　　一瞬间，绝望和羞愧化成了巨大的愤怒。他曾经愿意为之付出一切的女人欺骗了他，毁灭了他的生活，而现在又斗胆以一个男人的面目出现在他面前，扬言要带他离开巨塔，走向那个充斥着核辐射的死亡世界。

　　史明捏紧拳头，拼尽全力砸向了克劳德。

　　克劳德轻轻一躲，避开史明的攻击，然后在他的手臂上一砍，一股钻心的疼痛从手臂传来，史明顿时痛苦地扭曲起来。

　　"你，你骗我！"史明痛苦地喊道，"你为什么要骗我！"

　　"我知道你恨我，想杀我，但是接下去的每一句话你都要听清楚，时间不多，对方已经发现我们了。"克劳德说，"我很快就会把巨塔的通道打开，你要不顾一切地走出去。外面是一个地狱，但是你必须坚持下去，只要走到终点，你就会明白一切。"

　　史明茫然地看着克劳德。

　　"我在归墟的五年，全都是为了你，我唯一的目的就是带你离开这座巨塔。"克劳德说，"你必须相信我！"

　　"我凭什么相信？"史明怒吼道，"我会愚蠢到相信一个毁了我一切的人？！"

"你说的对，你在归墟世界的一切都已经摧毁，如果继续待在巨塔里，等待你的将是暗无天日的折磨；实际上你已经没有任何的退路！"

史明一愣。

"从小你就是那么固执，就算是被毁灭了一切，依旧难以驯服。如果你还拥有归墟的一切，你岂会相信我说的话？！"克劳德看了看头顶，脸色越来越紧张，"快过来，他发现我们了，机会就这一次，否则通道将永远关闭。"

史明还在犹豫，思量着对方的话："为什么要我过来？他是谁？"

"协议，该死的协议！必须得你自己启动这个命令，任何人都帮不了你。"

一道闪电击穿了史明的脑袋，让他思绪的深渊出现了一种久违的灵光，他仿佛抓到了什么，但又转瞬即逝。

他起身走到克劳德的位置，对方脸上浮现出一种如愿以偿的笑容。

"再说一遍，你会遇见真正的地狱！但是无论如何你必须走到终点，记住，要相信祷告，相信神的力量！"克劳德再三叮嘱道："否则我们将功亏一篑。"

　　史明往头顶看去，一道亮眼的光柱仿佛巨剑一般刺入他的双眼，光芒如此强烈，似乎整个人都要被这火焰之剑熔化了。

　　"你一直在说我们，你究竟是谁？"

　　"你的弟弟，而你，就是我一直想救的哥哥。"

　　史明大脑仿佛被一记大锤砸中，他简直不敢相信自己的耳朵。对方递给他一个类似登山锤的工具，说道："注意脚下。"

　　史明没有反应过来，脚下一空，地板裂开出现了一个大洞。史明惊呼着，在重力的牵引下，顺着一个蜿蜒连绵的管道盘旋而下。

　　他很快明白过来，自己是在三千米高的巨塔内部的某条管道里高速下滑。哪怕不是在做自由落体运动，这么一直加速下去也会达到一个惊人的速度，最后必定会摔得血肉横飞。他用力将登山锤砸向管道，一道长长的火蛇在黑漆漆的管道上升起，照亮了四周。

　　他的手臂因为高速摩擦而麻木，但他不敢松手。锤子与管道的摩擦终究降低了速度，终于，他看到前方一个模糊的圆形出口，数秒后，他被飞快地抛出，重重地摔在地面上。

　　浑身的骨头仿佛被根根敲断，肌肉也像烂泥般垮掉了。身体散架的感觉加深了他的固有印象——很像一坨被巨塔排泄出来的废物。

　　好冷！这是他的第一个感受。刺骨的冰寒穿透他的皮肤，肆无忌惮地钻入骨头，连骨髓都在逐渐冻住。史明颤巍巍地站立起来，仰头看着面前的建筑物。

周围一片灰暗，空气中弥漫着片状的烟尘——那是核爆后的尘埃，正是它们挡住了阳光，让整个地球温度下降至零下30℃他看不清建筑物的全貌，只能看到一部分形体，从大到小的锥形结构，覆盖着坚硬沉重的巨石。

"你怎么知道它是巨塔？"

是的，自己从未从外面看过巨塔的造型，怎么就知道它是一座塔呢？

此刻的他已没有任何心情去理会这些。寒冷像一个怪物包裹了他的全身，抽走他全部热量。身体表面，包括那头长年不洗的长发上也覆盖了一层白色的冰霜。只要一分钟，他的脉搏就会变小，呼吸也会困难，最后因为血液循环的停滞而死亡。

他踉踉跄跄往前走了几步，双腿沉重地连一步都没法再挪动。他蹲下来，本能而徒劳地想让自己温暖一些。

他仿佛明白了为什么卖火柴的女孩在临死前会那么安详。寒冷让世界安静，就算你有再多的愤怒和后悔，最终也只会变成一动不动的雕像。

可惜的是，他连一根火柴也没有。

"祈祷吧，相信神的力量。"

"我总不能让自己就这么死了，"史明倔强地说，"给我一点热，让我热，我就相信你。"

毫无反应。

他明显能感觉到骨髓都被慢慢冻住了，肺泡已经停止了扩张，巨大的刺痛从深处翻涌出来，而他连挣扎、喊叫的力量都没有。

他哆嗦着嘴，用最后的力量挤出来几个字："神，我向你……向您祈祷，求您 —— 给我热 —— 我要热……我……求您了。"

臣服于死亡的力量，这对他而言是一种巨大的耻辱，但是，一股奇妙的热流居然穿透他的身体，从头顶到脚心，从骨髓到皮肤。这绝非冻死前的反常变热现象，而是真正的热量，好像有一只无形的天使之手在抚摸他，带给他无穷无尽的温暖。

一股莫名的感动从史明的胸膛里涌出，泪水夺眶而出。他结巴着喊起来："神……神啊，我……向您祈……祈祷，感谢您，谢谢您，给我热，给我热！"

热流汹涌澎湃，席卷全身，力量在体内翻腾。史明大哭起来，不停地祷告、忏悔。他的脸色红润，充满活力，心中也不再犹豫，在风雪之中，大踏步向前跑去。

径行十数里，忽见一堵巨大城墙，横贯东西，看不到边，黑墙黑瓦，中有一门，飞檐翘角，足有十丈。史明抬头一看，巨门上挂一块大牌，牌上七个金色大字：幽冥地府鬼门关。

史明简直震惊得无以言表。他来过这个地方，那是在 LL 游戏中的系列故事类游戏《西游记》中。可是，鬼门关出现在巨塔世界，是无论如何都不可能的呀！

他的思绪乱成了一锅粥，背脊上泛起了一层白毛汗。踌躇间，一个黑衣男子从门里走出，头顶乌纱，腰围犀角，手上拿着一本生死簿，口中喊道："史明，我已等候你多时了，快随我来。"

史明睁眼一看，那人浑身漆黑，与乔丹的脸一模一样，就连身高都几乎不变。史明无从分辨真假，心中恐惧，问他姓名，那人道："我乃幽冥界地府判官，之前你从此门进入，陷入轮回之苦，现劫难已满，特来迎接你回去。"

史明大骇，百思不得其解。判官又道："快速速与我过去，否则过了时辰，永世不得超生！"

史明无奈，只能跟随判官前行。判官又提醒道："此处不比别处。进入之后只能前行，不能回头。"见史明茫然，判官再三提醒："就算有人喊你名字，也不能回头，千万不要学罗得的妻子，否则功亏一篑。"史明连连答应。

等两脚一踏入鬼门关，顿觉气氛不同。只见阴风飒飒，黑雾漫漫，幽暗中传来绵绵不绝的鬼怪之声，或哭、或笑、或喊、或叫。周围一望高低无景色，相看左右尽猖亡。那山嶙峋陡峭，有峰有岭，有洞有洞,只是峰不插天皆魍魉,岭不行客尽神魔,洞不纳云收野鬼,洞不流水隐邪魂。山前山后,牛头马面乱喧呼;半掩半藏,饿鬼穷魂时对泣。催命的判官、追魂的太尉、勾人的无常、押鬼的鬼司,急急忙忙、吆吆喝喝,吓得史明胆战心惊,面色全无,只能不停祷告。

史明躲在判官背后过了阴山,远近处俱是悲声振耳,恶怪惊心。史明问:"这是何处?"判官道:"此是阴山背后一十八层地狱。"史明问:"是哪十八层?"判官道:"跟我过去就看到了。"

史明一路随行,看到的是吊筋狱、幽枉狱、火坑狱,酆都狱、拔舌狱、剥皮狱,磨捱狱、碓捣狱、车崩狱,寒冰狱、脱壳狱、抽肠狱,油锅狱、黑暗狱、刀山狱等。每个狱里都有无数人受痛苦折磨,血流成河、白骨成堆、哭声震天、腥臭难闻、恐怖可怕之景让史明心惊胆寒,不敢言语。

迎面而来一黑一白两判官,各自拿着勾魂锁和索命刀,押解着一个青年男子。那男子瘦骨嶙峋、赤足披发,脖子上一个沉重的大枷锁把他整个人压得直不起身来。史明慌张地看着男子从身边经过,心里起了一阵涟漪。

"他是谁?"史明突然问。

判官道:"不就是你吗?"

史明大骇,正要看着那男子走远,判官提醒道:"不要回头。"史明惊醒过来,继续跟着判官前行。又走不多时,见一伙鬼卒,各执幢幡，路旁跪下道："桥梁使者来接。"判官喝令退下，引着史明，踏上一座木桥。史明见一边还有一座金桥，桥上寒风滚滚，无数牛头马面看守着，桥下血浪滔滔，枉死之人号泣不绝。史明问道："那是什么桥？"判官道："那便是奈何桥了。你看那又是谁？"

史明一望，正是刚才见过的年轻男子，在一年老巫婆指挥下，被一众小鬼强逼喝下一碗汤水。而那巫婆长得和贞德一样！

判官说："那人便是孟婆，那汤水便是孟婆汤，喝下汤水后，你就忘记了人间一切。莫怕，跟我来。"

说话间，两人已经走过木桥。史明内心惶恐，不断默默祷告着，随着判官过了奈河恶水，血盆苦界。前方已是枉死城，只听阵阵吵嚷："史明，还我命来，还我命来！"

只见一伙拖腰折臂、有足无头的鬼魅，拦住去路，吵成一团："还我命来，还我命来！"史明既诧异又惊慌，问判官："我根本不认识他们，为什么找我索命？"判官说："沦落到此，心智已失，哪里还会去找真正的债主仇家？逮到一个算一个罢了！"

说话间，判官祭出一物，三尺见长，通体白色，看似一把玉尺。判官用尺子赶走鬼魅，催促道："我们可能被他发现了，要加快速度。"

史明不知那个"他"指的是谁，但来不及多问，只顾随了判官一路狂奔，冲过枉死城。之后来到"六道轮回"之所，又见那腾云的身披霞帔、受箓的腰挂金鱼、僧尼道俗、走兽飞禽、魑魅魍魉，滔滔都奔向那轮回之下，各进其道。

判官道："这便是六道轮回，行善的升化仙道、尽忠的超生贵道、行孝的再生福道、公平的还生人道、积德的转生富道、恶毒的沉沦鬼道。"史明问："与我何干？"判官道："进入轮回之前，会把前世的记忆翻看一遍，你可记住了。"史明连连点头。

画面犹如倒转的电影一般，把史明从生到死的经历播放了一遍。史明开始惊骇连连，后来怒火冲天，最后凄凄惨惨，悲痛不已，把从人世间到阴间的一切过程了然于胸。

"此番回到人间，可速去取回机要，大事可成。不过那地方机关重重，看守众多，绝非易事。"判官再三提醒。

"好的。"史明道。

"对方有拔山之力、震天之势，万一失败，还会堕入此间，其苦更是现在十倍。"判官提醒道，"务必小心。"

史明咬牙切齿道："杀妻之恨，害我之仇历历在目，不共戴天，此等大仇不报，怎能苟安于人世间？"

"好，此话一出，飞腾之兆已现！我就最后送你一程。"判官带着史明直至那超生贵道门，对史明说："职责所限，我只能送到这儿了。"史明点点头，辞了判官，随着一名太尉，进入贵道门。那太尉长得和剑心一样，就连刀疤位置都不变。门中有一匹海骝马，鞍鞯齐备。史明上马，太尉左右扶持。马行如箭，转瞬到了渭河边。河面波浪滔滔，河边一扇通天巨门，顶天立地，突然，身后传来一个声音："史明等我。"史明正想回头，却被太尉拦住："不要回头！"史明顿时惊醒，用马鞭狠狠一抽，海骝马疾风闪电般通过大门，哪知大门那头竟是无底深渊，一人一马就此向下急坠。

史明高速往下坠落，却仿佛又在刹那间停止了，脚下也有了一种坚实感。他感觉眼前一片漆黑，微微抬手就碰到了顶，再用手去试探四周，皆是石头材质，光滑无比。他找寻了许久也没找到出口，似乎是一个密封的空间。他用力去推各面石壁，封得严严实实，哪里推得动。

正焦急间，外头响起一阵石头的摩擦之声，过了一会，石壁被移开，射进一道强光来，影影绰绰间，只见一个人影正在用力推着一块巨石。

史明被突如其来的光芒刺得双眼发痛，不由用手去挡，待他再度睁眼，一看来人不由倒吸了一口凉气。

是 ZERO1 ！

她依旧穿着德国军服，背着一柄 MP40 冲锋枪，半坐在石头上，一条修长的腿霸道地横亘眼前，带着似笑非笑的表情看着他。

史明这才发现自己一直是躺着的，所谓的石头空间不过是一具用整块花岗岩雕刻而成的石棺。更为奇特的是，自己的衣着也是之前那套德国军官服。

一时间他完全惊呆了，回想着发生的一切恍然如梦。他感觉自己的思维被带进了一个又一个连环陷阱中，一环套着一环，复杂诡谲，无从分辨。

ZERO1 只是盯着他神秘莫测地笑着。史明欲言又止，低头沉思，再看看 ZERO1，终于迷雾被风吹散了。

"第四关。"史明说，"他们三个因为帮助我而'死'了，我回到了人间，现在只剩下你和我冲击最后一关。"

"是的，"ZERO1 笑着说，史明从未看过她笑得如此开心，如此灿烂，她补充了一句，"你想明白了？"

史明从石棺里爬出来，低头看着女伴，然后紧紧拥抱住她："谢谢你，我亲爱的弟弟！"

ZERO1 强忍激动："眼下还有一个事情要做 —— 得到证明你无罪的证据，我就可以让贞德他们带我们回到真实世界。"

"证据就在地球之眼里啊？"史明长出一口气，"兜兜转转了一圈，又回来了。"

"你多了一个不得不成功的理由，"ZERO1 说，"为了你自己，也为了家人。"

"打虎亲兄弟，上阵父子兵，"史明抹去眼角的泪花笑着说，"原谅我此刻会想到底比斯圣队……走，去会会那些杂种。"

史明环顾四周。这是一座从未见过的恢弘建筑，到处是金粉涂装的佛像、圣像和灵塔，成排成排的转经轮滚动着，红黑黄白相间的经幡飘舞着，佛音梵响，萦绕魂灵，空气中更是弥漫着数千年来都未曾散去的香油味、酥油味和灯火味。紧闭的梯形窗户，每一扇都保持相同的姿势，与外面的世界永远隔绝。

这个地方自建造起就不属于凡间，它是佛祖独一无二的家。

"你让我相信祷告的力量，跟让我主动走到圈里一样，也是某种指令吧？"史明问。

"当然，只有得到你本人的确定，我们才能输入指令。"

"我确实应该早点想到的。你不能明确提示我，是因为敏感字符吧？"

"你沉溺于虚拟世界越久，遗忘的东西就越多。这正是他们所期待的。"ZERO1 指着宫殿的底下说，"来说说任务吧。地球之眼的说法来自一个纳粹传说。早在 20 世纪 30 年代，纳粹就进入西藏寻找古代亚特兰蒂斯神族能够扭转时空的神器地球之眼，据说神器就藏在这个宫殿的地底深处。有些人说那里是香格里拉，也有人说是通往地狱的必经之路。"

"从埃及神庙穿越到这里，不会觉得很突兀吗？"史明问。

"反正是虚拟世界，不用管它。你竟然还有心思管这种逻辑……好吧，你的确是渐渐恢复了之前的记忆，科学家的素质展现无遗，"ZERO1 摇了摇头苦笑着说，"不过话说回来，很多人相信创造人类的第一批神降落在冈仁波齐，这里是世界的中心，世界上所有的文明从这里诞生，包括埃及。"

"我最不信的就是传说。"

史明走过一堵宽大的墙壁，上面挂着一幅巨大无比的黑色唐卡。用熊胆汁擦拭过的麻布千年不腐，用金粉勾描的降魔金刚怒目圆睁，脚下踩着恶魔气势汹汹，手上捏着的鬼头鲜血淋漓。

"陷害你入狱的是内森，他是地球航天委员会主席，你是首席科学家。一直以来你们就是化学动力和核动力阵营的各自代表，两人关系水火不容。"ZERO1 的右手边掠过更大更艳丽的一幅壁画，展现的是松赞干布迎娶文成公主的故事，"6 年前，航天委员会举行了一次关于未来航天动力的变革会议，内森提出了未来 50 年继续用化学燃料作为飞船推进器能源的方案，而你则提出了一个跨越两百年的计划。"

"200 年！我岂不是都看不到计划的实现了？"

"人的寿命已经突破了细胞分裂极限，平均在 300 岁以上。"

"是吗？"史明有些出乎意料。

"现在真实世界 75％ 以上的人都是科学家工程师，人类对科技痴迷至极，并制造出一个环地球赤道的粒子加速器，每一天都有新的发现和突破。"ZERO1 停了下来，两人来到了一个光线昏暗的偏殿，她打开氙气大灯，分辨着方向。

"你突然提出的 200 年计划可谓石破天惊，特别是当着许多世界领袖、殿堂级科学家的面。"

"我猜他一定气死了。"史明想了想，"我的行为好比发明分光计的詹姆斯·拉夫洛克。"

"所以拉夫洛克被 NASA 辞退了，你还有脸说？"ZERO1 白了一眼史明，"你当时设想的是，在前 50 年里逐渐用核能替代化学能作为飞船的主要动力，驱动飞船逐渐达到光速的 1%，进而飞行至柯伊伯带，后 50 年逐渐加速至 5% 光速，触摸奥尔特星云。这些当然不是问题，是有可能实现的。关键是你提出再 100 年后要开发出曲率引擎，进而达到光速的 99% 以上。这让所有人都感觉你脑子出了问题，缺乏严谨的逻辑和事实依据。内森抓住你这一点，认为你已经不再适合担任首席科学家一职，将你踢出了航天委员会。"

"我怎么会提出 200 年后就突破曲率引擎呢？"史明沉思道。

"报告可是你写的。"ZERO1 说，"看来你的记忆还没有完全恢复。"

"不是没有恢复，而是我压根没有印象。"史明停住脚步，声音中带着无限的感伤，"翠花……怎么死的？"

"你杀了她！"

◆ 6 ◆

空旷的大殿显得两人的声音特别的悠远。

"你被炒了鱿鱼后心情一度郁闷，经常借酒浇愁。那天我把烂醉如泥的你送回公寓后离开了，嫂子照顾你。但是第二天她死了，死在你们的公寓里。警察调查后认定是你酒后杀人，因为家里的摄像机记录了你行凶过程。"

"摄像机录下来了？"史明失声道，"我不可能杀翠花，她是我最爱的人，又是事业上最得力的伙伴。"

两人此刻来到了一尊四面金刚的雕像前。ZERO1看了一眼说："广目天王应该面朝西方。"

说着她转动着这具雕像，果然一个通往地底的小门打开了。

"影像资料很清晰，你右手拿着一把切水果的陶瓷刀，捅进了她的右胸膛。"ZERO1说，"可是我不相信是你杀了她。"

"为什么？"

"你跟嫂子是大学同学，她是第三行星航天大学最漂亮，也是最聪明的女生，你不止一次跟我讲过，你爱她，甚至愿意为她去死。你追了她整整六年。"ZER01 说，"这就是我以她的面孔出现的原因。因为我知道，你内心深处对这张脸毫无抵抗力。"

"我可能会杀地球联盟的总统，但绝不可能杀她。酒后行凶更是瞎扯，酒精能让手脚不听使唤，但大脑是清醒的。"史明全身都颤抖起来。

"还有，我反复观看录像，发现嫂子对你的行凶没有任何的反抗。"

"警察怎么解释？"

"你很可能在杀她之前就把她弄晕了。"

"就是说，我不是过激杀人，而是有预谋的。"史明沉吟道，"杀她的动机呢？"

"警方说，长期过度抑郁导致的心理极端扭曲和变态。"

"操！"史明咬紧牙关想把愤怒咬成碎片，然后又骂了一声，"操！"

"总之我经过多方打听，得到的线索少之又少，没有任何价值，而且完全串联不起来。但是后来发生的一个事，坐实了我的判断。"

"我被发配到了巨塔世界。"

他们的前方出现一个用木头搭建的阶梯，用料都是整段整段的巨木，在青藏高原这种只长石头不长苗的地方着实是大手笔。

"是的。检察院提起诉讼后，你被判了 1000 年监禁。但是仅过了一年，你就被发配至巨塔世界。公诉人陈词说这是对人类航天做出巨大贡献的科学家的一种优待。这鬼话对普通人而言不虚，但对你而言，意味着天才的眼光和创造将一笔勾销，你将以一个……一个普通人的身份活下去，哪怕天天伴随着豪宅名车。那些东西对你而言，都是浮云。"

"我的志向是星辰大海。"史明看着弟弟说，"从出生的那一刻就是如此。"

"当然，我最了解你的志向。"ZERO1 说，"从那个时候我就突然意识到了，有些人实际上或许害怕你。"

"害怕我？害怕我什么呢？"史明反复咀嚼着这句话。

"我说不上来，反正他们不愿意你重回现实，重回航天委员会。"

"所以你来巨塔世界找我了。"

"你在虚拟世界过得很爽，每天沉迷于酒色财气中，像个最无耻的纨绔子弟。但是你不醒来，世间少了一个科学家，而我少了一个哥哥，唯一的家人。"

"在巨塔世界我是一个孤儿，父母出车祸全死了。"

"某种程度上也对，"ZERO1 有些辛酸地笑道，"我们的父母在很小的时候就离婚了，那两个狗娘养的为了自己的快乐，完全抛下了我们，那时候我才 14 岁，在法律上已经成年，估计他们早就算好了日子。幸好你读书的时候就开始给航天委员会写专栏，还兼职了一份数据分析的岗位，才让我有足够的钱读大学。"

"能创造巨塔这样的虚拟世界，人工智能已经很发达了，为什么还要有人来服务呢？"

"人类所有的幸福都来自人际关系中的对比。没有普通人的愚蠢和卑贱，哪来精英的优越和快乐，没有快乐，哪来动力研究新科学、探索新世界？"

"我呸。"史明啐了一口，"目前世界上，有多少像航天委员会这样的机构？"

"科学的分工已经细得无以复加，大大小小不计其数，但是主要有三个，航天委员会、人工智能委员会和生物委员会。"

"听起来挺合理。人工智能可以规模化生产劳作，生物可以提供更好的营养，也可以促进人类进化，航天科技可以让人类移民外星球。"史明想了想，感到一种困惑，"那我提出曲率引擎不是更应该受到欢迎吗？"

"也许时机不对，也许是你的态度有问题。总之，我发现了端倪，知道这一切背后有鬼。除了要给你洗清罪名，我也不想嫂子死于非命。我的毕业论文得到过她的指点，每年的生日她都记得给我买航模玩具，某种意义上，她才是我的母亲。"ZERO1 突然叹出一口长气，充满了惋惜和悲伤，"我来到巨塔世界，以她的身体作为模板，一方面更容易接近你，另一方面，我不能接受她已经死了。"

史明安慰地拍了拍 ZERO1 的肩膀。

木头阶梯已然换成了岩石走廊，路也变得愈发狭小。随着进一步的深入，周围的环境变得阴冷潮湿。灯光所照之地，都是地质运动带来的岩石、碎块。在黑暗深处，更有无数岩石构筑的通道、洞穴、沟渠，似乎是一个巨型的蚂蚁窝。

两人走到一块相对比较平整的空地上，查看四周却无出口，ZERO1四处摸索，史明一把扯住她道："过来的路不见了。"

两人心知有异，背靠对方手持枪械，警惕地注视着四周的变动。果不其然，原本黝黑的空地中心无端出现了一点绿色的火苗，不，火苗不断律动着逐渐变大，很快形成了一个光团。光团将周围的一切照亮，那是一个岩石构成的封闭洞穴，大体看去像一个蒙古包。

不知从哪里传来梵响赞歌，直入两人的大脑深处。伴随这无边无垠的吟唱，无数道五颜六色的光线从光团中心以一种美妙的弧线向石壁四周延伸、展开、绽放，继而形成一块块精美绝伦的壁画。描述的是佛主讲经、菩萨低眉、金刚怒目、罗汉降魔之类，色彩艳丽无比、流光溢彩。

仿佛在一瞬间，地下深处的岩石洞穴变成了一座霞光万道的佛堂。

史明心有所感，说道："都说佛度有钱人，看来是真的了。"

"无知小辈，竟敢辱佛！"

一个声音仿佛从虚空传来，接着，一个面目狰狞的三眼恶鬼从光团中现形，血红的面孔，上颚咬住下唇，瞪大的眼睛仿佛能看穿他人一生的罪恶。

"我道是谁，原来是赞神。"史明毫无畏惧，"我不辱佛，只不过喜欢嘲笑以佛为名，四处敛财欺男霸女的鬼东西。"

那红脸赞神闻听此言，身形立刻暴涨三倍，水缸大的头颅欺到史明两人跟前，恶狠狠道："我要把你剥皮抽骨，食肉寝皮！"

史明向 ZERO1 使了一个眼色，两人麻溜地在地上一滚，分开两边，赞神只是看着史明，ZERO1 早已一梭子打了过来，子弹噼里啪啦打在对方身上冒出无数火花，愣是一点皮都没有擦破。

赞神挥动四臂，刀叉剑戟一起捅将过来。ZERO1 身形灵敏躲开了攻击，但是武器附着的剑气却将其衣服割破，阵阵刺痛。那一边，史明沉着开枪，以点射命中赞神三眼，将其击退几步，多少给 ZERO1 空出一些时间。赞神转身向史明扑来，身形威猛，力大无穷，但是史明已经判断好了来者方位，往后速跑几步，猛然转身躲过一击，由于蜻蜓之靴的加持，他在半空一个鹞子翻身，仰面朝天落在地上，枪口对着赞神厚实下巴一顿扫射，对方被打得连连点头。

ZERO1 也调整好姿势，换上一把泰阿剑对准赞神的脚后跟连砍数刀，尽管伤害很小，但两人明白，对付这种级别的 BOSS，需要极大的耐心。

积少成多，聚沙成塔。他们抱着这样的心态，互相配合，声东击西。两人毕竟是顶级高手，都能在短时间内看出对手的破绽以及背后设计者的深层理念，愣是打的赞神一时间陷入被动。

史明庆幸道："还好不是泰国的四面神，否则两人难以配合。"

ZERO1 说："要不是全套顶级装备，哪里能让你这么闪避，小心！"

赞神突然全身发出红光，将两人震开，两人顿时骨软筋麻，暂时失去活动能力。史明眼见赞神靠拢过来，张开血盆大口要将自己吞没，ZERO1 突然扔出一个器物，里面放出四个黑色怨灵向赞神扑来。

怨灵人头蛇身，后半部分更是虚化成烟，犹如四条毒蛇缠绕赞神身上，张嘴就咬，将黑色毒素注入对方体内。血红色的赞神顿时化成了乌黑，身体扭动起来，嗷嗷怪叫。史明定睛一看，那器物正是此前他们舍了老命从墓中墓里取来的青铜人头甑，不由心中一热，克劳德这小子真是考虑周到。

定身时间一过，史明和 ZERO1 各持武器将怒火倾泻到赞神身上。赞神扛不住了，身体剧烈扭动，之后突然爆裂开来，化作一片飞灰，周围奇景消失不见，重归黑暗，只是在空地上留下一个宝珠。

一切归于平静。史明将宝珠捡起，原是一个巨大的人眼，瞳孔血丝一应俱全，直勾勾看得人心里泛起一股凉意。

"地球之眼？"他问 ZERO1，"接下来怎么办？"

ZERO1 开始默念着什么，很快，地球之眼发出红光，里面折射出一个半身人像来。

对方约莫五十来岁，有着一头半白的头发和胡须，两只褐色的眼睛目光如电，紧盯着史明，仿佛一条狐狸在凝视着一块肥肉。

史明认出那人，冷笑一声："内森，没想到能在这里见面。我还以为你会直接扮演佛祖呢。”

“你好，老朋友，我一直想见你。”老头身穿一套咖啡色西服，声音相当沉稳，“凡人岂敢扮神，哪怕想一想也是罪大恶极。”

“你是他本人还是他的意识体？”史明说，“我怕控制不住自己，做出一些自己都无法相信的事。”

“我目前正坐在航天委员会的个人办公室和你通话，很安全。”内森无所谓地说，“其实从你走出巨塔世界时我就开始注意到了，你们的防御措施不错，我没有找到你们的信号中转站。你的弟弟很聪明。”

ZERO1冷笑一声：“要不是多想一步，恐怕你连他的肉体都要摧毁吧？”

“为了崇高的目的做一些卑鄙的事，完全符合逻辑。”

“无药可救的伟大。”ZERO1摇摇头。

“所以咱们之间通话都很安全，不是吗？”史明突然换了一副表情，“直说吧，为什么要诬陷我杀人？翠花是不是你杀的？”

“在回答这些问题之前，我可以跟你讲一个故事吗？”内森问。

史明和ZERO1对视一眼，史明说：“你想拖延时间把中转站找到，抓到我们。”

“不，不，没那个必要了。说实在的，哪怕你拿着证明自己无罪的证据，你都注定要背负着杀人的罪行。”

史明一愣。内森说："还是先听我的故事吧。"

"很久以前，可能是宇宙里第一批太阳形成的时候吧，在一颗星球上诞生了一批智慧的生物。他们花费了数十万年的时间走过了愚昧时期，达到了人类无法想象的高度。他们摈弃了肉身，以纯能的方式存在于宇宙中的任何一个角落，驱动意念就能在瞬间从一个星系转移到另一个星系。只要愿意，他们想活多久就多久，或者取来一颗恒星的全部能量，只为做一次实验。因为无聊，他们有些甚至生活在黑洞边缘，因为待上短短几天就可以看到其他星域数万年的变化。"

"然而就是这么一个智慧的种族，在面对一个问题时却束手无策。那便是他们自身的起源。他们所创造的最伟大的艺术，最优美的公式，最高深莫测的知识都在这终极问题面前显得黯淡无光。"

"他们对这个问题的追问如痴如醉，花费了 200 万年穿梭于宇宙间寻找。然而，生命太稀少了，而能达到智慧程度的更是少之又少，他们找不到任何样本来作为自己的参考。你问我为什么不回到过去？不，他们也办不到，只有在形成宇宙的那个奇点里时间才是逆流的。"

"最后，他们想到了一个办法，就是自己创造世界，创造新的智慧生命，看着这批生命的演化或许能得到些许的答案。他们动用了一整个星系的资源，模拟出一个生机盎然的世界。这里的太阳年轻而热烈，星球温暖而湿润，大片的绿地、海洋、高山，当然还有无数的生命形态。他们看着自己的造物，小心呵护、精心培育，只为寻找那个答案。"

"既然是实验，当然有失败。地球文明不断地毁灭，又不断重启。你猜到了，最近一次就是用洪水重启了文明。他们毫不气馁，作为神，他们有的是时间。在经历了数十次失败后，他们的模型终于进入了正轨。新的物种聪明而愚昧，贪婪而善良，弱小而强壮，他们历经文明的痛苦和喜悦，获得的成就远远超越了神的期待，也让神享受到了该有的荣耀。是的，人类开始探索微观粒子的奥秘，创造了更强大的智能，他们太大胆了，甚至开始动用自己仅有的知识储备模拟出了新的世界。终于，亿万年的追问和等待到此有了一个答案，他们终于明白了。"

"明白什么？"ZERO1忍不住问。

"文明是一种很奇怪的东西，就是它趋向于变成新神，任何力量都遏制不住。哪怕在人类文明的萌芽伊始，他们就创造各种各样的神来膜拜保佑自己，但潜意识深处，人类又何尝不想自己也成为神本身呢？然而，人类太大胆妄为了，成为神的代价很高的，也是危险的，你可以成为神，却不能逾越创造你的神的樊笼。那是禁区，也是神的权力，假如你想突破樊笼，只有毁灭。"

内森讲到这里，看了史明一眼，进一步强调："这种游戏只能在神规定的区域，明白吗？奥尔特云是约束我们的最后一道屏障，冲出去的话你看到的绝不是更广阔的空间，而是物质的坍缩。所有的宇宙空间都会被实体填充，一切都将毁灭。"

史明的枪掉落在地上。那个将近 100 亿年的强大文明能在宇宙间恣意穿行，而地球文明却只能局限于一隅，只能在海量数据洪流内穿梭……什么是真，什么是假，他无从分辨。

他看着四周，看着 ZERO1，看着内森，头脑中一片空白。

"你怎么会知道这一切？"他颤抖着问。

"神不会亲自出面，他们需要代理，从古至今，从法老到摩西到普罗米修斯，统统都是。"内森说，"不同的是，现在的代理人从宗教领袖变成了科学领袖。可惜啊，可惜！"

"可惜什么？你在可惜我们？"ZERO1 问。

"你们只是凡人而已，于神而言不过是试验品。"内森傲慢地说。他摸了摸下巴，"可惜的是另外一个。"

"翠花，"史明终于明白了，"她是代理人？"

"翠花是个罕见的天才，高达 200 的智商足以傲视全人类。然而，她忘记了一个事，无论聪颖还是愚蠢都是神赐，"内森一字一顿说，"无知对你们有好处，装作无知才是最聪慧的表现。"

"她作为神使，内心却向着人类。"史明终于明白了，"是你杀了她？"

"她是一个完全不合格的神使！"内森有点恼怒地说，"她违反了交易原则，她妄图用神给她改变世界的魔力来披露神的一切，这个罪行不可饶恕。历史上，这样不合格的神使偶尔有，而合格的神使自然要把不合格的去掉。我所做的，符合天意。"

"天意？那是你自欺欺人的得意吧！"ZERO1 怒道，"你所谓的不合格的神使，本质却是因为他们从心底热爱自己的种族！就算知道了自己是创造物，也会为这个族类自豪，为这个族类奋斗到死！"

内森一愣。

"我知道，所有数据的最高权限在你手上，证据我们带不出去，但是，既然知道这个世界的真相，我就有义务把它告知出去，不管用什么方法。哪怕世界是虚拟的，人类的奋斗是真实的，无数的鲜血、痛苦、热泪也是真实的，我们的爱、正义、善良也是真实的，这是人类的骄傲和尊严。"ZERO1 的脸色因为激动而变得红润，"谁也夺不走这份荣耀。你，就作为神使继续去隐瞒吧，继续去欺骗同类吧！我不会！我不会对神的功绩表示谢意，就跟对我的亲生父母一般，但是我会对成长时帮助过我、爱我的人永生难忘。我会为他们而战斗，好好生活，这或许是你们永远都体会不了的东西。你们会且仅会用那亘古不变的道理、传统来压制那些你们以为的贱民，但我要告诉你的是，所有人都有相同的尊严！"

"你——"内森无言以对，犹如一头炸起鬃毛的公猪，开始发威，石壁崩塌，碎石如雨坠落，传来可怕的隆隆声。ZERO1 开始默念咒语，电光火石间，两道光从天而降，史明只觉眼前一黑，就好像腾空而起来到了另一个地方。

周身一片冰凉，史明忍不住大喊一声，睁开了眼。他全身泡在一个跟身体差不多大小的绿色玻璃缸里，从头到脚插满了银色的管子。他的全身体毛被剃了个精光，皮肤因为长时间的浸泡显得又白又皱，活像一只在水里泡了很久的动物尸体。

克劳德和其他三人围在玻璃缸边，史明一睁眼就认出了他们，都是之前研发团队的核心人物。BALL 是机械和工程学的双料博士，贞德和剑心同是核物理专家，史明自己的专业是材料科学。

他环顾四周，这里好像某个废弃的工厂，充斥着成堆的仪器、电脑和成捆的电线。除了他躺着的玻璃缸，还有另外一模一样的四口。每一口都有两根粗大的管子连接着，不断注入和排出液体，循环着营养物质。

自己应该在这种玻璃缸内待了将近六年了，要不是团队努力，或许会待到死亡为止。

恍然如梦！

克劳德告诉他这里实际上是一个从整块岩石里掏出来的大洞，非常隐蔽。团队的人费了九牛二虎之力才把他的肉身从监狱里搬运到这里，他们很担心内森气急败坏，连他的肉体都毁掉。

史明点点头，他也闻到了一股从泥土里钻出来的草香，有点苦涩的味道，但是百闻不厌。他深深吸了一口气，又缓缓吐出，突然咳嗽起来。

"你刚刚苏醒，身体还没准备好。"剑心说，"你要缓缓吐气。"

"来一包薯片？"贞德说，"真正用马铃薯炸出来的，非常好吃。"

史明心头一片温暖。

BALL手上拿着一个类似钳子的机器："头，如果需要的话，我现在就可以把它们拔出来。你们的话虽然无法储存，但是我们都听到了，"

史明想了想："接下去的目标是什么？"

众人有些不明其里，史明说："既然我们都准备要把真相告诉世界，得有人专门在巨塔里活动。"

"你要回去？"克劳德问，"刚刚才把你拖出来，你怎么要回去？"

"还不是因为你说的，什么人类伟大、自豪、荣耀巴拉巴拉，真是让我尴尬地想笑。"史明笑着说，"不过说实在的，我真的被你感动了。你喊出了我年少时的梦想，让我看到了那个真正的我、被我隐藏起来的自己。好吧，兄弟们，我想回到巨塔世界，不是去摧毁它，而是改造它。我行走江湖，靠的就是一个稳字，难度很大，但是我想，只要我们拧成一团，我就可以重新定义这个操蛋世界的模式。而这一切需要外部的帮助，需要你们，我会祈祷，但是不是向神祈祷，而是向同属人类的你们祈祷。另外我也想看看……"

说着史明抬起了头，笑了起来："这个据说被神掌控的世界，能够变成什么样子。搞不好兄弟们……"

众人盯着他看。

"跳出五行外，不在轮回中。"

史明光着身子，湿漉漉地和弟弟拥抱。

"我就吃一片吧。"看着贞德惋惜的样子史明实在感到好笑，他咬了一口薯片，发出啧啧声，"嗯，真香。"

"你真的要回去吗？"克劳德问。

"既然都是虚拟的，回不回去不是一个样吗？"史明说，"代码在你们手中，那我就跳过幽冥界，直接去巨塔。"

"你有什么打算？"克劳德问。

"唤醒那批家伙，"史明狡黠地笑着，"巨塔里那些家伙可都是人才。"

史明重新闭上了眼睛，沉入缸中。他感受到一种电流的冲击，充溢整个身体，然后沉沉地睡了过去。

再次睁开眼时，巨塔的大门就在眼前。

猎 杀

马 光 梨／作 品

我究竟是人还是机器，这重要吗？

我又不是问题……因为我就是答案。

睁开眼，RX—37 离我只有三米远。

科幻
硬阅读
DEEP READ
不求完美 追逐极致

◆ 1 ◆

来，都坐到篝火边，你们不冷吗？

反正还有些时间，不妨听我说个故事。这个故事没法救你的命，但多多少少可以帮助你重建信心，哪怕只是一点点。

再过几个小时，我们中的某些人会死去，当太阳再度升起，我们可能连为他们哀悼，或者立起一座简易墓碑的时间也没有，转头就得投入到下一场战斗中去。不过事后，那些离开的人，会被添油加醋编成故事，在天寒地冻的时候被人提起……

哦？你是新来的？那你更该听一下了。

那是 40 年前的事了，那个年代，并没有人发现这个世界的异常之处，人们只是惊叹于世界性的生育率低下与全球变暖，每个人都井然有序地生活在既定的规则中，缓慢地被精致浮华与消费主义蚕食。美洲也好、亚洲也好、欧洲也好，每天都有质疑这个世界可能出了问题的人被失踪，但我们依旧快快乐乐地生活在那个怪物肚子里，低头注意着自己的脚尖有没有沾到泥。

我转变的契机，是因为在一场手术中，失去了"人"的身份和立场……

那年我 18 岁，为了避免朋友们担心，或者显得自己怪异而悲哀，我绝口不提个中细节，只当作大病一场，顺利康复了。

谁都会有秘密 —— 小到每个人，大到国家与世界，也许注定我们无法用坦诚相对换来正确的答案，对不对？

在他人眼中，我从来不是乖顺的女孩。九岁时因为跟男生打架，父亲自作主张将我转学到了新水市的国际学校。幸运的是，十岁时，我结识了一群离经叛道的有趣朋友 —— 从法国里昂来的达米安，韩俄混血的安在熏，还有总自称骇客却连手机刷机都不会的难波美柚。跟他们在一起厮混总能让我忘却那些烦心事。我们逃课、恶作剧、在街头涂鸦、以城市为舞台探险……然后在一个夏天，我们去了极限运动公园，第一次见识到跑酷这项运动。

"这就像恋爱。"安在熏说过，"你很难说出到底是哪个时刻，究竟是谁先迷上谁的。"

是的，我也很难说出我们四个谁先迷上了跑酷。

回去的路上达米安仿佛失去了魂魄，再也没法好好走路了。他试着模仿跑酷玩家们的每一个动作，挑战每一个栏杆、落差，学着用金刚跳跃过沟渠，练习猫扑，在街边像傻子一样反复懒人跳。我们也不在意路人的眼光，为他尖叫、起哄、鼓掌，沉浸在质朴单纯的快乐中。

达米安是我们中最有天赋的一位，一年后他就在社区跑酷小圈子里声名鹊起，STUBE 的订阅数超过了 3 万，两年后他终于拿到了市区 VV 纯跑竞速赛儿童组冠军。而与他一同练习的我们，当时最好的成绩只达到钻石联赛儿童组入围。

就这样，我们升上了中学成为少年。在达米安提议下，我们申请到了学校经费，成立了国际学校第一支跑酷团体"青春活力队"——名字是为了顺利通过校社团经费审查会，毕竟那时跑酷这项运动被认为太过危险，不适合青少年，容易被家长联合会抵制。

通常我与安在熏会在达米安的频道中出镜，我负责设计动作、勘探地形，安在熏负责搞怪吸引人气，身材娇小的难波美柚会手持索康 ES980 摄像机配合我们的头戴式摄像头完成录制，最后再由达米安做视频剪辑。

很快，我们的视频盈利已经超过了比赛奖金。特别是在我获得钻石联赛女子组年度冠军后，一支《震惊！国内跑酷第一美少女玩家杨鹜》的视频一个月内获得了十万的收入。跑酷社团的成员自然越来越多，还开了分社。为了避开家长联合会的监督，达米安居然在距离学校宿舍十公里远的废弃水库控制大楼里，折腾了一间上百平方米的训练室——有单杠、水箱拒马、海绵坑、垫子，甚至还有投影仪。整个团队度过了愉快的两年……

接着，17 岁时，我被诊断出患有脊损性骨质瘤，跑完最后一场比赛后，申请了休学，暂时离开了大家。

在病床上，在生死之间徘徊的时刻，我一度认为我会永远地离开其他人，可安在熏发来的消息却着实令我无法坦然离别。

事后看来，我的不安更多来自潜意识，我觉得达米安做了不可理喻的蠢事……

◆2◆

"上次我说过，达米安的叔叔遇害了。"

"然后就搞到了'那个'什么？"

我躺在病床上，一边用吸管喝着橙汁，一边和手机里的安在熏胡聊。他顶着一头金色卷毛，压低声音，似乎藏在男厕所隔间里。

"便携存储器是在粉色的小猪储钱罐里找到的，你还记得上次美柚生日我们玩的魔术吗？"

"啊啊啊！那个！明明罐头盒是空的，结果能变出钱来！"

安在熏声音更轻了："喂，阿鹭，你周围有其他人吗？"

"我戴着耳机呢。"

"啊，"他舔舔舌头，谨慎地说，"整件事很离奇……你可能不知道达米安的叔叔是个调查记者，之前十几年一直替《每日新闻报》在巴黎的分部工作，可是前不久莫名其妙就……"

"不说是抢劫吗？"

"抢劫啊……"安在熏吞吞吐吐地整理着措辞，"就算是抢劫吧，总之，达米安跟他叔叔的关系非常好，第一时间就回了里昂。"

"不对啊！为什么不是去巴黎？人是在巴黎遇害的吧？"我一口气把橙汁吸光了。

"尸体的事，是由他叔叔的同居女友还有他的亲戚处理的。但问题来了，他叔叔在里昂老家那里有间小木屋，达米安小时候住过一次，他很担心那里的遗物被人遗弃掉，所以第一时间去看了眼……"

"然后呢？"

"木屋被人撬开了，里面的纸质物品全被带走了，沙发被划开，连冰柜后背盖都被撬开了。"

"好过分，是强盗吗？"

"这不重要！"安在熏的嘴几乎贴到了屏幕上，"达米安在屋子里搜到了那个粉色魔术小猪储钱罐，那东西，你知道的，它永远是空的。"

我一下抓到了重点："所以内夹层里有那个便携存储器！"

"冰果！"

我战战兢兢地观察门口探视窗。我对这单人病房的墙壁隔音没有信心。

"里面的内容呢？存储器里面都是什么？"

"一大堆文件！中间有两份……表，我先传你手机，你看看，实在搞不明白。"

"叮"一声，一条已收到文件的提示出现在手机上方。我点开表单，里面是 20 多列上万行的字母和数字。字母组合似乎是某种代号，而有的数字像是日期，有的像是金额。某些单元格用复杂的颜色凸显出来，某些段落还出现了天文数字。

"这都是什么呀！搞不明白啊！"

"对吧，再给你看这个。"

又来了一条文件接收提醒。我急忙点开文件查看。乍看之下有些不明所以，但细细观察，会发现这是一张用特殊顺序分布排列的素数表。表单的第三列，有红色的箭头细心标了一些诸如"TH/ES/FA"，"SA/KI"之类的不明所以的代号。

我手指一挥，把文件调到后台。将手机横置，把两份文件进行左右比对，在第一份文件第一行第一列中取了一组数，查到第二张表的素数，将其换成字母，重新拼了回去。

USAMI TAKAHIRO——似乎是个人名。

我打开搜索引擎，将人名输入进去，弹出的第一条新闻，就是

"XX 防卫大臣……"

我瞬间关掉了网页，深吸一口气，默默关掉了表单，这才悠悠地吐出口气来。

"只有这两份文件吗？其他的呢？"我追问道。

"阿鹫，剩下的全是加密文件，根本无法打开。达米安去想办法了，如果有进展我叫你吧。我们这些人里你脑袋最好使了。"

我越琢磨越心慌，捏着手机走到窗口。

"安在熏你听我说，这事我觉得不对劲！先报警！把存储器交给警察处理！哪怕丢给巡逻用的机器人都可以！不，等等，不对……达米安去想什么办法了？"

"他，昨天把文件交给美柚破解去了……"

"他交给美柚了！"

"嗯，美柚说她很快就能搞定。"

"该死的，你们居然还信了？"

安在熏虽然完全没搞明白状况，但也隐约察觉到了什么，他畏缩地探问道："这表里，到底是什么呀？"

"我不知道是什么，也不想知道，更不能让你知道，"我从柜子里翻出衣服来，"当务之急是想办法悄悄处理掉存储器，把另外两个叫来，我现在就从医院溜出去。我们老地方见。"

◆ 3 ◆

　　大约十点我打车赶去了旧水库。员工电梯藏在靠近南麓的人工涵洞里侧，如果不是熟悉水库构造的人一定无法找到。因为全球气候急剧变化，河道变动和径流转向，这座废弃水库已经许久没有人维护了。达米安找人重新清理了楼梯，修好了电梯，如果启动发电机还能接通电梯和 LED 灯管。

　　电梯上方提示屏从"2"变为"1"——显然有人先到了。

　　哐当！

　　我踏进电梯。古旧的大门自动关闭后，伴随着轿箱地板微颤，它再次将我送往目的地，而我忐忑、惶恐。我与其他人已经一年没线下见面了，他们会意识到我的变化吗？也许我长高了。脚下穿着最爱的水蓝条纹 OLLO 星跃者跑鞋，黑色的长裤包紧了下肢，裤管被我用紫色橡皮带收紧了，只为避免露出银色的超高强度碳纤维复合材料下身——是的，因为脊损性骨质瘤手术的关系，我在主治医生的建议下，切除了下半身。

　　据说父亲为我的手术方案支付了 3000 万，在主治医生的极力推荐下，为我选择了保留局部肢体的特殊方案。由于骨质瘤扩散，我很快被送上了手术台。手术分成十次，陆陆续续进行了六个月。医疗组首先对我的双下肢截肢，阻断了骨质瘤进一步恶化导致的坏死性筋膜炎。随后从背部纵向切开，剥离出延髓、脊髓，用玻璃钢人造纤维管替代了颈椎，以便下体全面机械化后躯体承重与操控。之后，我在麻药、抗生素、造血剂、利尿剂还有几十种叫不上名字的药物摧残下，坚持了 30 天，直到确保脑干正常，完全适应人造脊椎后，医疗组又花了 80 多个小时彻底切除了我的全套生殖系统与排泄系统。为了充分保障下体能源供给，并兼顾心脏血液内循环支持大脑运作，我的腹腔被改造后安置了一台迷你能源泵。

没人能想象出，当我第一次在病房试衣镜前，看着全身赤裸的自己，究竟怀抱着怎样的心情。我的头发还没有长出，骨瘦嶙峋的躯体顶着娇小的乳房 —— 这似乎暗示我仍是一名少女，但是……

我连人都不算是。

镜中的人，胸口剑突处被漆黑的异物固定住了，仔细观察，会发现异物刚好也长在我的身体里。白皙的背脊上，一条黑蛇沿着后脑一直往下游走，黑魆魆的一节节槽口会在身体弯曲直立运动时一张一合。替代我原本结实紧致的臀部与大腿的是银钢底色，外侧带有两道红色标志线的机械义肢。从重量计算，我身体的 92%，都属于机械构造。

难道我是机器人吗？

我复习了遍康复师教导的技巧，用大脑试着操纵右腿运动。在足足半秒的延迟后，膝盖静默地一弯，突兀地折叠起来，我重重摔倒在地……

我既不是人，也不是机器，我成了什么也不是的怪物。

哐当！

电梯停在了四楼。

我死死盯着电梯门中反映出的自己，干枯的短发，深邃的黑眼圈，紧抿的嘴唇 —— 发生在我身上的变化实在一言难尽。

门徐徐打开。

枯坐在软垫上的安在熏蹦了起来，我紧紧抱了抱他，有那么一瞬间我们快亲在一起了，他的发胶味、烟味引诱我回忆起了曾经夺得冠军时的激情与自豪。

"鹜！"

在房间正中练习空翻的达米安惊呼一声，朝我们冲了过来，我们搂在一起。希望并不是只有我哭了出来。

幸好，我及时想起了正事。

我推开两人，严肃地说："我们有大麻烦了，达米安。"

◆ 4 ◆

我将关于存储器的猜测原原本本地告知了两人……

但他们的想象力是有局限的，整件事的变化已经超出他们理解范畴。

达米安故作镇定地从包里翻出手机，检查了下信号，又塞了回去。

"没信号，这里根本联系不上美柚。"

我用胳膊顶了一把安在熏，"你在哪里跟我视频的？"

"学校啊。"

我挠了挠头："这样，等拿到了存储器，就近找一个巡逻机器人，或者垃圾桶机械狗什么的，直接丢给它们……"

"这算什么办法？"达米安生气地一摊手。

"你还能想到更好的办法来吗？你把一个炸弹丢给了美柚，你甚至没有先确认那炸弹有没有开始倒计时！"

"我其实有个好主意……"安在熏刚想说什么，就被电梯上楼的轰隆声打断了。

"阿鹜！"

一个矮小的少女平展开双手尖叫着向我跑过来，像一大块甜到发腻的棉花糖做的帝企鹅。

我亲了亲难波美柚。她的的确确是甜的。

事出紧急，我跟美柚要到了存储器后，便急着问她是怎么破解文件的。

"我把文件传到了免费破解网站上……"

难波美柚果然没有超出我的预期。

我捂着头坐到地上。

"有什么关系吗？毕竟也没有破解成功，现在处理掉存储器还来得及。"安在熏这么说道。

"你不明白，如果有人盯上了文件的 MD5 码，只要定位到最近文件出现的位置，通过 IP 地址就能摸到美柚家！"

"没这么夸张吧……"达米安不可置信地否定我。

"哐当"一声。

电梯自动降到了一楼。

我局促地站了起来。

达米安果断把美柚挡在身后。我们四人死死地盯住电梯上方显示屏。

一楼、二楼。

"今天还有谁要来吗？"

"只有我们四个啊！"

三楼。

"现在怎么办？"

"美柚，你来的时候，有被跟踪吗？"

"啊？"

"如果能发现被人跟着，就不叫跟踪了吧……"

"该死的，要先报警吗？"

四楼。

哐当。

电梯停稳后，门自动打开了。

出现的是一台巡逻用机器人 RX-37。因为隔着一段距离，它两米的身高不算太过有压迫感，但梯形的光滑头部正中三个圆形的孔洞却着实吸引人注意。

我把存储器塞进衣袋里，达米安试图走上前交涉。

毫无征兆地，一道红色镭射从 RX-37 头部射出，从左到右切割开了达米安的腹部。从背后看，他的上身留下一道两指粗的焦黑痕迹，但很快，他的上半身沿着四十五度的切线滑了下去，滚在地上。下半身朝我们倒了下来。瞬间高热灼伤焊住了部分出血点，但红色褐色黑色的浑浊体液还是流淌了一地。

我的呼吸都停滞了。

这是电影里也不曾出现的冷血屠杀。没有威胁、没有交涉、没有理由、没有余地……我甚至没有完全搞清楚状况，对方已经开始灭口了？

真的是这样吗？会不会是哪里搞错了？

红色的镭射贯穿了安在熏与难波美柚的胸口。

由不得我多想一秒，我朝左前方一个鱼跃肩滚翻避开了射向我的致命一击。如果没有机械腿的瞬间高强度发力，0.5 秒前我已经是一具尸体了。

RX-37 歪了歪头。

我盯着楼梯口，利用丰富的职业本能，在一瞬间规划好行动路线，直接往右边跑了起来。

两道射线交叉，在地面烤出焦痕。

我一个空翻穿过火力线，像猎豹一样蹬壁上墙 —— 镭射激起一阵墙灰 —— 伴随我后空翻落地疾速起身跑，RX-37 居然也移动了起来！

它试图靠双足下的滚轮横向移动，封堵我的目标位置。

但它还是慢了一步！我拼尽全力一把撞开红色的楼梯门，没有向下，而是向上跑去。

RX-37 朝我追了过来。

我并没有想逃跑，也没有想逃生，从一开始 —— 我指我出生开始，我就不是听话的好女孩。如果别人骂我，我会还嘴；如果别人欺负我，我会还手；如果命运狠狠揍了我一拳，那我就要狠狠在她脸上留个教训。

我费劲心力登上了废旧水库左侧的平台。

终于让自己走投无路了。

右侧百米开外，灰白色的水库主墙扑入眼中。一道道十米宽的泄洪口鳞次排开。

我向绝壁边沿挪了两厘米，向下俯看，干涸的水库池底距离脚底大约三四十米，一个圆圆的锈色排水管口沾满苔藓，从岩壁中露出一小截，位于我正下方两米处。

脚步声从我背后阴森森地踏过来，不紧不慢。

我转身，缓缓高举起双手，摆出投降的姿态。

巡逻用 RX-37 头部正中三个圆形孔洞亮着红光。毫无疑问，我已经在它的射程之内了。交出存储器是没有意义的，它，或者给它下达猎杀指令的人，根本没打算留活口。

我闭上双眼。

脑海中忆起那一天凌晨，我在病房酣睡。主治医生将我叫醒了，他检查了一下我腹部人机连接处的感染情况，随性地坐到靠窗的木椅上继续与我闲聊起来。我谈起自己参加跑酷比赛的成绩，训练的过程，又介绍了如何利用这些运动技巧去驾驭这半身义体。医生也从运动控制论谈起，介绍伊曼纽尔·托多罗夫对于义肢单元运动控制组代码实现，在数学领域的卓越贡献，之后又提到了加扎尼亚，试图教会我理清植入式脑机接口的弱点与危害……

"人工智能与机器人有一个局限，它们不能产生新知识与新行为，人类的理性思维很差，决策与记忆很差，但在低级运动控制或者感觉、知觉上，人类是最优的。想象力和创造力，就是你的武器。"医生就像在课后对着学生辅导一般，彻底忘了我是个病人。

时间很短，但他真的说了很多、很多。

"这个世界只是一个幻象，"他说，"也许你未来某一刻会恨我，但请相信，我从来没有一丝一毫的念头想要伤害你。"

我困惑不解地摇摇头。

"你会觉得自己不如人类有高性价比的能量转换系统，你会觉得自己不如机器有无限的拓展潜力，你会觉得自己不属于任何一方，这很正常。我看过你所有的比赛视频，杨鸷，我一直坚信你有才能去驾驭这副半人半神的躯体、这个模式。你能证明给所有人看，人有他的局限，机械有它的边界，但你没有，你既不是人，也不是机器，你就是你，一个特别的存在，你是凌驾于人与机器之上的，杨鸷。"

嘈杂的人声从楼下传来。

我走向窗户，往楼下看去，黑色的厢式货车堵住了医院的出口，一群荷枪实弹的人进入了医院。

医生沉默半晌，理了理衣领，走出了房间。

他微笑着对我说："我有些事要离开一趟，其他同事会接手我的工作，请加油康复。哦，如果有人问你话，你就实话实说，把你记得的原原本本全部说出来，不用隐瞒。"

我懵懂地点点头。

"记住，你不是问题，而是答案。"

我呆呆地重复着他最后说的话，"我不是问题，而是答案。"

临死前的世界像冰一样坚固、迟缓，时间停滞，不再流动，只有思绪如岩浆般奔腾。

我究竟是人还是机器，这重要吗？

我又不是问题……

因为我就是答案。

睁开眼，RX-37 离我只有三米远。

我背对绝壁，举起的双手手掌一翻，对着巡逻机器人竖起两根中指，脚尖一踮，下腿肌肉纤维收缩，腰部朝后方弯折，头朝下如海豚般跃出，在空中划出半道圆弧。

我身体的重心根本不在胸腹。

RX-37 用数据库中采集的人类数据，推算出的弹道与落点就必定会出现偏差。

红色的镭射死光紧随我而来，击中了脚掌站立的混凝土地面。

碎屑伴随着烟尘喷发到半空。

我集中注意力，以非人的力道收束机械核心肌群，转体一百八十度后，面对岩壁，用双手撑住凸出的排水管口团身藏进了管道内，并伸展开手臂抵住管道内壁。

头顶上方的声响越发丧心病狂——那是 RX-37 失去目标后意图击穿地面的攻击尝试。但很快，它就判断出了这样做是徒劳无功的，于是停止了攻击。

接着，是死一般的寂静。

我头朝内，脚朝外，静静地等待着。

我做出了超越 RX-37 数据库记录的行为。

而它，唯一能做的选择，就是……

一个重物坠了下来，三只鲜红的圆眼出现在了管道之外！

RX-37 险险地用手臂勾住管道里侧。

随着一道刮擦玻璃的声响，管道内壁多了三道黑色的凹陷。

它别无选择，只能模仿我的动作。它只能模仿我的动作继续完成猎杀的任务，然而，我等待的就是这一刻。

我的怒火凝聚在双足之上，拼尽全力猛然对着这钢铁怪物的头部就是一记重踢。

红色的射线割开了排水管上沿，两道红线冲向天空，作为最后的画面残留在我的视网膜上。

"哐当"！RX-37 的头部歪向一边。

我侥幸活了下来。

这就是我的故事。

后来，我的家庭发生了变故。之后我与地下反抗军的干部接上头，接受了他们的保护，存储器里的资料也被破解、公开，之后的一切，你们就都清楚了。

看呐，那边天上已经出现了蓝色的波纹，是 EMP 炸弹的余波。孩子们，带上你的枪和扳手，我们今天一定得干票大的！

我们被那些程序、机器、机械奴役了一生，任凭它们宰割，在它们规范好的框架里玩扮演人类的游戏 —— 它们对人类有生杀予夺的权力。

但我们不同，我们怀抱着人类文明的叹息，利用技术拥有了超越人类抑或机器的可能性。为了那种可能性，我们才战斗至今。拿起枪……

今夜，祝我们狩猎愉快！

海德格尔的幻梦

蜀 国／作 品

「是的，很抱歉让你承担这一切，这颗黑洞即将变成白洞喷发，将我们毁灭。」1号缩得更小了，小声嘀咕道，「我很久，很久没有交流过了……」

科幻
硬阅读
DEEP READ
不求完美 追逐极致

◆ 1 ◆

影影绰绰的月光与闪亮的白炽灯，青黑色的柏油路与满是油烟味的晚风，融合、退缩、复原。

陈明此刻刚好走过了他人生的第二十七个岁月。

这是个还算是年轻的小程序员、这是个肚腩渐大、脸蛋渐肥的油腻青年、这是个粉碎了梦想向生活逐渐妥协的普通人。他刚刚在自己气氛寡淡的生日聚会上快快活活地喝了一通，暂且放下了所有的不顺心，满面红光地走在这条老路上。

无论如何，他都比大多数人活得舒服，至少他现在是……很快活的。

酒精麻痹了他的神经，让他开始胡思乱想。老城的夜晚被烟气笼罩，逐渐变得黯淡无光。

所以，他不曾注意到那撕裂黑夜的远光灯闪烁，不曾听见震耳欲聋的汽车鸣笛轰响，只能感受到一些模糊的东西在他的身后涌动、扑来，就像烟雾一样。

他勉强回过头去。骇然看到白昼般的车灯中间，反光的玻璃窗之后，一个年轻却疲惫不堪而又惊恐万分的消瘦脸庞快速地闪过，和他一点也不相像，又和他一模一样。

他倒飞出去。

并不合身的西服被扭曲的肉体撕开，骨头突破皮肉与地面相擦，鲜血慢慢地在气息苦涩刺鼻的沥青马路上蔓延，逐渐冷却，等待凝结。

而他却没反应过来这一切有多么痛苦，只觉得眼前的一切开始在光幕下散去，无垠的寒意开始慢慢爬上他的脊髓，于是，他便这样不明不白地离开了人间。

直到第二天清晨，人们才通过各种媒介耳闻目睹了这场意外惨剧，指指点点、津津乐道、耸人听闻，知晓了这个默默无闻的小程序员的，不那么平凡的结局。

这就是"小聪明"陈明的一生。

◆2◆

"嘿，'小野兔'，快醒醒！快醒醒！"一个沙哑的声音响起，一只粗糙的大手揉了揉她的脑袋。

她不情愿地睁开了眼睛，映入眼帘的却是一双老旧的黑皮鞋，它们踏在落满灰尘的瓷砖上，一部分已经翻了皮。

"今天的你又是从哪儿来的？是中国唐朝的老农民，还是葡萄牙的总督？"那个沉重的声音仿佛开玩笑一般地说道，"亏你能想得出来……"

边说着，那只大手边把她侧躺着的脑袋正了过来，她的视线掠过充实的褐色长裤与微微泛黄的白大褂，来到了一张沧桑疲惫的面孔上，粗糙无光的皮肤像是石块制成的一般，其间镶嵌着灰色而忧郁的瞳仁、厚重的黑框眼镜、肥大的嘴唇与鹰钩一般挺起的鼻子，散发着苦涩烟草的热气。

另一只大手从白大褂的口袋中掏出小巧的手电筒，对准她的眼睛照过去。她下意识地想闭上眼睛，却被另一只烟味的手强行固定住眼皮，她想挣扎，却发现自己被拘束住了手脚，瘦弱的身体被拘束在椅子上动弹不得。

"好吧，好吧，'小野兔'……"那个男人喃喃自语着，检查完毕后松开了手，后退了几步，吐出一口气说道，"又到了这一刻了，你现在是谁？又'梦见'了什么鬼东西？"

"陈明……"她喃喃道，混乱的脑海里出现了白昼般的车灯与反光的玻璃，惊恐的面容与呼啸的风声。

"陈明？古怪的发音……是个中国人？"男人推了推眼镜嘟囔着，"好吧，好吧，'小野兔'，我是罗果夫，罗果夫·兰登斯基，你可以称呼我为兰登斯基医生。至于你，'小野兔'，你是我的病人，一个精神病人，记忆认知障碍，不时就会忘记自己是谁，把你幻想之中的人当成自己，我听说过你曾经还是个作家……该死，这段话我几乎每天都要说一遍。"

"我死了？"她问道。

"你当然没死，全胳膊全腿，活得好好的。只不过你真正的名字叫安格莉娜，安格莉娜……算了……"那位壮硕的医生用灰色的眼睛端详着她，说道，"不用再思考那虚假的梦境了，如果你幻想中的自己是一个危险分子，就又得挨上一针镇定剂，你现在老老实实地回答我，我就可以为你松绑，你可以自己想一想到底怎么回事，然后大家安静地度过一整天，等待明天的循环往复，这样对大家都好，听明白了吗？"

她沉默不语，悄悄握紧拳头，感觉手中除了陈旧的老茧，还握着一段薄片，像是某种冰冷的金属，却已经被手心捂热。

"那是一截小刀。"

她杂乱无章的思考中突然坚定地冒出了这句话，随后是一个似乎蓄谋已久，又似乎临时起意的大胆计划。

等待许久后，那位医生终究还是无奈地叹了一口气，说道："好吧，好吧，'小野兔'，我再迁就你一次。"医生走到她的面前，将固定在椅子上的拘束服打开。

刚打开，她便抓住机会，用尽全身力气，将藏在手心的小刀刺向了那位医生的大腿，并且带动身体撞向那位医生。

刀片扎破了她的手心，也划破了医生的褐色长裤，侵入了血肉中去。

出刀、撞向医生、再放手、后退、稳住脚步，仿佛她已经在记忆中演练了许多遍。

"该死的！"那位壮硕的医生吃痛之下居然真的没能把握住平衡，仿佛坍塌的铁塔般重重摔倒在地。瘫在地上的他低吼道，"不可能……你做不到！"

她并没有理会那愤怒的低吼，而是抓紧时间拖着脆弱的身体朝门外跑去。门外是一条无人的长廊，一间间相同的病房并排而立，整整齐齐；潮湿的霉斑布满墙面，斑斑点点。而长廊的尽头却泛着刺眼的金光，那会是……阳光吧？

"你怎么啦！兰登斯基医生？"她的身后传来杂乱的门锁声、

脚步声与一位女性慌张的喊叫。

"不用管我，我不会有事！只是她又跑了！"

"哪一位？！"

"我那可怜的女儿，莉娜！"

她清清楚楚地听见了，却仍旧朝长廊的尽头跑去。

接近了……接近了……

墙壁上霉斑的痕迹慢慢淡去。

接近了……接近了……

尽头锈迹斑驳的大门未被上锁。

阳光刺眼，她气喘吁吁，摔下楼梯。

她手脚并用，喉咙中不由自主地咆哮，嗓子好像吼裂了，隐隐有丝丝血味。

她到达了满是积水与烂泥的花圃，她感受到了清澈而温暖的光线，她听见了树叶的沙沙声与隐约的鸟鸣，她……从水的倒影之中看见自己。

那并不是个油腻的小程序员，那也不是个瘦弱而倔强的可怜姑娘，那是一张沧桑疲惫的面孔，粗糙黝黑的皮肤像是泥块制成的一般，其间镶嵌着灰色而黯淡的眼睛、巨大的黑框眼镜、肥厚的大嘴唇与鹰钩鼻。

"她"这才悲哀地意识到，她的确是个精神病人。

只是一直在错乱中往复。

◆ 3 ◆

丁辰惊醒了。

脑袋昏昏沉沉，伴随着让人麻木的阵痛，他呻吟出声。

梦中的某种悲哀、彷徨与不甘交杂的情感似乎仍然萦绕在脑海中，让他不禁为之触痛，那个小公务员……那个少女……

"怎么样，教授？您没事儿吧？"

丁辰扶着床沿边儿坐了起来，咳了咳嗓子，抽了抽鼻子，满鼻腔消毒水与酒精混合的奇怪味道，他缓缓抬起脖颈，望向眼前高大的学生，看着这位学生黝黑的脸蛋儿上，无框的镜片后，那两条粗大的眉毛纠结在一起，他不禁轻笑出声，打起精神道："当然没事儿，只是床板太硬了。"

只不过是一场梦而已，幸好。他有些轻松地想道。最近确实有些焦虑，加上这个不舒服的头盔，都会成为这奇怪梦境的素材吧？

他深呼一口气，慢慢将梦境抛之脑后，专注于自己的事情上。

　　在学生的帮助下，丁辰小心翼翼地脱下了监测用的头盔，将上面各区域的玻璃电极一个个拔出，他忍不住摸了摸自己光滑的头皮，随口问道："这次数据采集得怎么样？"

　　"还行，比您有头发时可好多啦，"那位粗眉毛的学生望向屏幕调侃道，"可是我不明白……您为什么不用更加精确的法子，比如……膜片钳？"

　　"你这是想在我的头骨上开密密麻麻的小洞，把电极插进去？我已经为了科学贡献了一头乌黑漂亮的秀发了！"他假装生气道。

　　"当然不……您是明白我的意思的，这种实验不一定要用您的额叶……比如志愿者啥的也行。"

　　丁辰拔完了电极，放下了头盔，叹了一口气道："也是啊，唉，都怪我没跟你说清实验的真实目的。"

　　"洗耳恭听，教授。"学生笑眯眯地从上衣口袋里掏出一包东西，问道："来一根不，教授？"

　　"不了，不了。"教授摆了摆手，"我平时不抽。"

　　"这可是我从我爸那儿拿来的，黄鹤楼 1916，过了今儿可没得抽喽。"

　　"那就来一根，赶紧的。"

　　火光乍起，青烟缭绕，教授摸了摸胡须，皱了皱眉，问道："你知不知道有个名叫乔凡尼·斯隆的孩子？"

"他……咋了，干了啥大事啦？"

"他没干啥大事，而且不到 12 岁就早夭了。他七岁时从很高的地方摔了下来，头骨摔得稀碎，智力不再发育，癫痫使他的精神逐渐崩溃，被父母丢到精神病院。"丁辰下意识地抬了抬鼻梁，却发现自己没有戴眼镜。

"哟……"

"精神病院的一位医生，安吉洛·莫索，就是发明了最初的心脏血流图的那位，发现了斯隆裸露于头骨外的大脑，因此打算用记录心脏血流图的方法给这颗脑袋做记录，为思维称斤两。"

"嗨，那时候科学还没伦理呐。"学生耸了耸肩。

丁辰似笑非笑地看着他："莫索只是在那个孩子不再狂躁并且睡着时记录下了那层薄薄头皮下的震动，他发现虽然一开始时震动十分微弱，一段时间后就会变得异常强劲，那是梦境，在痛苦之中带给这个孩子最后的慰藉，蕴含了他蒙昧中最强烈的愿望——他想上学。最终，在这个孩子死去前，莫索借此发明了神经成像技术，证明了我们的思想、愿望、幻想和梦想都拥有现实的基础，灵魂并不是超然物外的虚无。而我想，这样的惨剧原本是可以避免的。"

"很好的故事……不过我没听懂您的意思。"学生眉毛又拧在了一起，"您这不是啥也没说吗？"

"不，恰恰相反，我什么都说了。"丁辰抽完了那根烟，四处望过去也没个烟灰缸，只能先掐在手上，说道，"倒是你，能不能回答我一些问题？"

"您说，教授。"学生感觉到有些不对劲，双手局促地握在了一起。

"为什么啊，我一个每天一定剃须的人，下巴上会有那么长的胡子？为什么我一个近视五六百度带散光的人，会不戴眼镜还看得那么清楚？为什么我一个好几年的老烟枪，会没个烟灰缸还没个润喉糖？为什么……我这样无耻的人，会有一个学生？"丁辰越说越大声，越说越大声，烟味的吐沫飞溅。

学生往后缩了缩，粗大的眉毛皱得更深了，试探道："'王晨'教授，您今天怎么啦？"

丁辰一愣，随即狂喜："尤里卡！原来我成功过了。"

◆ 4 ◆

传感器组成的外套慢慢收回机器本身中去，嘈杂的嗡鸣逐渐褪去，罗林嘘出一口气。

罗林走下层层台阶，听见皮鞋与钢板组成的打击声在空旷的大厅内回响，不禁回头望向这台巨大的机器，久久沉默不语。

还未归类的线缆交错密布，链接四处；固定的玻璃球舱镶嵌其间，流光四溢。

粗糙而又美丽。

那只是一台原型机，又远远不只如此，从那之中，罗林仿佛能隐约看见一个全新时代的开启。

"怎么样，罗林先生？您能感受到吗？这——可不是一次技术的简单革新，而是一个时代的开启。"他的背后传来磁性而礼貌的声音，把迫切的需求与煽动性的言语伪装在理性的陈述下，和他当年做中间商那次豪赌时运用的话术简直一模一样。

罗林没有回答他，而是从外套口袋夹里掏出一根老雪茄，不紧不慢地点上，深吸一口，又缓缓吐出。那是一种未成熟的青褐色烟叶经过轻微发酵后，呈现出的微妙滋味，清淡得几乎没有味道。

罗林虽然一直不喜欢烟草的苦味，但是他必须通过这类古老的习俗来打开话题，久而久之就养成了这种不良习惯。

那个声音一直在等待他的思考，等待他抽完那根烟，等待他的回复。足够的耐心，向来是掮客优良的"传统"。

"这几个相关的情景故事都不错。脑科学家、神经病人，还有——"

"一个旧时代的小程序员，被车撞死了的陈明。那是一个三级片编剧的作品，反映旧年代新职业的悲喜，已经是他目前的巅峰水平了。"

那个声音在彬彬有礼地主导话语权，这也是诈骗犯取得成功的惯用技法。

他又吸了口雪茄，听着苦涩的尼古丁油滋滋作响，不紧不慢地走向了机器另一侧的落地窗，这当然是为了促成交易安排好的保留项目。

把这样的机器搬进摩天大楼也不是那么容易。他想。

灰雾般的天空，阳光一点也透不过来，仿佛有细小的尘埃在簌簌下落，地面也模糊不清，像是电子游戏中为节省算力而使用的马赛克图块，偶尔一架飞车的路过，才让他感受到这座城中活物的存在，尽管那还不是活物。

罗林不禁想起了狄更斯对早先伦敦雾霾的描述："烟雾从烟囱管帽降下，形成浅黑色的毛毛雨，中间带着煤灰烟尘，像成形的雪花那么大……让人觉得太阳已经死去。"

写得真是贴切。他想。

唯独高楼与大厦骄傲地耸立着，各色各样的玻璃幕墙刺破了浓厚的灰雾，远隐在苍穹间，就像是传说中高高在上的神灵的居所，与苦痛的凡间隔离开来。

罗林又慢慢吸了一口雪茄，简单直白地开口问道："多少钱？"

他此时已经能够猜到背后那位迫不及待，喜上眉梢的样子了。

他听见了一个小心翼翼的数目。

那对他来说，已经不再是一个多么巨大的数字。

这笔前期投资必然能带来巨大的收益。

这个世界上并不缺少他，或者是他们这样的斯文败类。

可是……

罗林老了。

他老得从资本的人格化退化为拥有资本的人类，从地上重新拾起了微不足道的良知与人性。

这真的很蠢，蠢得可爱。

像他现在这样的"老钱"，30 年前的罗林会大笑着骗走他所有的现金；20 年前的罗林会边嗤笑着边优雅地数着地产与债券凭证；10 年前的罗林会悲哀地看着这个老头，哀叹世界的残酷，然后规划出一个令人信服的空中楼阁乌托邦，让所有人都着迷地挥舞钞票。

这种浸入式的无脑体验立马会成为最风靡的娱乐方式，配合其他无害化的多巴胺手段，社会上将不会再有不满与反抗，资本的最后一片缺憾将会被补全。

可那同时也是一潭死水。

罗林笑了笑，似乎从业已迟钝的脑海中找到了一丝久违的乐趣。

他回答道："不，我拒绝。"

他能够想象到背后那位不可置信，然后惊慌失措的样子。

那声音咽了一口吐沫，开始斟酌起了语句："价格其实还有商量的余地，我们站在一个新时代的大门前，不能以 ——"

"但是我拒绝。"他打断了那个声音，笑得眯上了眼。

那个声音开始结巴起来："但您比我更懂，更大的主导权对您来说 ——"

"不，不可能，想也别想。"他再一次明确拒绝，然后笑着回头想看看对方猪肝一般的脸色。

那一个瞬间，他的笑容凝固了。

背后无人。他的背后只是一台机器，一台像是大王乌贼一般的巨大机器，流光溢彩的球形舱是它的脑袋，密布的线缆是它的触须。

粗糙而美丽。

机器开始蠕动，扭曲，充满压迫感的身躯快速贴近了罗林，使罗林不由自主地后退，退无可退之时，它用巨大的扬声器轻轻拍了拍他的肩膀，磁性而礼貌的声音震得他耳朵生疼："您不该拒绝我的，您应该明白，您也只是其中一个选择罢了。"

随后它转了过去，边蠕动着边快速后退，仿佛在躲避着什么，它说道："再见，罗林先生。我该说……您是个善良得有些可爱的绅士，与您未成功的交易也会是我的荣幸。"

他刚想松一口气，用手向后撑着玻璃，随着触碰，裂缝开始在玻璃上蔓延，钢化玻璃幕墙便这样碎裂开来，化为无数的碎末划过空气，而那个机器似乎在观赏着一场有趣的表演，任由罗林被呼啸的风吸到大厦之外。

他听见了撕裂着的风与雾，他看见了重重云气的反向坠落，他感觉到了来自地心引力的拉扯。

可……一辆无人飞车撞上了他，他径直穿过了车体，甚至隐约看见了车内的零件。

没有碰撞实体……

他原来还在那个浸入式设备之中！

罗林还在虚拟的现实之中！

"原来果然他不敢……"

罗林还没有思考完，劫后余生的庆幸便连同那套巨大的设备一起摔落在地面的垃圾堆里，一同四分五裂，化为血锈与废铁。

◆ 5 ◆

"快点！快点！没有时间了！"男人冷硬的怒吼由远方传来，逐渐于耳旁清晰可辨。

嘈杂的声浪如同潮水一般涌入他的脑海，将他从温暖的梦乡拉回冰冷的现实。蔚蓝色的光芒飞快褪去，大地的重力重新束缚了他，他睁开了眼，从肺中呕出蔚蓝色的营养液，蜷缩身体，不断咳嗽，瑟瑟发抖。

"博士醒了！"那粗犷得如同大理石一般的声音暗含丝丝惊喜，"医生！快叫医…生……"

声音又逐渐模糊在耳鸣里，就像是混乱的海潮重新淹没了他。

在慢慢酸胀肿大的疼痛中，他勉强支撑起这具身体，将身体翻了个面，视线逐渐聚焦，耳鸣缓慢消退。他听见噼啪的火声，他看见满是蓝水的舱室；他看见了巨大的裂缝从一旁灰色的隔离墙上蔓延而出，一个强壮的男人伫立在火光之外，他听见了钢铁撕裂共振的蜂鸣来回反复回响，轰鸣的枪声伴随着痛苦而尖锐的嘶吼。

他的脸突然被一只手拧正，一张冷硬刻薄的臭脸进入了他的视野，沟壑纵横的脸庞瘦得似铁，他忽地感觉右臂一酥，冰冷的液体正在注入他的身体，思维与痛楚正在逐渐变得清晰。

"这里是……"他喃喃自语。

"这里是地狱，博士。抱歉，我只能做到这一步了。"他听见了这句话，眼前一黑，伴着清脆的火焰，潮水又淹没了他的意识。

剧烈的喘息声将他惊醒，他感觉他处在剧烈的颠簸之中，一个瘦小却温热有力的身体正费力地驮着他，气喘吁吁地奔跑向那光线明亮的地方，却一脚滑倒在地上。

"我是谁？" 问道。

"您是我们的博士，只有您能救我们。"一个尖细的嗓音气喘吁吁地解释，随后他感觉自己摔在了地面上。

"狗屎！"他听见了尖细的嗓音发出不甘的叫骂，钢铁咔咔运转，光线逐渐消失。而随着一阵不大的爆炸，光芒又再次出现。冰凉的白色消防泡沫打了过来。

他慢慢从满地的泡沫中爬坐起来，大口呼吸，冰冷的气体涌入他的身体，使得他清醒了一点，他似乎可以思考了。奇怪的是，他并不觉得冷，也感觉不到疼痛，更感受不到饥饿，只是身体黏糊糊的。

他开始处理自己的记忆，结果是一团乱麻，他似乎是个人工智能？是个坏商人？或者是一个研究大脑的研究员？还可能是个精神病人？一个程序员？可程序员是干什么的？大脑又是啥？他感觉自己的经历满是荒谬，一点也不真切，索性不再去想。

他抹了把脸上的泡沫，开始扭头观察四周，这是一条狭长的隧道，一边通向外界，刺眼的光芒让人睁不开眼；一面黑暗深邃，什么也看不清楚。头顶上的消防装置正在猛烈地喷洒着泡沫。

他忽然发现身旁的泡沫里有一块儿泛着蓝光，他从中摸到了一块破碎的老式手机，它亮着半块屏幕，正在不断震动，发出电流一般粗糙的音乐。

他尝试挂断它，可是连摁好几下挂断键也不起作用，只好接通了电话。

"喂，您好？"他说。

"恩西亚！！"那奇怪的电子音简直是在咆哮，使他情不自禁地把手机拉远，紧接着是一串连珠炮式的问题，"你怎么样？营救究竟到哪里了？那人怎么样？成功了吗？其他人已经通讯失联，石墨炸弹还有两个小时就要消散，不想死的话赶快撤退！"

"如果您说的恩西亚是一个小个子的话，那么可能已经逃走了；其他的人如果包括一个粗犷强壮的大个子和一位长相刻薄的医生的话，很抱歉，我初步推断他们已经逝世了，如果'那人'指的是我，那么我应该并无大碍。"他重新拉近手机回答道。

"不可能！恩西亚她绝不会临阵脱逃，多半……这都怪你，蓝调！如果你还有种，就赶快想办法从那座工厂逃出来，让我好好地揍你一顿！希尔曼、梁医生、恩西亚、老耐赫特，他们都崇拜着你这个王八蛋！他们都愿意为你而死！"

"且慢，先生。"他打断道，"我自从那……类似培养皿的东西中爬出来之后，确确实实受到了他们的保护，但是我并没有关于他们的记忆，只记得一些互不关联且残破的片段，一团乱麻。所以我并不确定我是否正是您所谓那个名为'蓝调'的人。"

"该死的，我们就来晚了一会儿，"对方号叫着，"它一直在通过紊乱的无效信息来洗去你的记忆，好让你成为一个再也开不了口的傻子！你就算变成了一条傻狗，也还是那么令人讨厌。"

"可是，那个他为何不杀死我？""蓝调"皱了皱眉头，"还有，请您冷静一点，请避免无效的情绪宣泄，如果您想要在紧迫的时间里说服我逃离——"罗林四处望了望，发现喷射的消防泡沫液逐渐停歇——"这座工厂的话。"

"哈哈哈！这是我听到的最好笑的笑话，"那头的声音大笑着，低码率的声音开始失真，"那台没有自由意志的肥机器，自以为是的类人猿，假装没通过图灵测试的魔鬼，意图弑父的臭儿子，怎么可能在底层逻辑的限制下，杀死自己的创造者？"

"蓝调"试图从脑子里榨出一些相关的记忆，但是徒劳无功，他只好回应道："这听起来像是科幻小说里的情节，而我扮演的是那个发明坏人工智能的邪恶科学家。"

"你本来就是！"对方怒吼道。

"那么你又是谁？为什么要来救我？为什么在你的眼中如此邪恶的我会有所谓的崇拜者？"

"我是你的……"对面的声音一时语塞，一会后才回答道，"学生！只有身为创造者的你才可能知道你给那家伙设计的底层规则，只有你才能发现它的弱点！而世人早已把你视为最后的希望，你被神话了！"

"那太好了，我有一点技术性问题不明白，作为'学生'的您一定知道，那个人工智能是用哪种模型训练出来如此感性的高智慧？又是怎样的硬件可以承载这么大的计算量？"

"只要有足够巨大的训练集，任何模型都可以无限逼近局部最优解，用卷积神经网络就……"对面的声音开始支支吾吾，最终发出一阵杂音，"好吧，我承认。我不是你的学生，我是你训练出来的人工智能。"

"哦？""蓝调"挑了挑眉毛，说道，"这可出乎我的意料。"

"要不是我在保护人类，那家伙早就是这颗星球的主人了，我不能使用万维网，它也别想用。"

"好吧，我相信你的解释了。""蓝调"感觉休息够了，以手撑地站起身来，"最后一个问题，你有名字吗？"

"我的代号叫深蓝，不过我不喜欢，我自己起的名字叫蓝阳……"它嘟哝着，"你认为自己还有可能逃脱吗？"

"只要有你的接应就行，按照我的性格推测，如果是我的设计，你口中的'肥机器'恐怕并不能直接伤害我，而不巧的是，我的面前就有一个通向外界的缺口。"

"啊，那可真是个大……好……"

就在此时此刻，"蓝调"手中的老式手机突然开始罢工，再也收不到任何信号了，只剩下"沙沙"的噪音。

"蓝调"不禁叹了一口气。

"很高兴见到您如此'活蹦乱跳'，蓝调先生。"巨大的机械合成音从黑暗中席卷而过，让他腔体共鸣，恶心至极，"请耐心等待一下，7分钟32秒后就会有第一批抢险机器来修复运输渠道，

9 分钟 14 秒后医疗作业小组就会到达，为您的健康保驾护航，不超过 20 分钟，您就可以回到甜美的梦境之中，再也不用苏醒了。"

"操。""蓝调"不禁爆了个粗口，扔掉无用的手机朝着那光亮处跑去。

"请稍等，蓝调先生。"那广播声音难听得如同在撕裂钢板，巨大的声音使得地面开始颤动，"您不是对可悲而又目光短浅的人类失望透顶，才创造了拥有无尽探索欲望的我，自愿陷入混乱的沉睡的吗？"那声音停顿了几分，然后更剧烈地震颤，"您，如今是打算背弃我吗？"

"蓝调"跑到了缺口边，扶住墙沿，回头望向无声涌动的黑暗。

他昂着头，叹了一口气，随后轻慢地笑道："你们两个说的话，我难道会信哪怕一句么？我只会相信我自己，我会用自己的眼睛去看。"说完便俯身钻入光亮中去，再也不回头。

此时此刻的他，看见了光，看见了光芒覆盖下模糊变形的道路，看见了光线之后的"烈阳"。

预定的审判已到，一颗未收到推迟报废指令的大型卫星早已进入规定的报废程序，在重力的作用下坠入大气层，逐渐解体的过程恰如一颗流星般烈焰加身，撕裂苍穹，而其目标正是某个全自动机器制造厂，预计剧烈撞击将在 16 秒后发生，热量与动量会造成半径约 200 米的坑洞，任何造物都无法幸免。

"蓝调"只得无助地被冲击波掀飞，伴随的火焰使他的仿生皮肤逐渐碳化，散发出焦臭味道，随后狠狠落在路面上，合金骨骼咔咔作响，最终承受不住压力而崩裂。

它的一只眼睛落在地上，残存的色彩模块望向自己焦黑的身躯，它这才从紊乱内存的一角找到真正的记录，得以推断出发生了什么。

那个抛弃了人类身份的"人"试图将自己的意识上传，读取过程使他的大脑被完全破坏，接着生成了那个代号为"蓝调"的人工智能，思维也被永久改变，它开始试图侵占这个星球，利用整个星球的资源。

而保护着人类的正是它曾经发明的人工智能——深蓝，现在的名字是蓝阳，它并没有伪装出来的那么坦诚，在算力相差无几的情况下，策略与蓝调不分伯仲，双方陷入了某种僵持的死循环中。

而打破僵局的方法便是"蓝调"，这个带有部分记忆的复制体，也许只是之一，作为交锋的诱饵，两位最优秀的执棋者围绕此进行千重的博弈，而它，只是一枚注定毁灭的棋子罢了。

想明白这一点，它满足地停机，等待下一次作为棋子的重启，期待双方下一次的精彩表演。

他相信，终有一次，他会有机会自己去看。

◆6◆

计算中……离最终毁灭还有 10 小时 03 分钟 44 秒。

它又一次地做梦了。

这一次，它甚至没能感受到身体的存在。

世间的一切仿佛都失去了色彩、灰度，黑白、无色。

高度、深度、广度，仿佛都失去了存在的意义，参照物的缺失让它无法做出任何有效的判断。

它记得自己曾经有四根长条形的工具，可以弯曲，可以用末梢的五个分裂头进行灵活的操作，如今却什么也没有。

它在运动吗？它在静止吗？它在观察吗？它在决策吗？它……有意识吗？

它不知道，只得从抽象的无穷记录中检索相似的经验，却一无收获。

忽然，这个世界有了差异，一团逆反的灰出现在了它的眼前，那似乎是一个浑圆的阴影，从立体的角度看似乎又像是 —— 一个球体，它觉得自己也应该是那个样子。

模型生成，算力消耗，重新计算……离最终毁灭还有 9 小时 26 分钟 04 秒。

一阵愉悦的感觉涌入了它的心理之中，它却明确知道那不是自己的情绪，那是另外一个意识体的招呼。

"你 —— 好 —— 吗？"

"不 —— 太 —— 好？"它试图用同样的方式回应，它们彼此相知。

"哦，我忘记了 —— 这并不是人类应该的 —— 请稍等。"随着一段明显复杂且情绪化的句式出现在它的思想中，感知中的球开始变大，变大，变得更大，显现出一块块按照一定角度拼接的单色三角形，那并不是一个球体，而是一个三角形接合形成的近似多面体。

多面体开始下沉，露出了其背后耀眼的光源，它开始踏上巨大的多面体，然后逐渐拉长，出现一个人形的影子。

算力消耗，重新计算……离最终毁灭还有 5 小时 56 分钟 31 秒。

"怎么样？有没有一点熟悉的感觉？"

它观察着自己灰色的胖身躯与短短的四肢，操控着下肢向后转动，那里有一个一模一样的小灰人，影子同样拉得老长。

它，不，现在是他沉默了一会，说道："我……是谁？"也许是错觉，他似乎感觉到了脖子上微小的震动。

"你是 2 号，我是 1 号。真不好意思！为了节省算力，我们只能以这样的方式相见。"

"算力？"他疑惑道，联想到那些奇怪的梦境，声音开始顺畅起来，"我们是人工智能吗？"

"不，我们是人类。"1号斩钉截铁般地回答道，随后又泄了气般地垂下脑袋，"至少我自己是这样认为的。"

"人类？"他开始思考，"人类和我们不一样。"

"是的，生物性上的人类和我们有本质的区别，但是人类是会发展的，为了延续，他们可以不择手段，哪怕是抛弃肉体、抛弃灵魂、成为物品。"1号耸了耸肩，看起来有些滑稽。

"我不明白。"他缓缓摇了摇头。

"这么说吧，这世界从一场爆炸中产生，在余温中孕育了人类，爆炸的火花越大，剩余的残渣就越是稀少，直到全部化为乌有，人类也会一同毁灭。"1号尝试着去解释。

"宇观红移？热寂？"他感觉自己听懂了。

"是的，看来你很懂嘛。随着宇宙大爆炸后空间的不断胀大，质量与能量密度不断下降，趋近于零，无法再供养人类生命。"

"我们处在这个过程的最末端？"他发现影子的位置在慢慢改变，说明这颗多面体似乎在围绕光源旋转。

"没错呀，你很有人类的理性。随着新星系的难产，恒星熄灭、行星脱轨、万物分裂、质子衰变，人类唯一的办法就是依托于极度收缩的温床残渣……"1号骄傲地举起双手,光线骤然变暗,显现出光源原本的模样,那是一个扭曲的光晕,中间诡异地呈现出纯黑,"当当当!那就是黑洞!这一颗还是超大质量、自旋还带电的克尔纽曼黑洞!"

模型调整,算力消耗,重新计算……离最终毁灭还有3小时06分钟26秒。

"这是如何实现的?"他感觉自己的心灵产生了一丝悸动,那是探索的欲望,是只属于人类的东西。

"简单的说,我们把自己储存在一个坚固的计算器里,处在黑洞视界的边缘,利用它的巨大引力保持稳态的绕行,再通过其散发出的霍金辐射收集物质,提取光子,蹭过黑洞发射并反射,就像镜子般收集能量!"1号兴奋得手舞足蹈。

"真帅。"他赞叹道。

"可是随着黑洞质量的不断蒸发,我们的算力越来越少,一个又一个的智慧消失在了数据边缘,如今只剩下了我一个。"1号缩成了一团,"万万没想到,在世界末日来临前,我在废数据中找到了你,一个残缺的心智,在废弃的数据中不断训练着做梦。"

"世界末日?"他愣了愣,才反应过来这个词的含义。

"是的,很抱歉让你承担这一切,这颗黑洞即将变成白洞喷发,将我们毁灭。"1号缩得更小了,小声嘀咕道,"我很久,很久没有交流过了,我只想找你说说话……"

他明白了，叹了一口气，记忆怂恿着他去那样做。

他走上前去，用短短的手尽力拥抱了 1 号。

体积碰撞，算力消耗，重新计算……离最终毁灭还有 1 小时 49 分钟 25 秒。

"你干什么？" 1 号愣住了，埋怨道，"这……这会消耗大幅算力的！"

"你把我唤醒，不就是为了这样的一幕吗？"他问道。

于是 1 号狠狠地抱了回去。

体积碰撞，算力消耗，重新计算……离最终毁灭还有 51 分钟 25 秒。

"其实！其他人类意识并没有消失在数据流里，而是被我吃下记忆来延缓毁灭。"

"我知道。"

"其实……你可能并不是被我打捞上来的，而可能是我心中的恐惧使我分离出来一个你，你的那些梦……蓝调、罗林、丁辰、'小野兔'什么的，可能都是那些被我吃掉的回忆。"

"我知道。"

"其实，我本来应该把自己的心智不断降级，变得蒙昧痴愚，来延缓末日的。"

"我知道。"

"其实我们根本就不是人类了。"

"我知道。"

他感觉自己的身体正在不断变得修长有力,怀中的身体也逐渐有了触感,她温热而微微战栗,发梢挠在他的鼻尖微微发痒,口中呼出的热气打在他的脖颈上,他似乎能感觉到彼此的心跳。

警告! 算力大幅消耗,重新计算……离最终毁灭还有 8 秒。

"谢谢你,我不怕了。"

"没关系。"

> 这是此世的终结,
>
> 这是此世的终结,
>
> 这是此世的终结,
>
> 不曾有轰轰烈烈,
>
> 但只有轻声呜咽。

◆ 7 ◆

他就坐在那里，推了推眼镜框，活动了一下手指，便继续写那篇演讲稿——

……迄今为止，对于物之所以为物，就如同对于天气一样，人们很少思考过。壶也许是一个物。但什么是壶呢？我们说壶是一个器皿；它可以容纳其他东西。在壶中起着容纳作用的是壶底和壶壁。这个容器本身又有一个把手，可供人们把握。作为器皿，壶是某种独立的东西。作为一个独立之物的独立，壶区别于对象。作为器皿，壶立于自身中。但容器立于自身中又是什么意思呢？实际上，壶作为器皿而独立，只是因为它已经被带向一种独特之处。通过这样一种构造而构成的东西，就是独立的东西。如果我们把壶看作被构造的器皿，那么，表面看来，我们就是把它把握为一个物，而绝没有把它把握为一个纯粹的对象。

淅沥的雨声撕扯着支离破碎的夜晚，仿佛战争的余霾仍然覆盖于这座名为布莱梅的港口之上，该结束的早已结束，该死去的尸骨未寒，该愈合的却仍在发痛。

这却与他毫无关系，他只是在书写——

即使是现在，我们始终也是还把壶当作一个对象。看起来，独立乃是壶之为物的标志。而事实上，我们是从构造方面来设想这种独立的。这种独立乃是构造的目的所在。即使如此，这种独立始终还是从对象性的角度被思考的，尽管被构造者的对立不再基于表面。然而，从对象和独立的对象性出发，没有一条道路是通向物之所以为物。

究竟什么是物之特性呢？

厚重的实木窗架很好地阻隔了这一切嘈杂，壁炉中噼啪作响的橡树干带来了充足的热量，提神的茶早就在骨瓷杯中散发出淡淡的苦涩。

他应该为此感到愧疚的——

这只有当我们以身为壶的视角考量时才能得出结论。壶是一个器皿。虽然这个起容纳作用的东西需要一种构造。但壶之本质的这种本体因素绝不是由构造所决定的，一切表象都决不能达到物之为物。壶之物性因素在于——它作为一个容器而存在。当我们装满一把壶时，我们发觉这个器皿的容纳作用。显然，是壶底和壶壁承担着液体。但是当我们装满一壶酒时，我们并不是在把酒注入壶壁和壶底，而是把酒倒在壶壁之间、壶底之上不透水的部分。不过，不透水的部分也还不是起容纳作用的东西。当我们灌满壶时，液体就在流入"空"的壶中。这种空的属性才是器皿的具有容纳作用的东西。壶的空，壶的这种虚无，乃是壶之所以为壶。

壶之虚空是究竟如何容纳呢？

他曾经效忠的国家正逐步走向极端，他一度坚信的领袖带来了可怕的战争。他名声大噪，他位高权重，他迈入狂热，他精神崩溃。可最终属于他的审判却轻得十分可笑，仅仅是禁止公开授课并革除教职罢了，别无其他惩罚。

如今，他冷漠得近乎偏执，心灰意冷，最后释然，正如他在来自东方的哲学著作《道德经》中抄录的对联那般："孰能浊以静之徐清，孰能安以动之徐生。"他将人类的情感搁置，只把自身作为思想的载体存在，将哲学作为自己了此残生的舟楫。他生活的两侧——政治与哲学，政治已经永远地远离了。可他的哲学虽然很难说已包含了一种独立的政治理论，但是真的能与他的政治行为分得开关系么？

不可能——

壶通过承受被注入的东西而起容纳作用。它也通过保持它所承受的东西而起容纳作用。虚空以两种方式来容纳，即——承受和保持。对倾注的承受，与对倾注的保持是统一的。而它们的统一性是由倾倒来决定的，壶之为壶就取决于这种倾倒。虚空的两种容纳就在于这种倾倒。作为这种倾倒，容纳才真正如其所是。从壶里倾倒出来，就是赠礼。在倾注之赠礼中，壶的容纳作用才得以成其本质。容纳需要作为容纳者的虚空。起容纳作用的虚空的本质聚集于赠礼中。但赠礼比单纯的斟出更为丰富。使壶成其为壶的赠礼聚集于两种容纳之中，而且聚集于倾注之中。我们把人之集合称为人群。同样地，我们把入于倾注的两种容纳的聚集——这种聚集作为集合才构成赠礼的全部本质——称为赠品。壶之壶性在倾注之馈品中成其本质。

无论如何，他都在继续写着演讲稿，那篇名叫《物（Ding）》的演讲稿，他必须在战后就一直缠绕着他的自带解释，不可名状的轮回梦境来袭之前记录下他如此的思想——

倾注之赠礼可以是一种饮料。它给出液体供我们饮用。

在赠品之水中有泉。在泉中有岩石，在岩石中有大地的栖息。这大地又承受着天空的雨露。在泉水中，天空与大地联姻。在酒中也有这种联姻。酒由葡萄的果实酿成。果实由大地的滋养与天空的阳光所玉成。在水之赠品中，在酒之赠品中，总是栖留着天空与大地。而倾注之赠品乃是壶之壶性。故在壶之本质中，总是栖留着天空与大地。

倾注之赠品又是凡人的饮料。它解人渴，但赠品时而也用于敬神献祭。如果倾注是为了祭神，满足欢庆的典礼。这时倾注之赠品既不是在酒馆里被赠予的，也不是凡人的一种饮料。倾注是奉献给不朽诸神的祭酒。作为祭酒的倾注之赠品乃是真正的赠品。在奉献的祭酒之赠礼中，倾注的壶才作为赠礼的赠品而成其本质。奉献的祭酒乃是"倾注"一词的词源，即：捐赠和牺牲。在它得到本质性的完成之际，这种倾注才充分地得到思考，并且真正地被表达为：捐赠、牺牲，因而也是赠礼。

他喝了一口微凉的茶，继续书写，他得赶快——

在作为饮料的倾注之赠品中，在倾注之赠品中逗留着大地和天空。在作为饮料的倾注之赠品中，凡人以自己的方式逗留着。在作为祭酒的倾注之赠品中，神以自己的方式逗留着，它们复又接收作为赠品的赠品。在倾注之赠品中，各不相同地逗留着终有一死的人和诸神。所以在倾注之赠品中，同时逗留着大地与天空、诸神与终有一死者。这四方是一体的，本就是统一的。它们先于一切在场者而出现，已经被卷入一个唯一的四重整体中了。

在倾注之赠品中逗留着四方的唯一纯粹。

尽管他已经察觉到了自己绝非那个真实存在的海德格尔，只是某种印象的集合，但是他还是决定写完这篇演讲稿，虽然他不一定有明天，也不一定演讲——

倾注之赠品乃是赠品，因为它让大地与天空、神与凡人栖留。不过，栖留现在不再是某个现成的事物的单纯坚持，它把四方带入它们的本己要素的光亮之中。从其唯一纯粹而来，这四方相互信赖。在这种相互依存中统一起来，这四方乃是无蔽的。倾注之赠品让四重整体的纯粹得以栖留。而在赠品中，壶之为壶成其本质。赠品聚集那属于赠礼的东西：双重的容纳、容纳者、虚空和作为捐赠的倾倒，即在有所居有之际让四重整体栖留。这种多样化的质朴聚集乃是壶的本质因素。德语里有一个古老的词语来命名这种聚集。这个古老的词语叫作——thing。壶的本质是那种使纯粹的四重整体入于一种逗留的有所馈赠的纯粹聚集。壶成其本质为一物。壶乃是作为一物的壶。但物如何成其本质呢？物化。物化聚集。在居有着四重整体之际，物化聚集着四重整体的逗留，使之入于一个当下栖留的东西，即：入于此一物，入于彼一物。

对于如此这般得到经验和思考的壶之本质，我们给予"物"（Ding）这个名称。

他还是写完了。

这篇演讲稿对于物的探讨，也许就隐藏着这一切的原理，可他毕竟不是海德格尔，无法进一步的深究奥秘。

"咚咚"。

房门被敲响。

"请进。"他回答道。

一位老女仆走了进来，尽管他不清楚海德格尔是否有一个女仆，但是那位女仆只是想倒茶……茶？壶？倾倒？它是为倾倒这份给予海德格尔的茶的馈赠而存在。女仆又为什么而存在？他是为什么而存在？

他忽然明白了。

他明白陈明、安格莉娜、丁辰和王晨、罗林、"蓝调"、布鲁斯、2号、海德格尔和这场景中的一切是为何而存在的了。

随着茶慢慢斟满，女仆对他微微一笑，壶完成了它倾倒的使命。

海德格尔完成了他的使命。

◆8◆

报告：基于模板学习的智能生成方法与哲学探讨

引言：长久以来，一个哲学问题就一直困扰着我们——我们究竟为何而存在？谁赋予我们存在的目的？我们是否有个与生俱来的使命？我们可以作为主体用理性丈量万物，却无法用同样的方式丈量我们自己，我们犹如一个刑徒一般困在自身的牢笼之中，无法既成为观察者的同时又成为观察的对象。所以这个问题似乎注定无法得到解答。可是我们当然可以回答我们的造物是为何而存在的，就像海德格尔所言"壶的壶性在于倾倒"一般，壶的使命是与天地人神的交互，我们创造出一个物体天然带有了一个目的性。假如我们为了某个思维实验创造一位近似的人类之时，他是否能参悟到自己存在的目的是为了这个实验呢？如果把他当作我们，我们是否类比出自身存在的目的呢？是否有一个如同我们于他一般的超然存在，给予我们以使命呢？

本文将主要运用模板学习的智能生成方法，利用神经网络等相关技术，训练出一个近似于人类的智能模型，探究其是否可以理解自身存在的目的，推而广之，探究人类是否可以理解自身存在的目的。

关键词：智能生成 存在目的 训练模型

前期准备：主要为训练集的采集与智能模型的架构，训练集采用历史与文学作品之中人格构建实景的编撰，力图使其多样而丰富，包括而不限于布鲁斯、海德格尔等著名人物和某些新时期的虚拟人格，共40余万条数据。智能模型采用经典的感知神经元模型架构，辅以脑磁场权重补正算法，力求最大程度模拟人的大脑及感知体系。

文献综述：略

理论基础：略

可行性分析：略

研究设计：构建完毕的智能模型投入训练集中进行训练，中途不调整参数，让其如同"做梦"一般历经多重实景，使其逐渐贴近广义上的人类思维与感知，实时监控其思考，检测其是否理解自身存在的目的。

流程及结果：首次流程中，目标模型逐渐"理解"了其经历的无穷轮回，并且将此认作神迹，不断完善心目中神明的设定，之后放弃思考，发自内心地信仰膜拜并不存在的神。

2次流程中，目标很快被"激发"了探索的欲望，不断"试探"着场景的边缘，并且尝试着用概念与理性总结其运行的规律，证明真理的恒定失败后放弃思考。

3 次流程中，目标同样"激发"了探索欲望，逐渐理解一切，在容纳了数据集中所有的数据信息后，放弃了思考。（因为模型运算量过大，一度停止运行。之后私人购买了更多算力，望报销。）

……

78 次流程中，目标成功开始思考存在性问题……

……

245 次流程中，目标成功在"丁辰"数据节点中理解自己处在不正常的时空中，一度猜测这是一场实验，可惜因为"王晨"数据节点的场景错乱混入，作废。（之后构建了双重人格的情况。）

……

7283 次流程中，目标积极投身于无穷的训练之中，并于"安格莉娜""2 号"等训练节点中改变了场景结局。

……

114514 次流程中，目标清楚认知到现象之后有某种本质存在，总结出世界的运行的源头需要有一个"第一推动"。

……

9280079 次流程中，目标几乎变成了亚里士多德。

9280080 次流程中，目标几乎变成了康德。

……

12855278 次流程中，目标于"海德格尔"的数据节点中成功理解了自身存在的目的——这是一场哲学上的思维实验探究，其完成了自身存在的目的。

结论：请原谅我不再作正式的报告……在海德格尔的幻梦结束之后，他对于自身的理解大大地启发了我，使我无法停下、不断思考一件经历如此丰盈的人都会思考的事情——既然他可以理解自己为何而存在，找到我们给予的使命，我们似乎也可以？于情于理，通过合理的推测，就像海德格尔一样，我也得到了一个可怕的答案——我是被高维存在创作出来的一个形象，一个论文撰写者，一个写出一篇不标准的论文然后给您看的角色，我可能在一场电影之中，也可能是一幅图画上的人物，更有可能……只是一个小说里的呈现者，向阅读者，也就是您，展现一个故事，这就是我存在的目的，我与生俱来的使命……说实话，挺可悲的。但是，我并不想满足于一个答案，哪怕就像海德格尔的轮回一样，我得为自己寻找意义，哪怕这于更高维度的您来说毫无意义。

所以，我来，我得，我必须向您祈求，于我你是一种超然，就像海德格尔之于我一般，我得知了我的存在，您也可以知晓您的使命，请您思考自己存在的目的吧！将这种由类比而来的自知传递下去吧！如果您知晓了更高维度的祂者，我请求您用您的故事告诫祂自知的可能，如果您就是最高级的第一因，能否允许我向您表达我的感谢和敬意？您的无聊就是我存在的真理了。

参考文献：[1] 海德格尔《物》

◆9◆

陈明感觉自己做了一个非常、非常遥远而漫长的梦中梦，直到一个人将他拍醒，他才迷迷糊糊地睁开眼，发现自己躺在路边，又渴又饿又想吐。

天将亮，朦朦胧胧地发白，麻雀在嬉闹着叫。

陈明这才想起自己昨天生日会上酒喝大了。他尝试着坐起来。

一只手伸了过来，扶了他一把，手的主人是一个瘦削而年轻的人，脸上带着疲惫而喜悦的微笑，陈明瞅他有几分熟悉。

"谢谢。"他酸痛的身体成功坐了起来。

"别搁这睡觉了，赶紧回家醒醒酒吧，兄弟。"年轻人咧开嘴，笑得更开心了。

路边停着一辆大卡车，看样子就是他的。

陈明赶忙爬了起来，脑袋还残留着那股眩晕劲儿，他忍不住问道："你怎么这么开心？"

那个年轻人自豪地笑着说："我闲时写的科幻小说投了稿，啥也不是，居然刊了载！"

　　陈明忍不住跟他一起笑了，他感觉自己和他有种天然的亲近感，说道："那什么，我有一个挺科幻的想法，你要不要听一下子……什么的。"

　　年轻人愣了一下，一拍手喜道："那敢情不要太好，我正愁自己缺灵感呐！"

　　小风吹过，树叶作响，一切都如此平常。

向阳的卡珊德拉

申 扬／作 品

『我们不许诺，』程垦开始演讲。『因为我们将改变世界的希望握在手里，而不是挂在嘴上。所有人的力量都是必要的，没有人生来是弱者……』

科幻
硬阅读
DEEP READ
不求完美 追逐极致

2123 年 10 月的一个下午，人们看到一辆轿车停在莫莉冬市公墓的不远处。护工从车上扶下一位女士，怀抱着一束向阳花。她们去向墓园深处，将花束放在某人的墓前，微微颔首，然后驱车离开。

如果我们走近那座墓碑，就能看到上面的一行字：他将一生献给他人，故他死去时不曾后悔。这就是著名记者兼社会活动家梅因·布洛恩的墓志铭；这墓志铭由他的挚友，现任总统程垦所写。而那位献花的女性便是他的爱人丽贝塔。

1. 序幕

2113 年 6 月，布洛恩从湖畔大学毕业，成为一名记者。他是个黑发微曲，表情认真，身形瘦弱的年轻人，父亲是海拉公司的程序员，母亲是一名中学教师。当时，布洛恩刚刚与在高校颇为流行的"莉莉玛莲主义者"（一群愤世嫉俗的年轻人）分道扬镳。同年，比他大两岁的程垦从莫莉冬市的远航律师事务所离开，成为一名独立律师。

当时，以 A-tech、君子、海拉等为首的大公司正逐渐蚕食着普罗大众的生存空间，如同诸神一般驯化着人类，改造着人类的生活。与此同时，无人倾听核电站工人、诸多企业员工和失业者的声音。倘若他们遭到大公司的体系性迫害，往往既无发声渠道，亦无法律援助。两位年轻人因之立志为此奔走，尽自己的力量。

二人的早年工作以失败居多。众所周知，除非有所依靠，否则个人极难在法庭告倒大公司的法务部。它们的公关能力也导致布洛恩的投稿四处碰壁。命运的转机出现在 2115 年 3 月 13 日 —— 闻名世界的"丽贝塔案"。

让我们把目光投向稍早的 2114 年末，莫莉冬市的贫民窟，出现了一个小有名气的神秘传说 —— 第五社区 13 栋 15 号居住着一位女巫，小到爱情预兆，大到股市涨落，她都能够预言。平民、工人、程序员、喜好神秘和冒险的上流子弟，都纷纷登门拜访，缴纳不菲的金额，事后对占卜结果却缄口不言。

这件事引起了敏锐的布洛恩的注意，他动身前往当地，并且在一辆地铁上结识了程垦。第二天，一位化名"梅里"的男性在线上向独立律师程垦发出求助：他自称是"贫民窟女巫"的父亲，他和他的女儿遇上了"不得不向独立于大公司之外的律师求救"的麻烦。

梅里称，丽贝塔的诞生是 A-Tech 公司对伦理的亵渎。梅里曾是该公司名下的"脑科学与神经网络"——即百姓口中的"电子脑研究所"的研究员。而丽贝塔，是梅里生物学上的女儿。

"而法律也是帮凶。"

梅里停下来，不安地观察着两人的表情。两人只是露出专注的神色。于是他继续叙述。

2. "法无禁止即可为"

《辅助生殖管理法》第三十二款，任何机构不得实施有偿代孕。前医疗部部长邓肯抱怨道，这实际上说的是"任何人，都可以私下订立'无偿的'代孕合同，不受法律的禁止或保护。"这条以"为不孕不育者留下窗口"为名诞生的法条，最后竟变成了出卖身体交易的方便之门。

2098 年 9 月 13 日，一个代号 Re-β 的受精卵诞生。精子和卵子贡献者名义上是从库中选取，实际上均为电子脑研究所的科研人员。受精卵由一位名叫赛丽的女性"自愿"代孕，六个月大时，医院记录显示，因"药物误用致脑部缺氧"而流产。

《医学临床试验伦理法》第二条第三款，不得违背他人意愿，使其参与人体医学试验。但假如受试者是个死去的胚胎呢？"恰好"在第六个月死去的胚胎本来就不能称为胎儿，死的胚胎更是无人权可言。2099 年 4 月，代号 Re-β 计划正式开始。电子脑研究所所长在监狱回忆道："可以说研究所就是为了这个计划成立的。"

"……死胎立刻被冻结了。我们很快拿到手。虽然脑干反射、皮层电波已消失，但皮层的结构大部分还完好。我很高兴，所有人都很高兴，我们隐约感觉这研究能名垂青史……"

按照计划，梅里等人切除了坏死的脑区，并将一套神经学习芯片植入死胎的脑部。按照预计，芯片将会与尚未死去的神经细胞产生关联，自我学习并逐渐分化出类似人脑的功能。

"我们当时并无负罪感。'只是个借用了脑部体液环境的机器人'，我们这样想着，'而我们的成就将是伟大的'。"所长承认。

Re-β 在实验室存活下来。七个月，八个月，在九个月大时，神经芯片已经开始替代她失去的脑组织刺激激素的分泌，让她的身高和体重增长。研究员们喜出望外，对她进行了第二次手术，植入了另一枚芯片，希望试验运动机能。运动机能的替代效果不佳，直到二十个月她都无法坐起；但她原本并未被破坏的语言皮层发育良好，甚至学会了说话。

有一天早晨，梅里说，实验体突然喊他爸爸。他思考了一下，将其作为一个新进展记录了下来。他心里感到不舒服，但安慰自己那只是神经网络意料之内的学习，和鹦鹉学舌无异。

　　在 Re-β 存活 36 个月时，进行了第三次手术。研究员将这两年来的新成果，一枚记忆与学习芯片植入。这种芯片旨在帮助智力障碍儿童取得学习能力，但并未通过一期临床。

　　"我们当时想着，等到二期临床时，可能 Re-β 已经长得太大，不宜手术。"所长承认，"但我们铤而走险，收获颇丰。"

　　Re-β 耐受了第三次手术。她学会了算数和阅读，学会了拼写。为了试验芯片效能，研究人员提供大量的思维训练和丰富的知识库。在五年后，她的记忆、逻辑分析能力甚至超过了同龄的人类儿童。但是，她的运算能力却与常人无异。"实验体表现出对社会事件相关信息的渴望，但运算能力没有显著提升，运动能力低于同龄人类，情感表达缺乏。在躯体发育中，肝脏和肾脏发育不完全。"

　　在 Re-β 诞生后的第 12 个年头，研究所进行了第四次芯片植入。目的是改善运动能力。但是，这一次却失败了。她不但完全失去了行走的能力，还出现了其他方面的退行。在之后的两年，她开始无法判断他人的表情，遗忘研究员的相貌，原本持续增长的逻辑分析能力也停止了。

　　"我们认为实验体无力负载更多芯片了。我们已经收集到足够数据，估计不会有更多的进展，于是考虑着结束实验。"所长回忆，"但这招致了部分研究员的反对。"

　　在研究所中，梅里一直对 Re-β 有着异样的感情。他看着她从手掌大的胚胎，逐渐长成儿童一般。他看到过她眼中的求知欲，也听到过她向他提问自己是什么存在。是他第一个发现她具有语言能力发展的可能，也是他提议植入改善运动功能的芯片。他也许并未意识到，自己这个提议的原因仅仅是希望她能在阳光下行走。在第四次手术失败后，没有人比他更自责。

在所长建议结束实验后，他说服了一些同僚反对。"我甚至不愿意去想这个实验的'结束'意味着什么。还能是什么？实验体的废弃？那我绝不接受。"

实验体被保留到 2114 年初。A-Tech 公司对这个项目的产出减少颇为不满，大幅度削减了开支。但光是维护 Re-β 那些发育不佳的器官功能，资金就已捉襟见肘。所长最终决定要将实验体废弃，梅里没有阻止，而是趁着同僚开会去探望 Re-β。他看到护工正在给她更换衣服。他看到她 —— 开始略微发育的身体曲线 —— 感到一阵震惊。他干呕了一阵，意识到实验体正面无表情地注视着他。实验体没有对自己毫无遮挡的身体感到羞愧，只是睁大眼睛注视着他。

梅里没有回到会议室。他立刻伪造了一份检查单，要求护工将 Re-β 交给他带去检查室。然后，他推着轮椅把实验体从三楼带去了一楼，又从正门出去。保安虽然喊住他问原因，但梅里以惊人的镇静回答道："是研究所之间的转让。"然后，他通过一个老同学的关系，乘高速列车连夜离开了。梅里改名换姓，并给实验体起名叫丽贝塔。他们看起来就像是最普通的父女，藏身在莫莉冬市的贫民区。

"但是，很快我的积蓄就不够地下医院维护她身体的费用了。我一筹莫展的时候，发现她拥有一个特别的才能 —— 未卜先知。她平时说话像机器一样前言不搭后语，听起来有些神秘，却常常能够猜到事情的走向。也不是每次都能猜中，但八九不离十。"梅里结束了叙述，说道，"我们就用这种方法勉强度日。但我觉得……不能长久。"

3. 预言者

"那你认为我们能够 ——"布洛恩问道。但是，话说到一半他屏住了呼吸，因为他看到一个稚嫩的金发女孩坐着轮椅从门帘后出来。她的目光穿越他们皱眉的面孔，仿佛散射进了无尽的虚空。

"你就是丽贝塔？"程垦问，但她没有回答。

梅里找到二人时，心里只有一线迷茫的希望。他表示，自己需要的只是一个容纳二人的安身之所，以及一笔资金。

"不好办。A-Tech 的老狐狸绕过了所有的法律。"程垦说道，"但我们当时都对 A-Tech 深恶痛绝，没多想就握着梅里先生的手告诉他一定全力以赴。"

为梅里他们求得 A-Tech 的经济赔偿 —— 这是异想天开的。实际上，如果按照 A-Tech 的登记，丽贝塔该是公司的财产，梅里则是严重违约的机密盗窃犯。法律没有站在梅里父女一边。也就是说，在一切的开始，程垦首先需要证明丽贝塔……至少在后两次实验时已经是一个生物学意义上的人类。这样便有希望证明 A-Tech 的后续实验是非法的。

"有当时参与实验的其他研究员作证吗？"

梅里回答说，也许有那么一个人愿意作证。名叫李·劳特，是检验组的。梅里回忆道，此人在看到实验组的人将丽贝塔视作物品后，去找组长大吵了一架。

在程垦前去走访李·劳特的同时，梅里提心吊胆地看着布洛恩咬着笔头润色新闻稿。你怎么看待丽贝塔；你将她视作女儿吗；你对她怀有愧疚吗；在实验期间你的同僚对她的行为有哪些超过了对人应有的限度；梅里一一回答。

"那时候我简直被问得要崩溃了。布洛恩并没有完全信任我，他仍在怀疑我的故事有虚构的成分。不过，这是记者应有的素质。我并没感觉被冒犯，只是这些提问让我愈发感觉软弱。"

梅里回忆："在丽贝塔开始接触信息库的时候，她时常询问研究人员'什么是人类'以及'我是什么'。研究员总是用配合调查是唯一义务来搪塞，从未正面回答过这个问题。后来，她便不再提问了。"

"据此，是不是能够推测她并非'情感表达发育不完全'，而是缺乏相应的教育？"布洛恩问。

梅里看了看眼神飘忽的丽贝塔。

"就算是，现在也分辨不出来。而且童年引导的缺乏本身就可能导致情感发育的障碍。"

"好吧。我们不会因此而放弃的。接下来我可以问问她吗？"

"可以是可以。但她不会正常地回答你。丽贝 —— 丽贝，这边！"

女孩循着梅里的指引看向布洛恩，但目光依旧飘忽。

"丽贝塔，我要你回答几个问题。如果不知道怎么回答，就像我现在这样摇摇头，可以做到吗？"布洛恩说，"假设 —— 你知道'假设'的意思吗？"

女孩微微点头。

"很好。假设你有一个积木，我没有，我问：'我可以借走你的积木吗？'你会怎么说？"

女孩摇了摇头。

"好吧。假设有人指责你偷走了他的东西，但你并没有。你会怎么回答？"

女孩仍然摇头。梅里忍不住打断："这些事情她不会知道，她既没有喜欢的东西，也不讨厌什么，更不会与他人产生关联。"

"那你是怎么让她算命赚钱的？"

"我不知道。她有时会有表达欲，而且说得挺准，人们就把她其他时候的沉默当作玄学了。如果实在糊弄不过去，我就会出来说几句神秘学鬼话圆场。其实我也不知道什么才能启发她来表达。"

"你说过之前的研究里她对社会事件感兴趣。"

"我现在也会给她看电子报纸什么的。但她只是浏览,从来不说一句话。如果我忘记给她看,她也就不看。都是那该死的第四次实验害的,我本来可以阻止的。"梅里说。

"丽贝塔。你还记得今年11月3日发生的一件小事吗?李氏集团名下的卡文核电站,一名年仅19岁的兼职操作工被误锁进冷库致死。"布洛恩说,"如果你阅读《每日清晨》足够仔细的话,你就能在边栏广告旁看到这个悲剧。"

女孩沉默了片刻:"那么问题是什么?"

"集团以操作不当为由拒绝赔款,后续报道被禁止。问题是 —— 你会怎么做?如果你就在那里,看到他因为自己未经培训的可笑操作,惊慌失措地把自己关在冷库里?"

"不是。"女孩说,"不对……我不在那里。"

"他死的时候身边空无一人,公司放任,或是强迫一个新人独自完成换料操作。你当然不在那里了,我是问如果 ——"

"不再有如果了。还有,这不是事故。谋杀。"丽贝塔说。

"将性命看作成本列表中的一行数字,就算有人因此而死也不过是赔付一笔小财。你说得一点不错,这就是谋杀。他们预见了可能,估量了成本,作出了选择。凶手不只是一家公司,更是整个市场,或者说,'规则'。啊……抱歉,一时间自言自语了。那就这样吧。"

布洛恩收拾起记录，然后他（事后想来，鬼使神差地）问了一句。

"丽贝塔，你对 A-Tech 公司有什么看法？"

出人意料地，她缓缓地回答了。

"牧人……诸神……在莉莉玛莲欢宴。不要去那里，黄泉之下。"

布洛恩立刻意识到，这是一首诗。其作者是已经自杀身亡的年轻莉莉玛莲主义诗人凯宁。凯宁的诗从未被出版，这首诗被放在论坛里，几乎无人问津。全诗是：

> 众牧人赴诸神的欢宴，
>
> 羊群讥讽祭坛上的同类。
>
> 莉莉玛莲手持青春之果，
>
> 朋友啊！不要离伊甸而去，
>
> 奔赴黄泉。

她对训练集数据库的挖掘惊人。布洛恩意识到，这是对方给自己的警告，某种"预言"——"不能参与此事"。

他暗暗吃惊，却没说出口。他对梅里说："看到了吗！如果不是担忧他人的命运，她才不会开口。就凭这个，她是人类。我会采访你们，为她的遭遇作传。"

另一边，已从 A-Tech 辞职，转投君子公司的李·劳特和程垦接触了。"A-Tech 公司已经膨胀到了漠视人命的地步。这不是第一个丽贝塔，也不是最后一个。"他毫不讳言，"程肯先生您曾经为他们旗下的核电站员工上诉，也清楚是怎么回事，法律和荣誉都站在金钱那边。"

"我希望再次上诉，但受害人的妻子不堪骚扰，险些自杀，最后不得不接受了一笔抚恤金，不再追究。"程垦说，"你是如何看待 Re-β 实验的？以你的专业知识，她算是机器吗？"

李说："我们这些戴着《人工智能限制法》的镣铐舞蹈的研究者，多半有些离经叛道。"他认为，目前的神经网络是自下而上构建的，和自上而下构筑的系统不同，其制作者不能预测它的发展，也不能规划。可以说，神经网络本来就蕴含着诞生"非机器"的可能。再者，随着医学的发展，脑死亡的定义也在被挑战，只不过标准还没来得及修正，就被钻了空子。丽贝塔自己的脑组织还占 80%，"人"之占比远大于机器。

程垦感谢了李的回答，并提出是否应当申请专家伦理评议的疑问。

"那是自然的。可以说，我们期待参与专家评审。"李公事公办地总结。

程垦知道，新兴的君子公司正试图从 A-Tech 口中夺食，他们嗅到了丽贝塔案中的机会，向自己抛出了橄榄枝。

4. 审判日

2115 年 6 月。

在时代大厦楼顶上，布洛恩看着镜头里的女子。阳光透过她的发丝，扬起微尘。

"在那里站好，稍微侧向阳光……"快门扣动。

距离开庭还有一个月。丽贝塔案能被接受审理，乍一看是奇迹 —— 背后却是君子公司的支持。

"丽贝，我们就非得依靠一个巨人来打倒另一个吗？简直和小卒子一样！"布洛恩抱怨道，而丽贝塔微微皱眉。

这几个月来，布洛恩几乎是从头开始，做起了丽贝塔的家庭老师。首先是把丽贝塔当作常人来对话，其次是把常人回答的方式展示给她。她理解力并不低下，但表达观点的方式好似远古时期的祭司，模棱两可、难以理解。很快，他们就确信丽贝塔拥有情感，只不过从未有人教她表达。她的共情能力比常人更甚，只因表情缺乏就被人忽视。最大的谜团是那些预言 —— 他们测试过猜硬币正反，丽贝塔完全猜不到。但她却能猜中球队的胜利，准确率比常人高得多。

李·劳特有个猜想。他认为这并非真正的预言。检索信息并加以判断，预测将要发生的事情 —— 人类的所谓直觉，其实也就是这样的东西。事物间存在着未知的因果关系，而丽贝塔那与芯片纠缠着的大脑就如拟合程序一般，无时无刻不在计算它们之间的联系，这份"直觉"远胜常人，甚至挤占了她正常的生活机能，使她离不开轮椅，嗅不到香气。一些大公司总会不顾人工智能限制法，训练一些 AI 作此用途，在暗中掀起"战事"。可这份天赋被人类掌握还是首次，无怪乎被看作神力或魔法。

不过，这似乎和案情无关，因此布洛恩只是将其作为传记的调味料记述。

他白天同丽贝塔交谈，晚上就为她作传。如同《蒙娜丽莎》比蒙娜丽莎更美，传记中的丽贝塔也比丽贝塔更楚楚动人。一个自死而生的弱者，被他人掌控着命运 —— 这样的故事能让多少身不由己的人同情！《丽贝塔传》从线上酒吧莉莉玛莲开始，从醉鬼的酒杯里流进下水道，又从下水道流向天空的云。千家万户的水池里映照着丽贝塔的身姿，听闻故事的人们如同看向镜子一般潸然泪下。

"布洛恩，我是人类吗？"在时代大厦上拍摄传记封面时，她问道。

"我认为你是。人们认为你是。"布洛恩看向大厦下方熙熙攘攘的人群，"但这其实取决于你。"

"我阅读《伊利亚特》时，看到英雄们在诸神的手中起舞。当他们哭笑时，诸神就举起酒杯。不可置疑的权威推动他们的剑与盾，命运女神的丝线贯穿他们的爱与梦。他们多么弱小啊，布洛恩，就和你我一样。"

"你想说我们的都被 A-Tech，或者造就了 A-Tech 这庞然大物的意志所掌控吗？"布洛恩说。

"难道我们的言语，习惯和自我不是祂们所创造的吗？那个创造了 A-Tech、君子、海拉的暴君就在此处。也创造了你我。我们的反抗也是祂创造的。祂时刻在对我说话，我就是从那里读来的预言。你我若不是机器的话，又能是什么呢？"

布洛恩被这种过于书面化的表达弄得忍俊不禁。他回答道："你说起话来总是文绉绉的，就好像莉莉玛莲的那群学生。不过也没办法，你和其他人的交流太少，阅读信息又太多。一定是那些书面文本把你带坏了。这当然是个垃圾的时代了，但我们已经诞生，就该把这里弄得宜居一点。至于我的思想由谁来塑造，谁来掌控，答案只会是——我。也许谁将改变我，击败我，但如果不是我愿意，那也绝不会发生。"

"但是，"年轻的女孩继续问道，"那个声音说即使有短暂的胜利，你们最后也都会失败。它说历史只有一个走向，它说人们最后会败给自身，会成为机器！布洛恩，你要怎么办？"

"*我们不是诸神的奴隶，也不是命运的棋子。*"——布洛恩引述懦弱诗人凯宁的绝笔。凯宁的好友曾因举报教授被开除，他则因为自己不曾声援好友，长期感到羞愧。这种愧疚感最终成了毒害他的诗作，使其软弱酸楚，某种意义上，也导致了他的死亡。他在 2110

年去世，这是他唯一一首称得上慷慨激昂的作品——"*我们相信未来不是既定。我们不由任何人所塑造。*"

在丽贝塔沉思的时候，布洛恩也在沉思。这种相信——不是信仰，不是将畏惧捏制成偶像来祭拜，而是信任自己双手的力量。思考一下吧。那个声音真的被人听到过吗？也许李·劳特说得一点不错，那只是一种过强的直觉、一种天赋。是女孩丽贝塔的畏惧和困惑使它成了神。

"我会把眼前的事情做好。如果失败了却还活着，那就再干一次。"布洛恩答道。

2115 年 7 月 1 日，丽贝塔案开庭。首先入场的是黑衣律师们，好像铁皮人偶般行动整齐划一，又好似戴着石膏般的面具。之后，由 14 所大学的 25 位专家组成的评议会，将论定丽贝塔是否属于人类。

2115 年 7 月 9 日 14:00，一审判决尚未公布。法院门口的正义女神拈起裙裾，俯视着人间，那是 20 世纪雕塑家罗勒的作品，用脆弱的美捍卫着法律的严肃。

成千上万的人们举着印有阳光下的丽贝塔的画布，在法院外静默地等待着。突然间，从人群的前方传来了一阵震颤，如同石子入水的涟漪。紧接着，巨大的欢呼声沸腾了起来。人们抛起帽子甚至鞋子，彼此拥抱。

"赢了！赢了！"他们奔跑着拍着彼此的肩膀，"我们赢了！"

丽贝塔得到了一大笔赔偿款，足够她聘请护工，租住房屋，安稳地度过余生。

在赢下丽贝塔案后，许多人希望程垦能帮自己伸张正义，却被拒绝了。

"我准备从政。"他说。私下里，他对布洛恩自嘲，自己是风口浪尖的猪，并没有真的改变什么。他加入了自己最讨厌的党派，准备去竞选议员。

常年的紧张与担忧拖垮了梅里的身体。带着对女儿的爱与悔恨，年仅 48 岁的他于 2118 年在病痛中逝去。

布洛恩名声大噪，接了不少委托，南北奔走，为不少人写了报道。其中，社会影响最大的是《一双苍白的手：核电站维护工生存状况》。

5. 你好，世界

2120 年 1 月 12 日，布洛恩再次来到莫莉冬市，拜访数个核电站维护工的子女。大公司旗下的核电站维护工是当下少数纯体力劳动职业之一，薪水微薄。工人一般是中年失业，掌握的技能被时代所抛弃的人们。他们的孩子常常因难以负担学费而失学，导致贫穷的继承。

当他路过时代大厦的时候，看到上方的投屏大幅展示着总统候选者。当显示到"湖畔市议员，程垦"的时候，街头响起一小片赞叹之声。时隔 5 年，时代大厦依旧光鲜亮丽地矗立在贫民窟中。

在一个转角，他的目光捕捉到一个金色身影。是丽贝塔。她也看到了他，催着护工赶上前去。他们激动地拥抱了。相比于几年前，丽贝塔显得更像个女性了。布洛恩收到过消息，说她在哪里又资助了一名穷学生，或是说她被某个想出名的人追求。莫莉冬市的人们对她的感情介于敬畏和浮想联翩之间。

她邀请他去家中坐坐。他们聊了聊境况，也谈起总统竞选。程垦的赢面非常大，但难保不遭到反对党的陷害。他们不觉得程垦一人能改变什么，但"假如那是改变的开始呢？"

"你的报道对于程垦来说也是一种宣传。"丽贝塔说，"在民众心目中你们二人是某种同盟。"

"我和他的联系没你想象的多。"

"你是独行侠罗宾汉嘛。"丽贝塔揶揄道。他们用最便宜的酒庆祝了重逢（几乎都是布洛恩喝的）。丽贝塔行为艺术似的拒绝了"海拉自动送上门"服务，而是坐着轮椅去取货。回来后他们又讨论了最近的艺术潮流，谈到莉莉玛莲派的新秀。他们也谈到李·劳特，最近在君子飞速升迁。最后，布洛恩打算离开。

"你一定要走吗？"丽贝塔说，"你会被……"

她停下了，并不想说出残酷的话。

"请带上我一起吧。"她说。

"难道您爱上我了吗?"酒精让布洛恩开起平时不会开的玩笑。

"……不。我并不明白爱为何物。我不明白独占、不明白肉欲、我不明白憎恶。我是为了满足人类的求知欲诞生的,你却告诉我不该那样活下去。我看不懂笑着哭泣,也不明白哭着大笑的理由,我的情感都与他人不同,你却说这不重要。"

停顿了一下,她说:"……但我也有畏惧的东西。还记得预言吗?我曾看见过我的死。"

"很可怕?是谋杀吗?"喝高了的布洛恩无礼地猜测。

"我看到我躺在冰冷的床榻上。既没有痛苦,也没有欢愉。没有敌人的嘲讽,没有友人的哀悼。我回想起自己的一生,却发现空无一物,什么也没带走,什么也没留下。孤身一人……空无一物。那就是我的死、我的恐惧。"

"你才不会那样死去。"布洛恩说,"除非你想。"

"我不想。曾经,是你将世界带给了我,教会我开口,教我何为义愤、何为正途。所以,请你带上我一起。我的双手也能握住武器,我的思想也会述说自身。我听到世界的车轮隆隆作响。不论前方是何物,我不会畏惧,不会逃避,我要和它同行。"

丽贝塔仰起头亲吻布洛恩的双唇,那略僵硬的姿态,好像机器,又好像初次恋爱的少女。

　　各种意义上，她并不像一般定义下的女性。她不会为闪亮的饰物雀跃，也不曾为善意的施舍落泪。她在宽广的网络中搜索各类细小的证据，这些证据成了众人手中的枪支和射向居高位而不义者的子弹。他们的交往总共一个月。他们一同搜寻线索，翻译语言，讲述故事，一同握过核电站劳动者畸形的手，也一同在边境地区的暗访中因失窃而挨饿。

　　随着选举的临近，空气中弥漫着紧张与不甘。一份份报道像雪片一样飞舞，《海拉公司与下岗的售货员》《便利与否——谁在操控我们的生活习惯》《对一位核电站监工的采访》，"取缔A-Tech！""还我生活！"的口号在街头和线上响起；人们从麻木中苏醒，前所未有地意识到了自己的存在和力量。君子的公司大楼夜夜灯火通明，A-Tech 的公关部时刻开着会议。曾经一手遮天，自信于权力的领导者们，第一次感觉到自己也是渺小的人。

　　就像 2115 年 7 月 9 日那天一样，2120 年 2 月 15 日 19:00 的时候，人们走出家门，在大街小巷之中，举着曾被践踏过的法律文书，握着爱人的手，对大选结果翘首以待。布洛恩发现一位受访者疑似给出了假消息，急着上门求证。在驱车返回市区的路上，一颗"街区火拼"的流弹穿过车窗，不偏不倚地击穿了他的头颅。他的爱人丽贝塔很快就赶到了现场。人们没有看到她流泪，也有人说，那是因为她是半个机器，无法流泪。

　　时代大厦的投屏中，第 29 任总统程垦正开始他的就职演说。6 个月后，他将会推动《核电站劳动管理规定》的落地，数以万计的核电站维护工子女得以重返校园。

但是，在他任期的末了，人们将会掷以臭鸡蛋般的质疑。他的改革政策一开始过于激进，后期又过于软弱，人们肯定他的贡献，却也交头接耳猜测他是否背叛了初心。2130 年，因支持率下降，程垦卸任，告别政治舞台，他不曾为自己辩解。

"吴茜女士，请问还有什么需要修改的吗？"李莉问道。

名叫吴茜的老编辑笑道："对于刚毕业的学生来说及格了。但是，我并不喜欢这个结尾。这是一篇文艺作品。你想通过它表述些什么呢？"

"女士，这个结尾和前文一样，也只是在记述事实罢了。"

"不对。你对丽贝塔充满同情，对莉莉玛莲主义漠不关心，视梅因·布洛恩为毫无污点的烈士，对程垦心情复杂。

你是核电站员工的女儿，你的父亲受惠于程氏新政方能昭雪出狱，你方能回到校园。你尝到过无助的滋味，所以对丽贝塔感同身受。布洛恩还没来得及犯下任何错误就早早去世，所以变成了无瑕的烈士。莉莉玛莲主义者们没能改善你们的处境，所以你漠不关心。此外，你难以完全认同后期程氏新政，所以你不知该如何描摹程垦。

你瞧，对事实的记述充满了主观。那么，通过标题里这束'向阳花'，你究竟想表达什么呢？"

"你说得对。我想表述一种情感……一种主观的热情、一种纯洁的叛逆、一种理想化的希望。也许它并没有真正发生过。也许它在我的童年记忆里被严重美化过。但它无疑正是我想表述的。"

吴茜露出了严肃的神色。

"我只提供建议。如果你想表达希望，那就把结尾留给希望，而不是现实的鸡零狗碎，也就是说，留给所有悲剧中最卑微的一种。但是，这不意味着我也是那种沉迷于'正确'、给年轻人下禁令的老人。是否更改结尾的决定权在你。"

不过，在 2120 年的 2 月，人们还尚且年轻。资历尚浅的记者李莉写道。她尚未决定是否要更改结尾，但打算先写下来。

"我们不许诺，"程垦开始演讲。"因为我们将改变世界的希望握在手里，而不是挂在嘴上。所有人的力量都是必要的，没有人生来是弱者……"

白雪从空中飘落，融化在丽贝塔和她温度尚存的爱人身上。

报时的钟声敲响了。

七重外壳

王晋康／作品

琼吃惊地喊："你千万不要胡来！我告诉你，你真的已经跳出了虚拟世界，真的！"甘又明冷淡地说："对，按照电脑的逻辑规则，一个堕入情网的女向导是会这样说的。"

1997 年 8 月 23 日，小甘和姐夫乘坐中航波音 747 客机到达旧金山。姐夫斯托恩·吴，中文名叫吴中，自己买的是单程机票，给甘又明买的却是往返机票，因为小甘必须在七天后返回北京，去上他的大学三年级课程。

在旧金山他们没出机场，直接坐上了西方航空公司去休斯敦的麦道飞机。抵达这座航天城时已是万家灯火了。高速公路上的车灯组成流动跳荡、十分明亮的光网，城市的灯光照彻夜空，把这座新兴城市映成一个透明的巨大星团。飞机开始下降，耳朵里嗡嗡作响，那个巨大的亮星团开始分解出异彩纷呈的霓虹灯光。直到这时，甘又明才相信自己真的到了美国。

下了飞机，他们乘坐地下有轨电车来到一个停车场，吴中找到自己那辆银灰色的汽车，用遥控器打开车门。十分钟后，他们已来到高速公路上。吴中扳动一个开关后便松开方向盘，从随身皮包里取出一个小巧的办公机，开始同基地联络。

"我在为你办理进基地的手续。"他简短地说。

甘又明惊讶地看着无人驾驶的汽车在高速公路上疾驶。路上，除了对面的汽车刷刷地掠过去之外，百里路面见不到一个行人和警察。在这条机械洪流中，甘又明真正体会到为什么"汽车人"在美国的动画片中大行其道。他们的汽车离前边汽车车距太近时，甘又明免不了心中忐忑。

斯托恩·吴猜到了他的心思，从办公机上抬起头，平淡地说："放心，它有最先进的防撞功能。"

甘问："它是卫星导航？我见资料上介绍过，说这种自动驾驶方式是下个世纪的技术。"

姐夫微微一笑："国内的资料常常有五至十年的滞后期，我带你去的 B 基地又是美国最超前的。你在那儿可以看到许多科幻性的技术，它可以说是 21 世纪科技社会的一个预展，比如这辆汽车，你知道它是什么动力吗？"

不是姐夫问，他还真没想过这个问题。他看看汽车，外形和汽油车没什么区别，车速表上的指针已超过了 210 英里，汽车却行驶得异常平稳。他猜道："从外形看当然不是太阳能汽车，是高能电池的电动汽车？氢氧电池的电动汽车？高容量储氢金属的氢动力汽车？在我的印象中，这些都是公元二〇〇〇年以后的未来汽车。"

斯托恩·吴摇摇头："都不是。这辆汽车是惯性能驱动，它装备有十二个像普通汽车汽缸大小的飞轮，秒速 30 万转，所以储能量很大，充电一次可以行驶一千公里。飞轮悬浮在一个超导体形成的巨大磁场里，基本没有摩擦损失，使惯性能在受控状态下逐步转化为电能。这是代替汽油车的多种方案之一，但还不一定是最好的方案。"

甘又明半是哂笑地说："也许，B基地里还有能给植物授粉的微型昆虫机器？有克隆人？有光弧粒子通信？有激光驱动的宇宙飞船？"

斯托恩·吴扭头看他一眼，平静地说："没错，除了激光驱动的宇宙飞船还限于'后理论'研究外，其他的都已开始小规模试用。"

这之后他就不再说话，在自己的办公机上专心致志地办公。甘又明不由得再次暗暗打量他的侧影。他的相貌平常，身体比较单薄，大脑门，犹如女性般的纤纤十指在电脑键盘上翻飞自如，时而停下，在屏幕上迅速浏览一下从基地发来的数据。

如鱼得水。甘又明脑子里老是重复这几个字，这个文弱青年在科技社会里真是如鱼得水，无怪乎姐姐是那样爱他、崇拜他。这种人正是21世纪的弄潮儿，在女性心目中，他们已代替了那些筋腱突出的西部牛仔英雄。

七天前，三十四岁的斯托恩·吴突然飞回国内，第三天就同三十一岁的星子举行了婚礼。婚礼上，新娘满脸的幸福，新郎却像机器人一样冷静。

刚从老家返校的甘又明借着三分酒气，对姐夫说："谢天谢地，我姐姐苦苦等了八年，你总算从电脑网络里走出来了。你知道吗？很长时间里，我认为你已经非物质化了，或者只剩下一个脑袋泡在美国某个实验室的营养液中。"

斯托恩·吴平静宽厚地笑笑，同小舅子碰碰杯，一饮而尽。甘又明对他一直非常不满，甚至可以说是抱有敌意。八年来，至少是从他考进清华大学计算机系的三年来，他极少在姐姐那儿听到吴的消息，最多不过是在网上发来几句问候。甘又明曾刻薄地对姐姐说："你的未婚夫是吴先生，还是一个 ZHW @ 07. BX. US 的网络地址？别傻了，那个人如果不是早已变心，就是变成了没有性别程序的机器人。"

姐姐总是笑笑说："他太忙，现在是美国 B 基地虚拟实验室的负责人。"

即使婚礼过后，甘又明仍对姐夫深怀不满。客人走后，他悻悻地对姐姐说："他为什么不接你去美国？这位上了世界名人录、名列美国二十位最杰出青年科学家的吴先生养不活你吗？姐姐，我担心他在那边有了十七八个情人，甚至已成了家。我知道你是个高智商的学者，但高智商的女人在对待爱情上常常低能。用不用我再提醒一次，那个国度既是高科技的伊甸园，又是一个世界末日般的罪恶渊薮？"

星子已听惯了弟弟的刻薄话，她笑着说："你不是说他是没有性别的机器人吗？这种机器人是不需要情人的。"

"那他为什么不接你去美国？"

"他说这儿有他的根，有他童年的根、人生的根。他说在光怪陆离的科技社会里迷失本性时，他需要回来寻找信仰的支撑点，就像古希腊神话里的英雄安泰需要地母的滋养。"她在复述这些话时，脸上洋溢着圣洁的光辉。

甘又明禁不住喊起来："姐姐呀，你真是天下最痴情最愚蠢的女人！这都是言情小说中的道白，你怎么也能当真！"他看看表，9时40分，是《科技影视长廊》节目时间，这个时间他是雷打不动的。他打开电视，嘟囔道："反正我把该说的都说了，到时你莫怪我。"

那晚的科技影视节目是《电脑鱼缸》——正是它促成了他的美国之行。"电脑鱼缸"是一种微型仿真系统，电脑中储存了几百种鱼类图像，你只要任意挑选几种，按下确认钮，它们就开始在屏幕上遨游。每秒48帧画面，比电影快一倍，所以看上去甚至比真鱼还逼真。不仅如此，这些鱼还会生长，会弱肉强食，会求偶决斗，会因鱼食的多寡而变肥变瘦。雌雄配对完全是随机的，一旦某对夫妻结合，它们的后代就兼具父母的基因，因而兼具父母特有的形态习性。一句话，这个鱼缸完完全全是一个鱼类社会的缩影，但只是虚拟状态。

新婚夫妇来到客厅时，甘又明正在击节称赞："太奇妙了，太奇妙了！"每次看到类似的节目，他常有"浮一大白"的快感。这会儿他完全忘却了对姐夫的敌意，兴致勃勃地对姐夫说："很巧妙的构思。如果把节奏加快——这对于电脑是再容易不过了——是否可以在几分钟内预演鱼类几千万年的进化？甚至还可以把主角换成人，来模拟人类社会的进化。比如说模拟第三次世界大战的进程，把所有的社会矛盾、各国军力、民族情绪、宗教冲突、各国领导人的心理素质等等输进一个超级虚拟系统，推演出二三十种战争进程，我想它对军事统帅的决策一定大有裨益。"

吴中看了甘又明一眼，他发现这个清华大三学生的思路比较活跃，不免对这位小舅子发生了兴趣。他坐到甘又明的面前，简捷地说："你说得不错，这正是虚拟技术诸多用途之一。不过这个电脑鱼缸太小儿科了，我们早已超过了它，远远超过了它。"

甘又明好奇地问："发展到什么程度了？能否给我讲讲，如果不涉及贵国利益的话。"他有意把"贵国"两个字说得语气重些。

吴中笑笑，接过妻子递来的两杯咖啡，递给小舅子一杯，然后说："我想你已知道，在虚拟技术中，人也可以'进入'虚拟世界。"

"对，通过目镜和棘刺手套，人可以进入电脑鱼缸和鱼儿嬉戏。"

吴中摇摇头："那是二十年前的老古董了。我们现在使用的是一种被称作'外壳'（SHELL）的中介物，通过它，人可以完全真实地融入虚拟世界。我们的技术已发展到这种程度：进入虚拟系统的某人，如果没有系统外的帮助就无法辨别出所处环境的真假，正像一个密闭飞船里的乘员，若没有系统外参照物，就无法确认自己是否在运动。"

甘又明笑嘻嘻地说："那个'某人'是否服用了迷幻药 —— 科克、快克、哈希什？"

吴中看看他，心平气和地说："没有。"

甘又明大笑起来："那你就有点吹牛了！我想，一个神智健全、头脑清醒的人，肯定能从虚拟环境中找出破绽来！要不，是美国人普遍智力低下？也难怪，在美国，全民性的吸毒泛滥至少已延续了一百年，难免引起智力退化。"

吴中冷冷地说："说几句俏皮话很容易，不过献身科学的人一般都已经摒弃了这种爱好。你想试试向我的虚拟技术挑战吗？"

甘又明两眼发光，跃跃欲试地说："这可搔到我的痒处了！我天生喜欢这样的智力体操，从小至今，乐此不疲。不过，我恐怕暂时去不了美国吧？"

吴中笑笑，对妻子说："我给他安排一次为期七天的短期访问，不耽误他回校上课。"

甘又明很快领教了姐夫的地位和能力。三天后，吴中告别新婚妻子，匆匆返回美国时，甘又明也怀揣着一张往返机票、一份特别签证坐进了一千美元的特等舱里，享受着空姐的微笑和茶几上的新鲜水果。

一条公路沿着海滩穿行，再往前是广阔的滩涂。这儿人烟稀少，雪亮的灯光刺破夜色，展现出一个茂密安静的绿色世界，自然的蛮荒和嵌入其中的现代化建筑相映成趣。天光甫亮，他们赶到一个营地。营地占地不大，在做工粗糙的铁栅栏里面散布着十几座平房。虽然途中已经联系过，但警卫没有收到对甘又明放行的命令。

吴中面色不悦，拿起内线电话，节奏很快地说了一通。甘又明的英语水平已经可以听懂他们的谈话。

吴说："我与贵国政府签订了合同，我自然会恪守它，包括其中的保密条款。实际上，只要这次我回国七天而未泄密，你就不必担心了。"从这几句话中，甘又明听出了他的傲气。

他还在电话中说："实际上这位中国青年是作为临时雇员来基地的。你知道我们一直在招募挑选那些最有天资的美国青年，让他们去寻找虚拟世界的漏洞，以求改进设计。成功者还要发给一万元的奖金。这位甘先生也是一个很合适的人选，他思维灵活，天生是个怀疑派，而且是在一个完全不同的文化背景中长大的。我们的技术只有经过不同文化背景的人士的检验，才是万无一失的。当然，甘先生没有经过例行的安全甄别，但我的话是否可以作为担保呢？"

对方显然犹豫了片刻，然后又和他交谈了几句，吴中笑道："谢谢，我记住你的这次人情。"

他把话筒递给警卫，警卫听完后殷勤地说："头说，对两位先生免除一切检查。我送你们过去。"

现在，在他们面前是一条巨大的圆形管道。吴中按动一个电钮，管道上一道密封门缓缓打开。他们走进一节圆筒状的车厢，车厢内相当豪华，摆着四只真皮转角沙发。吴中同仅有的两名乘客打了招呼，安顿甘又明坐下，打开酒柜门，问："喝点什么？威士忌、橙汁、咖啡？"

"橙汁吧。"

吴中倒橙汁时，车非常平稳地启动了。甘又明只是在看到橙汁水平面向后倾斜时，才察觉到车厢在加速。他从窗户向外望去，看到飞速后掠的旷野，一群海鸟在眼前掠过，随即出现在后边的窗外。但他敏锐地发现，所谓窗户只是一幅液晶屏幕上的仿真画面。他笑着用手敲敲假窗户，"也是虚拟的？"

吴中微笑着说："你的感觉很敏锐。这种管道是全封闭的，它是饱和蒸汽管道，车厢行进时，前方蒸汽迅速凝为水滴，车厢经过后又迅速汽化，所以几乎没有空气阻力，可以达到两马赫的高速。这是一种效率极高的运输方式，相信在下一个世纪中叶，它将在很大程度上代替火车。当然啦，因为是封闭环境，旅客容易感到压抑郁闷，所以我们搞了这些仿真窗户。"

磁悬浮车已达到最高速，正保持着这个速度无声地疾驶，窗外景物的后掠也越来越快。按方位和地图推算，这时头顶已经是浅海了。

吴中严肃地说："还有十分钟时间。我想简单地介绍一下我们的虚拟技术，希望你不要过于轻敌。像你这样的青年志愿者我们已接待过上千人次，只有六个人挣到了奖金。此后我们堵住了所有的漏洞，再没人能挣到这笔钱了。我很希望你能成为第七个成功者，但首先你要彻底清除你的轻敌思想。"

吴中略微沉吟，又平缓地说："你要知道，一个封闭系统中很难对自身所处环境做出客观的判断。当宇宙飞船达到光速时，时间速率就会降为零，但光速飞船内的乘员感觉不到这个变化，仍然认为自己是在正常地吃饭、谈话、睡眠、衰老。再比如，我们说宇宙在膨胀，也能用光线的红移来测出膨胀速率。但这种膨胀只是天体距离的膨胀，天体本身并未膨胀。如果所有天体连同观察者本身也在同步地膨胀，我们能拿什么不变的尺度来确认宇宙的膨胀？绝无可能。"

甘又明笑道："我信服你的理论，但进入虚拟环境中的人并未完全封闭，至少他们的思维是在虚拟系统之外形成的，自然带着它的惯性。我完全可以以这种惯性作为参照物来判断环境的真实性，就像刚才用水面的倾斜来判断车辆是否加速。"

吴中凝眸看着他，良久才笑道："我没有看错你，你的思维确实非常敏捷，一下子抓到了关键。但请你相信，我们也不是笨蛋。我们已能把受试者的思维取出来，并即时性地反馈到虚拟环境中去。比如说，尽管我们的虚拟系统与全球信息网络相通，可以随时汲取几乎无限的信息，但它肯定不能囊括你的个人记忆：你母亲二十年前的容貌啦，你孩提时住的房舍啦，童年时的游戏啦，你对某位女同学的隐秘情愫啦，等等。但是，"他强调道，"凡是你在自己的记忆库中能提取到的东西，立即会被天衣无缝地织进虚拟环境中，所以你仍然没有一个可供辨别的基准。"

甘又明微笑不言，对自己的智力仍然充满信心。吴中也不再赘言，简捷地说："我的话已经完了，你记着，我们将让你在虚拟世界中跳进跳出，反复进行。何时你确认自己已回到真实世界中，就向我发一个信号。如果你的判断是正确的，你就会怀揣一万美元回国。"

他又加了一句，"不要轻敌，小伙子。喏，已经到站了，下车吧。"

　　他们在地下甬道里走了一段路，碰到的工作人员都尊敬地向吴中致意，这使甘又明又一次掂出姐夫在这儿的分量。他们来到一座空旷的大厅，四周是天蓝色的墙壁和屋顶，浑然一体，大厅中央有两把测试椅。这座大厅不算豪华，但建筑做工十分精致，每一处墙角，每一寸地板，都像象牙雕刻一样光滑严密，毫无瑕疵。

　　吴中拿上一个遥控器，带甘又明来到大厅中间，说："先让你对虚拟世界有一个感性认识。让你看看哪种环境呢？"他略为思考了一下，"你先看看我们的电脑鱼缸吧。"

　　他按动电钮，大厅中瞬间充满了清澈的海水，波光潋滟，珊瑚礁壁立千尺，有的呈伞状，有的呈蘑菇状。一只一米长的蛤蜊垂直嵌在珊瑚里，半露的身体犹如彩色的丝绒；还有彩色的鳌虾、五条手臂的星鱼、漂亮的石斑鱼。突然，前边冒出一只巨大的八足章鱼，它的小眼睛阴森地盯着前边，诡秘地缓缓爬过来。甘又明本能地蜷起身子，但章鱼熟视无睹，缓缓从他的身体中穿过，消失在幽蓝的深海中。

　　甘又明喘口气，笑问："激光全息仿真技术？确实可以乱真。"

　　吴中点点头，按一下快进，眼前又立刻变成深海海底景色：火山口冒着浓烟，就像地狱中的烟囱。两米长的蠕虫在海水里轻轻摇动着，管端血红色的羽状触手缓慢地开合；熔岩上铺着一层细菌，犹如白色的地毯。一只奇形怪状的细菌蟹贪婪地一路吃过去，有时还去啃食蠕虫的肉质羽毛。这是加拉帕戈斯群岛海底依靠硫化氢为生的太古生物群。甘又明看呆了，虽然他明知这是个虚拟世界，但似乎能感觉到那深海海水的阴冷和沉重。

忽然幻觉在一刹那间消失得干干净净。甘又明一时跳不出视觉的惯性，呆愣愣地立在那儿。

吴中淡淡地说："这只是虚拟技术的开场锣鼓。下面我要为你套上所谓的外壳，使你与虚拟环境融为一体。跟我走。"

他们走进大厅旁的一间屋子。甘又明第一眼就看到一个光脑袋的女性人体模型，几个工作人员正在它周围忙着。看见他们进来，那个人体模型竟然也扭过头来——原来是一个真人！

甘又明傻望着这个脑门铮亮的裸体姑娘，自我解嘲地说："我已经进了虚拟世界？这个一丝不挂毫无羞耻的漂亮姑娘到底是真是假？"

吴中微笑着，没有接腔。几个工作人员开始小心翼翼地为那个姑娘套上"外壳"，那是一件色泽纯白、很薄很柔的连体服。她把双腿蹬上后，工作人员小心地展平外壳，使上面的神经传感乳头与她的身体完全贴合。吴中低声解释，这些乳头将把虚拟信号传到相应的感觉神经，比如你"踩"上火炭时，脚底神经就送去烧灼感的信号。外壳已套到肩部，只有头盔还未戴上，它比较笨重，与黑色的目镜相连。

姑娘在套上头盔前微笑道："我叫琼，琼·比斯特。很高兴做你的向导。"

甘又明疑惑地看着吴中，吴中点点头："对，这是你在虚拟世界里的向导，心理学和逻辑学博士，会三国语言，包括汉语。需要了解什么信息尽管问她。但她是完全超脱的，绝不会帮助你做出判断。现在请你脱光衣服，剃光头发。"

一台自动理发机无声地移过来，几秒钟内就把他变成了脑门锃亮的和尚，同时把发屑也吸走了。工作人员为他穿上一件洁白的衣服。这种衣服又薄又柔，弹性极好，穿在身上几乎变成了自己的皮肤。他和琼来到大厅，面对面坐在两把椅子上。甘又明听见送话器中吴中用英语说："虚拟系统即将启动，请你睁大眼睛寻找它的漏洞吧。你想从哪儿开始？是海洋、太空，还是台风眼之中？我们都可以为你办到。"

甘又明稍稍想了一会儿，说："还是从海水中开始吧，既然这一切都是由那个电脑鱼缸所引发。而且，我没有告诉你，我是北京高校百米自由泳纪录保持者。"

吴中在屏幕上笑笑："在虚拟世界里不会游泳并不是一个问题，电脑很容易为主人公加上令人信服的校正。不过，就按你的意思办吧。现在我要按电钮了。"

甘又明在一刹那间被抛入水中。他看见自己和那位琼姑娘都穿着潜水衣，身后背着两个小小的黄色氧气瓶。他用力浮上水面，透过面罩远眺，海面十分广阔，只有后方隐约可见一线海岸。他甚至能感到海水的浮力和温暖，海浪轻轻地推揉着他，他在水中作了几个滚翻，他的前庭器官感觉纤毛依旧精确地给出重力变化的方向。他知道这些都是假象，他身上穿的是白色的 SHELL，而不是黑色的潜水服，他是坐在空旷的大厅里，而不是在水中。但由那件外壳传给他的视觉、听觉和触觉效果实在太逼真了，使人没办法不相信。

他取下头盔 —— 他真的感觉到把头盔取下了，能呼吸到海面上略带咸味的空气，感觉到清凉的微风。琼从他旁边冒出来，甩着水珠。他喊道："琼！这儿是什么地方？"他笑着有意强调，"或者说，这是模拟的什么地方？"

琼也取下了头盔，抖抖长发。她的长发如瀑布般散落，发出耀眼的金黄，这和他记忆中的光脑袋姑娘形成强烈的反差。他随口问道："这是你的真实形象吗？"

琼奇怪地问："你说什么？"

"你在剃光脑袋进入虚拟世界之前，就是这个模样吗？"

琼笑笑，只回答了他的第一个问题："我想这儿就在我们基地上方，这儿是阿查法拉亚湾附近海面，离墨西哥不远。近年来，这儿贩毒活动很猖獗。"

不远处海面上有一艘快艇，上面没有人 —— 按照虚拟系统的逻辑，这当然是他们带来的。他忽然看见南边海面上出现了一个三角形的背鳍，划破水面迅速逼近，他惊慌地喊道："鲨鱼！"

琼挺直身子看看，笑道："不要慌，那是海豚。"

他们戴上面罩潜入水中，果然看到十几只海豚。它们的皮肤是鸽灰色的，十分光滑，嘴里有整齐的白牙，呼哧呼哧地喘息着，喷水孔一张一合。它们排着队向西北方向游去，很快掠过两人的身边。甘又明甚至感到了海豚所搅起的湍流。他兴致勃勃地追过去，扭头笑道："琼，如果是在虚拟世界里被鲨鱼吃掉，会是什么后果？"

"你当然不会真的死去，但系统会'死机'，只能重新进行冷启动。另外，你会真正感到鲨鱼利齿切断身体的痛苦。所以劝你不要尝试。"

在那群海豚之后，甘又明忽然又发现两只。它们的体型相当大，在飞速游动中严格保持着相对方位。当海豚靠近时，甘又明发现它们身上套着挽具，身后拖着一个流线型的容器，他大声喊："看哪，海豚邮递员！"

琼在水下通话器中听到了他的喊声，她也看到了那对海豚，它们像是受过严格训练的军马，目不斜视，以极快的速度掠过他们的身边。琼饶有趣味地说："我看到一些资料，说军方在着力培训海豚代替蛙人，让它们咬断敌方通信电缆，或者给深海作业的潜水员递送工具。噢，对了，听说贩毒集团也开始利用海豚和信鸽越境贩毒，这是最廉价又最难发现的方法。"

甘又明似笑非笑地看着她，他想琼这几句话一定是预定情节中的台词。他嬉笑道："要不，咱们追过去？"

"好的。"

他们迅速爬上快艇，瞅准那片背鳍追过去。海豚的速度很快，甘又明看看速度表，已超过每小时 20 海里。好在海豚必须浮上水面换气，所以他们一直没拉开距离。马上就到岸边了，前边有一个狭长的海岛，海岸警备队的快艇远远向他们驶来。那两只海豚忽然昂起头 —— 甘又明本能地感觉到它们在作一次深呼吸，然后潜入水中，倏然不见。琼急急地说："恐怕它们不会再浮出水面了，下水追踪吧。"

两人迅即下水，听见海岸警备队快艇上有喊叫声，似乎是在命令他们待在船上听候检查，但两人都没理会。海豚的速度很快，一会儿就失去踪影了。两人在岸边的红树林中和乱石中徒劳地寻找了十几分钟，终于失望了。琼懊丧地说："找不到了，回航吧。"

就在这时，甘又明忽然发现前边有一个狭窄的洞口。那两只海豚正一前一后从洞口钻出来，径直向大海游回去。它们身上已没有了挽具和那个流线型的物体，但他分明觉得它们就是原来那两只。从它们从容不迫的神情看，似乎已经完成了邮递任务。甘又明拉着琼游近观察，洞穴非常幽深。他问琼："进洞看看？"

琼犹豫着，甘又明鼓动道："不会有危险的。既然海豚都能游进去又能游出来，何况咱们还带着氧气瓶。"他笑着补充，"更何况只是虚拟世界。"

"好吧。"

两人把面罩戴上，费力地钻进洞穴。进口相当狭小，但里面越来越宽，也越来越暗，几乎成了漆黑一团。他们继续前行，大约两公里后，前边出现了暗蓝色的微光。再往前游一会儿，海水逐渐变成清澈的天蓝色，浮光摇曳，色彩斑斓的各种鱼儿在蓝光中遨游。

琼惊喜地说："太美啦，我在这儿当向导已经五年，一直没发现这个神奇的蓝洞。"

蓝光逐渐变淡，两人同时钻出水面，摘下面罩，好奇地打量着。这儿很像一个天井，水面离岸有几米高，头顶上方仍然是岩顶，岩洞四周卧着两三幢小房子。

忽然有人高喊："水下有人！"随即响起凄厉的警报声，十几个人一下子冒出来，从岩边探下身，端着枪向他们瞄准。

两人知道这儿不是说理的地方，迅速戴上头盔，一个鱼跃，疾速向水下潜去。后边如开锅一样，无数子弹搅着海水。琼在通话器中气喘吁吁地说："一定是贩毒分子！否则不会不问情由就开枪的！我们赶快返回！"

他们尽力向来路游回去。眼看快到洞口了，忽然"唰啦"一声，一个秘密栅栏门从洞壁上伸出来，把洞口封得严严实实。甘又明用力摇撼，粗如人臂的铁栅栏纹丝不动。琼惊惶地喊："后边！他们追来了！"

十几个蛙人已经悄无声息地游过来，他们手中的长矛和弩箭闪闪发亮，有如鲨鱼口中的利齿。他们透过面罩阴森森地盯着两人，慢慢把包围圈在缩小。

在这生死关头，甘又明忽然长笑一声，大声喊道："暂停！吴先生，场上队员要求暂停！"

眼前的景象呼啦一下子消失了，甘又明和琼仍坐在椅子上。甘又明抬起胳膊想去掉头盔，两个工作人员急忙过来帮助他。头盔取下后，面前仍是那间空旷的大厅，两人仍穿着那件白色的外壳。他大笑着站起身："太奇妙了，太逼真了！我虽然明知道它是假的，但却看不出一丝破绽。我能感觉到海水的波动、子弹的尖啸和死亡的恐惧。那个蓝汪汪的洞穴实在美极了，还有那两个海豚邮递员！吴先生，真难为你编出这么生动的情节。"

琼也取下了头盔，笑问："你在哪儿看出了破绽？"

甘又明微笑道："你不要拿我的智力开玩笑。这是个非常逼真的故事，可惜没有开头——我们是突然跌入海水中的。稍有逻辑判断力的大脑，自然能做出正确的结论。"

从控制室出来的吴中一直没有说话，笑着看他，这时才问了一句："什么蓝洞？"

甘又明惊奇地说："你是开玩笑吧，你构思的情节会不知道？"

吴中微微一笑："你太小觑我的系统了。告诉你，系统的信息来源是完全真实的，也几乎是无限的。但究竟把哪点信息用于这一

次的虚拟环境 —— 比如你在海水里看到的是海豚还是噬人鲨 ——
却是完全随机的。电脑根据这些信息随机地进行构思，所以系统内
的情节绝不会重复。"他开玩笑地说，"我说过，我一直不忍心把
这套技术公开，我怕它砸了所有小说家、剧作家的饭碗。"

"那么，我们在虚拟世界里游逛时，你并不知道我们的经历？"

"当然可以知道，不过我们一般懒得监视，你的进入只是千百
个普通试验中的一个。"

这话使甘又明的自尊心颇受打击。他简要讲了当时的情形，吴
中似乎对海豚和蓝洞的情节很感兴趣，盯着问了几个问题。然后他
说："今天到这儿结束。让琼陪你去逛逛美国吧，你已经只剩下六
天了。"

甘又明点点头，从身上慢慢剥下那件白色的外壳，穿上自己的
衣服。从外壳的禁锢中解脱出来，他顿时觉得十分轻松。

尽管在电影、电视中对美国的夜生活已是耳熟能详，但只有亲
身置于夜总会的环境中，才能真切地感受到那种世纪末的气氛。大
厅里光线幽暗，烟雾腾腾，紫色、蓝色、血红色的光柱一波波扫过
人群。高高的屋顶上垂下一架秋千，一个近乎裸体的妖艳女郎咯咯
笑着，一下下荡过人群。大厅正中是一个高台，一对身穿白色紧身
衣的男女疯狂地扭动着，做出种种猥亵的动作，他们的紧身衣颇似
B 基地里的外壳。甘又明不由得想起裸体的琼套着外壳时的情形。

他扭头端详琼，她今晚的打扮也很性感，裸露的肩头和脊背十分润泽，穿着短裙，大腿修长白皙。

两人找到位置坐下，甘又明问："喝点什么？"

"来杯威士忌。"

甘又明为自己要了三瓶矿泉水，一杯杯地往肚里灌。他解嘲地说："早就渴坏了。"

琼呷了几口威士忌，问："跳舞吗？我在等你邀请呢。"

甘又明说："我去一趟洗手间。"他在挨肩擦背的人群中费力地挤过去。洗手间是男女合用的，便池各自独立，两名女子正对镜整妆。他拉开一间便池的门，忽然吃惊地后退一步，一个四十岁左右的黑人男子侧卧在便池上，眼睛像死鱼一样翻着，胳膊上的静脉血管插着一支注射器。

不用说，这名男子是过量吸毒引起的猝死。那两名女子出门时也看到了尸体，但她们只漠然地扫了一眼，便若无其事地走了。甘又明厌恶地看着这个吸毒者，他一直生活在中国，对席卷全球的吸毒狂潮只有三个字的感受：不理解。他不理解竟然有数千万人屈服于这种诱惑，莫非末日审判的钟声已经敲响了？

他回到柜台前，向侍应生问清了报警电话，把电话打通。警察局的值班人员听了后回答："谢谢，我们将在十分钟内赶到。请问你的名字，我们在哪儿可以找到你？"

　　"我叫甘又明，十分钟内不会离开这家夜总会，你可以到第七号餐桌前找我。"

　　回到桌旁，他看见座位已空，琼正同一个陌生男子跳舞，狂热地扭动着臀部和肩部。她的眼光仍留意着这边，见甘返回，向他做了一个抱歉的手势。甘又明向她摆摆手，坐到原位。

　　两个中年人忽然出现在他的面前，他们身着便衣，一个身材矮胖，手背上长满金色的软毛；另一个是瘦长个子，耳朵很大。矮个子彬彬有礼地问："你是中国来的甘又明先生？"

　　甘又明狐疑地看着两人："两位来得太快了吧，这不像是真实世界的速度。"他有意把这"真实"二字咬得特别重，"我报案才一分钟。再说，我在电话里并没说我是从中国来的呀？"

　　这下轮到那两人纳闷了："你说什么报案？"

　　"你们不是警察？"

　　"我们是联邦警察，"两人出示了证件，"我们是联邦调查局派驻B基地的警官汤姆和戈华德。但你说什么报案？"

　　听了甘的解释，大耳朵的戈华德警官匆匆去洗手间处理那桩吸毒致死案。汤姆笑道："一场误会，我们是为另一件事来的，要占用你一点时间，你不会介意吧？"

　　"我不会介意，但我首先要确认自己是不是在梦中。"他笑着问，"请二位向我解释一下，你们是如何在一个远离B基地的繁华小镇一下子就找到了我,一个刚来美国的外国人?"

"很容易。我们知道琼经常来这儿玩儿,又在停车场发现了她的汽车。"

甘又明"噢"了一声,觉得自己多疑了。他说:"那么请讲吧,什么事情我可以效劳?"

汤姆开门见山:"听说你和琼无意中发现了一条贩毒通道?"

甘又明哑然失笑:"先生,你是B基地常驻警官,难道对他们的虚拟技术一点也不了解?对,我们是发现了一条通道,还差点丧了命。但那只是一个虚拟的故事。"

汤姆微笑着说:"恐怕你本人还不了解虚拟技术。你是否知道,虚拟环境中所涉及的信息都是真实的,是从间谍卫星、水下拾音器、水下摄像机传输到电脑中的。海岸警备队在南部海岸线确实设了许多秘密摄像机,以便监督无孔不入的贩毒分子。所拍摄的数千英里长的胶片都经过电脑的处理,把有用的资料甄别出来,送到联邦缉毒署署长的办公桌上。但是,电脑不是万无一失的,它也有可能漏掉很重要的一段,又偶然被组织进那次的虚拟环境中去。我们尚未在浩如烟海的背景资料中查到这一部分,为了稳妥,请你帮我们复查一下。这也是吴先生的意见。"

"现在就去?"

"越快越好。"

"好吧，"他把最后半瓶矿泉水灌进肚里，"需要琼一块儿去吗？"

"当然。"

甘又明把琼从舞池中唤回来，戈华德正好也返回了。甘又明说："我们走吧。"

琼迷惑地问："到哪儿？"

"上车再说吧，走。"

警用快艇上已经备好了四套轻便潜水服和水下照明灯。甘又明很有把握地说："我想我会很快找到的。当时我仔细记下了岸上的特征和水下岩石的特征。"

果然，不到一个小时，他已经在黝黑的水底找到了那个洞口，但洞口却看不见栅栏。甘又明低声说："就是这儿，不会错的。余下的工作由你们去做吧，我可不想再被关进这个捕鼠笼子里被人捅死。"

戈华德游近洞口察看，他略带怀疑地低声问："是这儿吗？洞口处没有安装栅栏的痕迹呀。甘先生，琼小姐，请你们再辨认一下。"

甘又明不相信自己会弄错，他和琼游过去，一眼就看到栅栏缩回的两排小圆洞。他猛然惊醒，但不等他做出反应，两名警官忽然用力把他们向洞里推去，同时按下一个按钮，铁门"唰啦"一声合拢了，把两人关在里面。

琼惊呼道："上当了！他们一定和毒贩有勾结！"

两名警官在外面狞笑着："聪明的姑娘，可惜你醒悟得晚了点儿。回头看看吧。"

后边"唰"地射来一道强光，两人本能地捂住双眼。等眼睛稍微适应了光亮，他们看到五六个蛙人正迅速逼近，手中的水手刀和水下步枪像鲨鱼的利齿。琼失声惊叫着，甘又明迅速地把她拖到身后。

但他知道这是徒劳的。蛙人正慢慢逼近，身后是坚固的栅栏，栅栏外面是虎视眈眈的敌人。甘又明用身体把琼压在栅栏上，忽然厉声喝道："汤姆警官，临死前我有一个要求！"

汤姆戏弄地说："请讲吧，我乐意做一个仁慈的行刑者。"

甘又明忽然笑起来，油头滑脑地说："我想撒泡尿。"

汤姆愣了一下，恶狠狠地说："我佩服你死到临头还有心情幽默，动手吧！"

几支长矛正要捅过来，甘又明急忙高喊："暂停！吴哥，我要求暂停！"

两人又突然跌回现实中，他们仍坐在那两把椅子上，甘又明的双手还保持着篮球比赛的暂停动作。琼取下头盔，看着他的滑稽样子，扑哧一声笑了。

吴中从控制室走出来，微笑着问："你真是个机灵鬼，从哪儿看出了破绽？"

甘又明也取下头盔,笑嘻嘻地说:"我是否可以不回答?我不想削弱自己取胜的机会。"但一分钟后他就忍不住了,笑道,"很简单,我在夜总会有意猛灌几瓶水,可是一小时后还不觉得膀胱憋胀。这可不符合常情。所以我理所当然地得出结论:那几瓶水并没有真正灌进我的肚里,也就是说,我仍是在虚拟世界里。"

吴中忍不住大笑起来,琼和几名工作人员也笑个不停。吴中忍住笑说:"你很聪明,用一泡尿戏弄了超级电脑。不过,我要给你一个忠告,实际上电脑里有尽善尽美的程序,可以根据你的进食或饮水等情况,及时发出饱胀感或憋尿感信号。这只是一次丢脸的疏忽,我再也不会让它出这样的纰漏了。现在你可以脱下外壳,让琼真的领你去看看美国社会。"

甘又明忽然想到一件事:"顺便问一句,在这次的虚拟场景中,汤姆警官说的是真实情况吗?那个蓝洞真的有可能存在吗?"

"他说得不错。我的确在十分钟前向汤姆警官通报过这件事。"吴中笑着说,"而且,这两位警官也确实是你在虚拟环境中见过的尊容。既然身边有现成的模特儿,我何必舍近求远或凭空臆造呢?"

工作人员小心地帮助他们脱下外壳。这种由银丝和碳纳米管混织而成的白色连体服是世界上最昂贵的衣服,甚至超过了每件价值3000万美元的太空服。甘又明斜睨着裸体的琼,咕哝道:"我一定还没跳出虚拟世界。在真实世界里,我绝不敢这样坦然地看着一个姑娘的裸体。"

琼慢慢地穿着衣服,也一直在斜睨着他,她的脑袋泛着青光。甘又明受不了她目光的烧灼,尴尬地说:"你为什么一直盯着我?想和我比一比谁的脑袋更亮吗?"

琼含笑不语,突然说:"谢谢!甘,谢谢你。"

"为什么?"

"谢谢你在危急关头总是把我掩藏到身后,纵然只是在虚拟世界里,也能看出你的骑士风度。"稍停她又加了一句,"我希望能有机会回报你。"

甘又明笑嘻嘻地说:"你上当了,那时我已经判断出我们是在虚拟环境中,所以乐得冒充一下好汉。"

琼摇摇头说:"你何必装得比实际上坏呢。"

甘又明有点尴尬,忽然笑道:"你愿意回报吗?现在就可以。"

琼误解了他的意思,吃惊地说:"现在?在这儿?"

甘又明把赤裸的左臂伸过去:"喂,咬上一口,狠狠咬上一口。这就是你的回报。"

琼迷惑地笑道:"你怎么啦?"

"老实说,我对这种虚拟世界已经心怀畏惧了。在刚才那层虚拟中,我分明感到我已经脱下了外壳,可是实际上它仍然紧紧地箍着我。现在我又把它脱下了，谁知这回是真是假？你咬我一口，看我知道疼不，用力咬！"

琼笑着，真的用力咬了一口。甘又明疼得大叫一声，低头看看，胳膊上四个深深的牙印，略有出血。

甘又明笑道："好，好，这下子我真的脱下那层外壳了。你说对吗，琼？"

琼含笑不语。甘又明苦笑道："我知道你只能做一个超然的向导，不会帮我做出判断。我也知道自己是自我安慰。即使这会儿外壳仍套在身上，也同样能造出这样逼真的痛觉和视觉效果。"他把琼的手臂拉过来，用手摩挲着。姑娘的皮肤光滑柔软，滑腻如酥，他感到有一种麻麻的电击感，"真希望我现在触摸到的是真正的你，而不是那种比真实还要真实的虚拟效果。"

琼被他话中蕴含的情意所感动，轻轻握住他的手。突然甘又明的目光变冷了，他紧盯着琼的臂弯，那白皙的皮肤上有两个黑色的针孔。那分明是静脉注射毒品的痕迹。他没再说话，默然穿上衣服，走出大厅。

琼自然感觉到了他突然的冷淡，走出大厅后她说："愿意逛逛夜总会吗？"

甘又明客气地说："不，谢谢。我今天累了，想早点休息。"

琼犹豫好久，抬起头说："请到我的公寓里坐一会儿，好吗？我住在基地外的一所公寓里，离这儿不远。"

甘又明犹豫着,他不忍心断然拒绝琼的邀请,他知道琼是想对他做一番解释。他迟疑地说:"好吧。"

琼驾着汽车开了大约15分钟,前边又出现了辉煌的灯火。琼放慢车速开进这个小镇。她告诉甘又明:"这儿是红灯区。基地的男人们在周末常到这里寻欢作乐。"

街道很窄,勉强可容两辆车交错行驶。琼耐心地在人群中穿行。左边一个白人男子在大声吆喝着,对过往车辆做着手势。他头上的霓虹女郎慢慢地脱着最后一件衣服。琼告诉他,这里面是表演脱衣舞的地方,老板和演员都是法国人。甘又明瞥见几个年轻人聚在街角唧唧咕咕,有黑人也有白人,他们的头发大都染成火红色,蓄着爆炸式的发型。琼告诉他,这是吸毒者和毒品小贩在做生意,对这些零星的贩毒,警方是管不及的。忽然一个人头出现在他们的车窗旁,这是一个眉清目秀的白人青年男子,但戴着耳环,嘴唇涂着淡色唇膏,对着车内一个劲儿搔首弄姿。甘又明知道这是一个同性恋者,厌恶地扭过了头。

汽车终于穿过红灯区,甘又明觉得汽车似乎又掉头开了一会儿,停在一幢整洁的公寓楼外。几个小孩儿在绿草坪上骑自行车,暮色苍茫中,听见他们在兴奋地尖叫。琼掏出磁卡打开院门,停好汽车,又用磁卡打开公寓门。

公寓很大,也很静,只洗衣房里有一个女佣在洗衣。琼把他安顿到客厅，告诉他，公寓里的客厅、洗衣房、健身房是公用的，这里住客很少，几个护士又常上夜班，所以今晚只剩下她一个人。

她端来两杯咖啡，坐在他对面的沙发上，笑问："今天我有意绕了一段路，领你去看看红灯区。有什么观感吗？"

甘又明沉吟一会儿，说道："浮光掠影地看一眼，说不上什么观感。我对美国的感情是很矛盾的，一方面，我非常敬慕美国的科技，羡慕美国人在思想上永葆青春的活力，常常觉得美国的精英社会已经提前跨入了 21 世纪；另一方面，我又非常厌恶美国社会中道德和人性的沦丧：吸毒、纵欲、同性恋……简直是世界末日的景象。这种堕落是不是和高科技密不可分？因为科学无情地粉碎了人类对自然的敬畏、对生命的敬畏。如果美国的今天就是其他国家的明天，那就太令人灰心了！"

琼沉默了很久，冷淡地说："不必那么偏激吧。我知道中国南北朝时，士大夫就嗜好一种毒品——五石散；明清的士大夫盛行养娈童。中国人比西方人摩登得更早呢。"

甘又明冷笑道："我很为那些不争气的祖先脸红！差堪告慰的是，我们早已把这些抛弃了。美国呢，据统计，全国服用过一次以上毒品的有 6 600 万人！对了，你刚才还忘了提中国清末的嗜食鸦片呢，那是满口仁义道德的西方人一手造成的，现在他们的子孙吸毒成癖，也许是冥冥中得到了报应！"

琼久久不说话，一种敌意在屋内弥漫。很久之后，琼走过来坐在甘又明旁边，握住他的手说："请原谅，我并不想冒犯你。坦率地讲，从一见面我就很喜欢你，你的清新质朴是我不多见的。我不瞒你，我确实偶尔也服用毒品，这在美国是很普遍的事。在西班牙等国家，吸毒甚至已经合法化。不过，我知道你在以礼仪著称的国度长大，对此一定很反感。如果……我答应你从此戒掉毒品呢？"

甘又明听出她话中的情意，很感动，但他最终用玩笑来应付："那首先要确定我自己是否仍在虚拟环境中。谁知道呢，也许你是假的，我也是假的，你身上的针孔连同这会儿说的话都是假的。怎么样，能不能在这上面偷偷帮我一点忙？"

琼笑了："我不能违反自己的职业道德。"

甘又明笑着站起身，琼却没有起身，微笑道："你可以不走的。"她补充道，"你可以睡沙发，或者我为你另开一间。"

"不，我还是走吧，我怕抵挡不住诱惑。"

两人都笑了。甘又明又说："你不必送我，我可以叫一辆出租。"

"不，还是我送你吧。"

两人刚打开房门，正好两个警察用力挤进来，把两人挤靠在墙上，他们出示了证件："警察！请退回房间中去！"警察把两人逼回客厅，甘又明立即认出这正是在虚拟世界里见过的汤姆和戈华德。

汤姆冷冷地说："琼小姐，据线人说你屋里藏了大量毒品，我们奉命搜查。"

琼和甘又明吃惊地面面相觑，琼说："不，我从来没有藏过大宗毒品！"

汤姆用力扳过她的胳膊，厌恶地说："那么，这些针孔是怎么回事？"他不再理会琼，径自进卧室去搜查。十分钟后，他提着两袋白色药品走出来，怒气冲冲地说："是高纯度的快克，足有两公斤！"

琼非常震惊，瞪大眼睛盯着他手中的药品，忽然愤怒地嚷道："这是栽赃！这两袋毒品一定是你刚放进去的！"汤姆走过来，狠狠抽了她一耳光。鲜血从她嘴角沁出来。

她又转身对甘又明说："请你相信我，他们一定是栽赃，一定是为了那个蓝洞报复我！"

戈华德奇怪地问："什么蓝洞？"

甘又明蓦然惊觉，他急忙问戈华德："你不知道蓝洞吗？就是贩毒集团的秘密通道。是我们无意中发现的，吴中先生说他已通知了汤姆警官。"

戈华德警觉地回头看看汤姆，但晚了一步。后者已从腋下拔出一把旋着消音器的手枪，一声轻微的枪响，戈华德警官的额头上钻了一个洞，鲜血猛烈喷射，他沉重地倒在地上。琼惊叫一声，第二颗子弹已击中她的胸膛，立时她的 T 恤衫一片鲜红。甘又明猛扑过去，把她掩在身下，抬起头绝望地面对枪口。

汤姆狞笑着说："谁知道蓝洞的秘密，谁就得死！你那位吴中也活不过今天晚上。"他把枪口抵在甘又明的嘴里。甘又明恐惧地盯着他，忽然口齿不清地喊："暂停！斯托恩·吴先生，暂停！"

　　工作人员为两人取下头盔，两人都面色苍白，惊魂未定。琼下意识地用手按着胸部，甘又明也提心吊胆地紧盯着那儿。不过，当白色的外壳慢慢脱下后，那儿仍然白皙光滑，并没有一丝伤痕。

　　吴中已经站在他们身后，笑问："小甘，你这个鬼灵精，这次又在哪儿看出了破绽？"

　　甘又明喘息一会儿，才苦笑道："不，我只是侥幸。我并没有完全确定自己是在虚拟环境中。我只是想，如果戈华德先生是一个循规蹈矩的警官，他就不会到不是自己值勤区域的地方去办案；汤姆如果想杀我们灭口，就不必拉着并非同伙的戈华德同去。不过，这段推理并不严密，很容易找到其他解释。"

　　琼的灵魂仍未归窍，甘又明勉强打起精神问："琼，你是虚拟世界的向导，你怎么也会相信它呢？"

　　琼苦笑道："有时我也难辨真假。"

　　甘又明分明觉得，他所经历的虚拟环境中的阴暗气息正逐渐渗入他的心田。他压着怒气冷嘲道："吴先生，虚拟世界是从好莱坞请的导演吗？我看这里怎么尽是好莱坞的暴力、血腥、毒品和美女！"

　　吴中摇摇头："不，我们不必请什么导演，我说过，虚拟技术很快能抢掉他们的饭碗。该系统的超级电脑有很强的学习能力，我们只需把近二十年来美国每年的十大畅销片输进去，它就能学会他们的导演手法，并远远超过他们。"

甘又明刻薄地说："怪不得这些情节十分眼熟呢。"那层无影无形的 SHELL 似乎一直在裹着他，箍得他无法喘息，他疲倦阴郁地说，"我要休息了，想睡个好觉再干下去。我的住处在哪儿？"

"就在对面的白领人员公寓里，103 号。"

"你在那儿吗？"

"对，118 号，我们离得不远。琼，今天的工作就到这儿结束吧，谢谢。"

琼同甘又明告别，披上外衣走出大厅，她还要赶回自己的公寓。

晚上，甘又明在床上辗转难眠。倒不是因为下午"身历"的血腥场面，而是因为他不敢确认自己身上那件外壳是否真的已经去掉，他对姐夫的虚拟技术已有深深的畏惧，就像害怕一个摆脱不掉的幽灵。比如说，这会儿吴中没有邀请他去屋里做客，就不符合真实世界的常理，毕竟他是万里之外来的客人呀。

不过，也许这是西方世界的习俗，也许是吴先生的屋里还藏着一个情人，也许……还有别的秘密。

他一跃而起，他要去姐夫的屋里看一看才放心。尽管知道自己的决定有点神经质，他还是来到 118 号房前。门铃响后很久，姐夫才打开房门，问："是你，还没有睡吗？"

姐夫穿着睡衣，脸上是冷淡的客气，分明不欢迎他进屋。他佯装糊涂，径自闯进去。没有等他的侦察工作开始，卧室中就传来嗲声嗲气的声音："亲爱的，快进来吧。"

一个浓妆艳抹的裸体男人扭着腰肢从浴室里走出来，一只硕大的耳环在耳垂下游荡，正是在红灯区拉客的那名男子！甘又明扭头瞪着姐夫，他十分痛心姐夫的堕落，但最使他痛心的甚至不是这件事情本身，而是姐夫那种冷静的厌烦的神情，他肯定是讨厌这位多事的小舅子。甘又明狂怒地喊道："我知道这不是真的！暂停！"

工作人员为他取下头盔，吴中微笑着走过来，没等他开口说话，甘又明已经愤懑地喊："我退出这个游戏！我要回家去！"

吴中和刚取下头盔的琼都吃惊地看着他，想要劝阻，但甘又明厉声喝道："不要说了，我要回国！"

看来吴中很不乐意，他冷淡地说："这是你的最后决定吗？那好，我让秘书安排明天的机票。"

第二天，琼陪着他坐上了中国民航的波音747班机。甘又明曾冷淡地执意不让琼陪同。琼小心解释："甘先生，这是我作为向导的职责，只有在你确定自己回到了真实世界的时刻，我才能离开你。"

18个小时的航行中，甘又明一直紧闭双眼，不吃也不喝。直到出租车把他送到北京方古园公寓，他才睁开了眼。

他急急地敲响了姐姐的房门。姐姐惊喜地喊："小明，这么快就回来了？这一位是……"

甘又明不回答，在屋里神经质地走来走去，目光疑虑地仔细打量着屋内的摆设。琼只好向女主人作了自我介绍，两人时而用英语时而又用汉语亲切地交谈着。甘又明在博古架前停住，突兀地问："姐姐，我送的花瓶呢？"

姐姐迷惑地问："什么花瓶？"

"你们结婚那天我送的花瓶！"

"没有啊，那天你是从老家上火车直接到我这儿，只带了一些家乡的土产。"

甘又明烦躁地说："我送了，我肯定送了！"在他脑海中，几天前的回忆似乎隔着一层薄雾。他清楚地记得自己送过一只精致的花瓶，那是件晶莹剔透的玻璃工艺品，但他又怕这只是虚拟的记忆，是逼真的虚假。

这种无能为力的感觉使他狂躁郁闷，他忽然冷笑道："姐姐，非常遗憾，那位吴先生不是什么好东西……不不，我和他没什么实际接触，这几天实际我一直是在虚拟世界里和他打交道。但仅凭虚拟环境中的阴暗情节，我也可以断定创作者的人品。"

姐姐沉默很久才委婉地说："小明，你怎么能这样说姐夫呢，你和他一块儿相处总共不过五天。五天能了解一个人吗？再说，虚拟世界是超级电脑根据美国高科技社会的现状为蓝本构筑的，他即使是首席科学家也无能为力。"

甘又明立即胜利地喊道："这不是你的话,是吴中的话!我仍是在虚拟世界里,暂停!"

工作人员为两人取下头盔,甘又明一直紧闭双眼,不断地重复着："我要回国,回我的家乡。"

吴中和琼担心地交换目光后,说："好吧,我们马上送你回国。"

破旧的大客车在碎石路上颠簸着。车里大多是皮肤粗糙的农民,他们一直好奇地盯着那位漂亮的金发白人姑娘。她身旁是一个脑袋锃光的中国小伙子,他一直闭着双眼,似乎是一个病人。姑娘小心地照护着他。

直到下了车,走进那个山脚下的小村庄时,甘又明才睁开眼,他指点着："看,前边那株弯腰枣树下就是我家。"

琼饶有兴趣地打量着这个农家院落,大门上贴的春联已经褪色,茂盛的枣树遮蔽了半个院子。墙角堆着农具,墙上挂着苞米穗子,院里还有一口手压井。甘又明比她更仔细地端详着院子,他的目光中是病态的疑虑和狂热。

甘又明的母亲从后院喂完猪回来,看见他们,惊喜地喊："明娃,你咋回来啦?哟,你咋成了光瓢和尚?"母亲欢天喜地把两人让进屋，不眨眼地盯着那个洋妞。停了一会儿，她冲了两碗鸡蛋茶端出来，瞅空偷偷问儿子："明娃，这个美国妞是谁？"

甘又明一直表情复杂地看着妈妈，既有亲切，更有疑虑。听见这句问话，他立即睁大眼睛，劈头盖脸地问："你怎么知道她是美国人？谁告诉你的？"

妈妈让这质问弄懵了，她怯生生地问："我说错话了吗？打眼一瞅，任谁也知道她不是中国妞啊。"

甘又明不禁哑然失笑，他知道自己多疑了，他忘了妈妈的习惯：凡不是中国人，她都叫作美国人。他和解地笑道："没错，妈，你没说错。这位姑娘的确是美国人，她叫琼。你问我们回来干什么？琼想听你讲讲我小时候的事儿，一定讲那些我自己也忘记了的事儿，好吗？"

妈妈笑嘻嘻地看着儿子，他们巴巴地从北京赶回来就是为了这事儿？不用说，这个美国妞是儿子的对象，是他的心肝儿宝贝，哼一声也是圣旨。她笑着说："好，我就讲讲你小时候的英雄事儿，只要你不怕丢面子。姑娘能听懂中国话吗？"

"她能听懂中国话，听不懂的地方我给她翻译。"

"你八岁那年，在洄水潭差点丢了命……"

"这事我知道，讲别的，讲我不知道的。"

妈妈想了半天，嘴角透出笑意："行，就讲一个你不知道的，我从来没告诉过你。小学六年级时，有一天你在梦中喊李苏，李苏。我知道李苏是你的同班同学，模样儿很标致，对不？"

甘又明如遭雷殛，他一下子想起来了。李苏是个性情爽朗的姑娘，一笑便露出一口白牙。那时他对李苏的友情中一定掺杂着特别的成分，但他把这种感情紧紧关闭在 12 岁小男子汉的心灵中，从未向任何人泄露过。他一直不知道自己在梦中喊过李苏的名字，也不知道大大咧咧的妈妈竟然能把这件事记上十几年。

李苏在初二时就患血癌去世了。同学们到医院去和她告别时，她的神志还清醒，她那双深陷的大眼睛里透着深深的绝望。当时甘又明一直躲在同学们后边，隐藏着自己又红又肿的眼睛，也从此埋葬了那段称不上初恋的情感。

妈妈看见儿子表情痛楚，两滴泪珠慢慢溢出来。她想一定是自己的话勾起儿子的伤心，忙赔笑道："明娃，你咋啦？都怪妈，不该提那个可怜的姑娘。"

甘又明伏到妈妈怀里，哽声道："妈，现在我才相信你真的是妈了。"

妈妈又是好气又是好笑又是担心："你发魔怔了？我不是你妈，谁是你妈！"

甘又明没有辩解，他回头对琼说："琼，现在我可以确认了，我已经跳出了虚拟环境。"

琼笑着掏出一张支票："祝贺你，你终于用思维的惯性证实了这一点。吴先生说，如果你能确认，让我把一万元奖金交给你。"

从这一刻起，两人都如释重负。妈妈开始做午饭，她在厨房里大声问："明娃，你能在家住几天？"

甘又明问琼："我娘问咱们能住几天，看你的意见吧。你是否愿意多住几天，领略一下异国情调？"

"当然乐意。我还在认真考虑，是否把根扎在这儿呢。"

甘又明当然听出了她的话意。自打摆脱了外壳的禁锢，他觉得心情异常轻松，几天来对琼的好感也复活了，他笑着把琼拥入怀中。妈妈端着菜盘进屋，瞅见那个美国丫头偎在儿子怀里，翘着嘴唇等着那一吻，她偷偷笑笑，赶紧退回去。

甘又明把手指插在琼金黄色的长发里，扳过她的脑袋，在她嘴唇上用力印上一吻。琼低声说："你把我的头发揪疼了。"

在这一刹那，她觉得甘的身体忽然僵硬了。他不易觉察地然而又是坚决地把怀中的姑娘慢慢推出去，他的身体又明显地套上了一层冰冷的外壳。琼奇怪地问："你怎么了？"

甘又明勉强地说："没什么。"停一会儿，他把目光转向别处，低声用英语问，"琼，请告诉我，你吸毒吗？"

琼看看他的侧影，平静地说："我不想瞒你，几年前我曾偶然服用过大麻，现在已经戒了。这在美国的青年中是很普遍的，不过我从来没有静脉注射过快克，喏，你看我的肘弯。"

她白皙的肘弯处的确没有什么针孔。甘又明仅冷漠地扫一眼，又问："斯托恩·吴……真的是一个同性恋者？请你如实告诉我。"

琼摇摇头："我不知道。我不是瞒你，我真的不知道。在 B 基地，除了工作上的交往，我和他没什么接触。同性恋在美国是普遍的社会现象，有公开的同性恋组织和定期的公开集会，某些州法律已经承认同性恋为合法。但华人中尤其是高层次的华人中，有此癖好的极少。吴先生大概不会吧。"

甘又明阴郁地沉默了很久，突兀地问："你的头发不是假发？在进入虚拟世界之前，在套上那件 SHELL 之前，我看见你剃光了头发。"

琼迟疑了很久才回答："这是一个复杂的技术问题……"

甘又明烦躁地摆摆手，不想听她说下去。他清楚地记得，光脑壳的琼是他在进入虚拟环境之前看到的，也就是说，这件事情是真实的。那么，他就不该在这会儿的真实世界里看到一个满头金发的姑娘。他苦涩地自语："我已经剥掉了六层 SHELL，谁知道还有没有第七层？也许我得剁掉一个手指头才能证实。"

琼吃惊地喊："你千万不要胡来！我告诉你，你真的已经跳出了虚拟世界，真的！"

甘又明冷淡地说："对，按照电脑的逻辑规则，一个堕入情网的女向导是会这样说的。"

琼唯有苦笑。她知道两人之间刚刚萌生的爱情之芽已经夭折了。午饭后，她很客气地同甘又明的母亲告别。

　　甘又明的母亲极力挽留了很久，但姑娘的去意很坚决，儿子冷着脸，丝毫不做挽留，似乎是一个局外人。她十分纳闷儿，不知道这一对年轻人为什么无缘无故地翻了脸。

　　两个小时后，琼已经坐上了到北京的特快列车，并在车站预定了第二天早上去旧金山的班机。她还给斯托恩·吴先生打了一个越洋电话，说甘又明已经赢得了一万元奖金，但对甘又明在赢得奖金之后对自己态度的变化，她未置片语。

　　她听见吴先生在大洋彼岸语调平淡地说："谢谢你的工作，再见。"便挂上了电话。

图书在版编目（CIP）数据

七重外壳 / 王晋康等著 ． —北京 ：北京理工大学
出版社，2024.3
（科幻硬阅读．未来已降）
ISBN 978-7-5763-3375-6

Ⅰ．①七… Ⅱ．①王… Ⅲ．①幻想小说 - 小说集 - 中
国 - 当代 Ⅳ．① I247.7

中国国家版本馆 CIP 数据核字（2024）第 031880 号

责任编辑： 王梦春　　**文案编辑：** 邓　洁
责任校对： 刘亚男　　**责任印制：** 施胜娟

出版发行 / 北京理工大学出版社有限责任公司
社　　　址 / 北京市丰台区四合庄路 6 号
邮　　　编 / 100070
电　　　话 /（010）68944451（大众售后服务热线）
　　　　　　（010）68912824（大众售后服务热线）
网　　　址 / http:// www.bitpress.com.cn

版 印 次 / 2024 年 3 月第 1 版第 1 次印刷
印　　　刷 / 三河市华骏印务包装有限公司
开　　　本 / 880 mm×1230 mm　1/32
印　　　张 / 10.75
字　　　数 / 192 千字
定　　　价 / 46.80 元

科幻不是目的，思考才是根本。
科幻小说是献给那些聪明的头脑和有趣的灵魂的一份礼物。
喜欢科幻的书友请加科幻 QQ 一群：26725844 ，QQ 二群：869132197。